Ulrich A. Büttner

Die Leiche im Kraut

Kriminalroman

Bibliographische Information der Deutschen Nationalbibliothek. Die Deutsche Bibliothek verzeichnet diese Publikation in der Deutschen Nationalbibliographie; detaillierte bibliographische Angaben sind im Internet über http://dnb.ddb.de abrufbar

TWENTYSIX – Der Self-Publishing Verlag
Eine Kooperation zwischen der Verlagsgruppe
Random House und BoD – Books on Demand
Copyright 2017 Ulrich A. Büttner
D-80807 München
Herstellung und Verlag
BoD – Books on Demand, Norderstedt
Printed in Germany
ISBN 978-3-7407-2713-0

In jedem von uns, selbst in denen, die äußerst gemäßigt erscheinen, existiert ein Begehren, das schrecklich, wild und gesetzlos ist.

PLATON, Der Staat

Tupifex

Nichts kräuselte die Oberfläche des Nachmittags, über die Peter glitt wie ein Wasserläufer. Durch das Fenster der Mietskaserne sickerte die Dämmerung. Als sich die Wolken lichteten, aus denen es geregnet hatte, wurde kurzzeitig ein Muster auf dem Fußboden sichtbar, das an Gitter erinnerte.
„Möchte wissen, was er den Tag über treibt" sagte sein Bruder, den alle nur Jay nannten, und warf sich auf der Couch herum, die Chipstüte in der Hand.
„Kanadisches Lotto" meinte Peter sarkastisch. „Er hat noch nie gewonnen."
„Das ist alles?"
Jay grunzte und stopfte einen Chip nach dem anderen in sein gieriges Maul. Niemals wäre er auf die Idee gekommen, etwas zu teilen, selbst wenn ein afrikanisches Kind neben ihm verhungern würde. Er war so fett, dass ihm der Fraß aus den Ohren quoll.
„Er liest die Lottozeitschriften, besorgt sich Scheine, knobelt Zahlen aus. Das ist der aktive Teil."
Wenn die Brüder über ihn sprachen, nannten sie ihn Suhrkamp. Das war nicht schmeichelhaft, denn sie hielten ihn für dumm. Peter, der ihn ein paar Mal getroffen hatte, rätselte darüber, wie er die Zeit verbrachte. Er pendelte mit der S-Bahn in den Münchner Süden, hing an Imbissbuden rum und man traf ihn ab und an im Internet-Cafe in der Feilitzschstraße,
„Wird ihm nicht langweilig?"
„Zwei bis dreimal pro Woche geht er ins Kino" sagte Peter. „Will sich was abgucken."
Wieder grunzte der Dicke. Die Schnarchlaute passten zu ihm. Peter wollte sich nicht eingestehen, dass der Bruder dabei war, sich in ein Tier zu verwandeln.

Er dachte nach über den Bekannten. Suhrkamp bildete sich glatt ein, Schauspieler zu sein. Nicht weil er Geld verdienen wollte. Suhrkamp wollte Zeitvertreib, ja er suchte die substanzlose Zeitverschwendung, die Zeitvernichtung, die gleichbedeutend ist mit Auflösung, Verfall und zerebralem Tod. Dafür eigneten sich die Castings zweitklassiger Agenturen, die Komparsenrollen besetzen. Man zahlte Gebühren, die sich niemals rechneten, und wartete in ungeheizten Zimmern. So hatte ihn Peter kennen gelernt. Obwohl äußerlich so ähnlich wie Asterix und Obelix, hatte man sie für denselben Job vorgeschlagen. Einer der Kandidaten, die sich vehement und trickreich darum rissen, sollte als Doppelgänger von Uwe Ochsenknecht figurieren. Bei solchen Einsätzen waren sie Dummy, Attrappe, Kamerafutter für die Perspektive von hinten oder der Seite, damit der Hauptakteur geschont würde. Peter bildete sich ein, die Physiognomie des Schauspielers zu besitzen: gepolsterte Backen, ein Grübchen im Kinnbereich, während Suhrkamp aussah wie ein anatolischer Bauer - einen Kopf kleiner und irgendwie kümmerlich. Peter hatte den Ansatz zur Fettleibigkeit; im besten Fall konnte man ihn als fleischig bezeichnen - Suhrkamp dagegen war knochig; sein Körper krümmte sich wie unter unsichtbarem Schmerz. Er lief als stolpere er einem Verhängnis entgegen.

„Er überlegt, ob er nach Frankfurt ziehen soll. Ihm gefallen die Imbissbuden."

„Wegen eines Döners nach Frankfurt?"

Peter verzog die Lippen, die ins Misanthropisch-Säuerliche spielten und an Reich-Ranitzky erinnerten. „Und weil das Frankfurter Stadtmagazin über Tantra berichtet."

Den Sarkasmus hätte er sich sparen können. Weder wusste Jay was gemeint war noch schenkte er dem Bruder Beachtung. Er studierte die Kaufzeitung eines Großmarktes, die Fleisch für kleine Preise pries. Sein Auge strich an den Rinderhälften auf und ab, die vom Schlachthaken baumelten. Im Unterschied zu ihm hätte Peter ein paar Anekdoten beitragen können zum Thema Frauen. Nur mittlerweile, da wagte er kaum, an Sex zu denken. Wohin hätte er eine Bekannte führen sollen? Die Sozialwohnung am Westpark, in der die Eltern lebten, besaß nur das Kinderzimmer, das er mit Jay bewohnte. Er müsste sie werktags einladen, wenn der Bruder seine Ausbildung zum Altenpfleger machte – nicht weit entfernt, in einem Seniorenheim. Auch mittags tauchte er auf, wenn er keinen Bock hatte, gelähmten Greisen in die Strümpfe zu helfen. Man konnte nie vor ihm sicher sein.

Peter legte die Lupe aus der Hand, mit der er die Zeitung nach Jobs durchforstet hatte. Als er sich erhob, griff er mechanisch nach der Schirmmütze. Von seinem dunkelblonden Schopf war nichts geblieben außer ein paar Härchen. Er trat an das Aquarium, das neben der Tür postiert war. Aus den Schuhen des Dicken roch es nach Gummi und Schweiß. Er kehrte ihm den Rücken und kippte in das Becken Flocken, die sich im Zeitlupentempo verteilten. Die aufsteigenden Luftblasen wirbelten sie nach oben. Der blaue Fadenfisch stürzte als erster aus der Deckung; dann kamen rote Salmler hinter den Steinen hervor.

„He, he, nicht so viel" schaltete sich der Bruder ein. „Ich hab' schon gefüttert."

Jay war nicht anders als diese Tiere. Tauchte ein Rivale auf, wurde er bissig. Anstatt ihn zu mildern hatte ihn die Arbeit im Altenheim geiziger gemacht, gieriger, raffinierter. Peter gewöhnte sich daran, den Schwanz einzuziehen. Er stellte die Dose behutsam auf die Konsole, drückte sich aufs Sofa. Jay beruhigte sich, sobald Peter in seinem Territorium verschwand.

„Sie sind hungrig. Gestern hat der Blutsalmler dem anderen Männchen das Auge abgebissen."

„Deine Schuld. Hast ihn vergessen."

„Sie brauchen auf alle Fälle Tupifex."

Der Dicke regte sich nicht. Wahrscheinlich lag er einfach nur da. Peter lenkte die Gedanken auf die bevorstehende Fahrt. Sie besuchten die alte Heimat, wo sie mit Tausenden anderer Aussiedler wie Heuschrecken in die Supermärkte einfielen. Für Jay ein therapeutisches Mittel, denn er liebte Shopping. Shopping war der logische Ausdruck seiner Fresssucht.

„Stell dir vor: Ehe er in den Döner beißt, untersucht er die Sauce auf Läuse!" palaverte Peter.

Inzwischen dunkelte es, so dass sich ein kolossaler Schattenriss von der Couch des Bruders abhob.

„Suhrkamp schaut in einer Tour auf die Kleidung, ob vielleicht Flecken drauf sind. Seine T-Shirts müssen immer frisch sein, makellos sauber."

„Der Sputnik ist ja krank."

Der Dicke gähnte hörbar und räkelte sich, so dass Peter eine Wolke von Ausdünstungen erreichte. Er öffnete das Fenster. Auf dem Heizkörper lagen Unterhosen und Socken zum Trocknen.

„Wie verdient er sein Geld?" fragte Jay.

„Überhaupt nicht. Sein Alter stützt ihn."

Peter dachte, dass man seine eigene Situation damit vergleichen konnte. Obwohl er sich redlich gemüht hatte, ja in der Schlussphase verzweifelt mit der Materie rang, war er am Juraexamen gescheitert. Dass ihn die Eltern aufnahmen, verdankte er der Solidarität unter Einwanderern. Aber sie rächten sich. Kein Tag verging, an dem sie ihm nicht Versagen vorhielten.

„Solche Luschis gehen mir auf den Sack", fluchte Jay.

„Wohnt in einer 4-Zimmer-Wohnung und zahlt keinen Cent Miete."

„Das Leben ist verdammt ungerecht", maulte er.

„Ich werd' auch nicht mehr löhnen", neckte Peter.

„Der Vater schmeißt dich raus!"

„Suhrkamp hat eine Luxuswohnung am Waldrand!" provozierte Peter.

„Zieh doch zu deinem tollen Freund."

„Er ist nicht mein Freund."

„Soll er mich doch am Arsch lecken."
„Du brauchst deine Scheißlaune nicht an mir raus zu lassen! Immerhin habe ich ihn überredet, mitzufahren."
„Was?"
„Ich habe ihm vorgerechnet, was es kostet, das Auto zu leihen, Benzin, Übernachtung... da merkte ich, dass er keine Ahnung von den Preisen hat."
„Besitzt er keinen Führerschein?"
„Fährt Taxi. Stell dir vor: er dachte 250 Mäuse pro Person."
„Ein Volldepp. Hast du's ihm gesteckt?"
„Nein."
„Soll er doch bluten! Ja soll er doch bluten!"
In der sich ausbreitenden Dunkelheit verschwamm Jay mit der Schwärze, die aus den Ecken kroch. Peter schaltete die Beleuchtung des Aquariums ein und kehrte dem Bruder den Rücken. Leise zitterten die Gitterblattlilien. Das Rebenholz warf abenteuerliche Schatten über den schimmernden Kies. Die Blutsalmler lauerten hinter der Felsimitation. Peter nahm die alte, mehrfach gebrauchte Dose, auf der „Tupifex" geschrieben war und schüttete gefangene Insekten auf die Wasseroberfläche. Sie kreiselten wie verrückt an der Oberfläche und suchten verzweifelt, sich zu retten.

Schräger Vogel

Es soll tatsächlich so sein, dass die meisten Menschen morgens durch den Signalton einer elektrischen Uhr aus dem Schlaf gerissen werden. Morgen für Morgen, immer zur gleichen Zeit, um einen Tag zu durchlaufen voller mechanischer und reflexhafter Verrichtungen. Suhrkamp hatte davon gehört, und während der S-Bahn-Fahrt stellte er sich zu den maskenhaften Gesichtern der anderen den Tagesablauf vor, der sie in die City führte, ein vollgepacktes, emsiges Programm, das er aus Zeitschriften, Kinofilmen oder vom Hörensagen kannte. Jeden Tag zur gleichen Zeit vom dafür vorgesehenen Ton aufzuwachen, das heißt vom Somnambulen und Illusionären losgekommen zu sein und die Reduzierung des Lebens auf messbare Parameter zu akzeptieren. Suhrkamp war keiner von denen, die durch einen Signalton erwachten, vielmehr bewegte er sich wie ein Schlafwandler durch eine Welt monströser Alltäglichkeit, die wie eine Maschine funktionierte. Er hatte sich an eine Form von Müßiggang gewöhnt, die schnell aus der Gesellschaft herausführt. Ihm gehörten die wenigen Augenblicke, in denen anderen die bereitgelegten Gesten, Antworten und Handgriffe versagten und Zeit blieb für einen von aller Lebenserfahrung befreiten, naiven und in aller Konsequenz saublöden Spruch. Obwohl Suhrkamp Zeit im Überfluss hatte, erwartete er von anderen Pünktlichkeit. Kaum war er an der verabredeten Stelle angekommen, fühlte er sich unbehaglich. Vor dem Hauptbahnhof lungerten rumänische Bettler, Arbeitslose, afrikanische Asylanten, Alkoholiker, Nutten und Rauschgiftsüchtige herum, die einen Anblick von Verwahrlosung boten, der ihm den Magen umdrehte. Ausgerechnet hier ließ man ihn warten, inmitten dieser jämmerlichen, irrlichternden Gestalten, ohne jeden

Hinweis auf sein Smartphone, und ohne dass sich jemand am anderen Ende der Leitung meldete.

Mit halbstündiger Verspätung entstieg Peter dem silberfarbenen Mietwagen und entschuldigte sich mit blumigen Worten. Er trug eine hellbeige Hose mit aufgesetzten Taschen. Unter der Schirmmütze, die ihn drapierte wie einen Regisseur, lugten wässrig-blaue Augen, die durch die Kontaktlinsen härter wirkten. Seine gewandt hervorgebrachten Entschuldigungen verwandelten die Verspätung in einen Plot, der anderen Menschen übel aufgestoßen wäre. Suhrkamp streifte die Jacke ab. Sein ausgeschnittenes T-Shirt markierte einen aufgereckten langen Hals mit knochigen Schlüsselbeinen. Als er die Sporttasche in den Peugeot bugsierte, bemerkte er den Passagier auf dem Beifahrersitz. Ob er die asiatische Vogelgrippe habe, versetzte Jay zur Begrüßung. „Du siehst aus wie ein zerrupftes Huhn."

„Ich habe einen knackigen body", widersprach Suhrkamp.

Jay sah spöttisch auf ihn herab. Zwischen München und der slowakischen Grenze herrschte betretenes Schweigen. Als sie auf der Fernstraße über Petržalka hinweg düsten, dämmerte die Satellitenstadt der Nacht entgegen mit Tausenden von Lichtern, die vorfabrizierte Zellen illuminierten. In einem der wie Dinosaurier aufragenden Silos hatten die Brüder ihre Jugend verlebt. Suhrkamp deutete auf die Plattenbauten, die sich zu gigantischen Buchstaben formierten als seien es Puzzleteile einer bröckelnden Botschaft.

„Da möcht' ich nicht geschenkt wohnen."

 Sie passierten eine Ausfallstraße, an deren rechter Fahrbahnseite aufgetakelte Frauen mit Täschchen und Handschuhen winkten. „Immerhin sind die Nutten billig", antwortete Peter trocken.

Er lenkte den Peugeot nach Trnávka hinüber, einem aufstrebenden Stadtviertel, in dem die Tante der beiden Tischlers wohnte. Obwohl Peter Bedenken hatte, das Auto einem Risiko auszusetzen, parkten sie außerhalb, vor einem niedrigen Gebäude, das an der Front sechs Meter maß. Auf bescheidenen Grundstücken lehnten sich Einfamilien-, Reihenhäuser und Garagen aneinander, ein ungeordnetes, verwinkeltes Konglomerat. Im Lichtschein des schmalen und nach hinten gezogenen Korridors wechselten sie ein paar Sätze mit der Tante. Sie trug ein rot-schwarz gewürfeltes Kleid und begegnete Suhrkamp mit entwaffnender Offenheit.

„Da ist ja der solvente Herr aus dem Westen."
Er lächelte wie ein glückliches, schuldbewusstes Kind.
„Nur herein", kommandierte sie und wischte die Finger an einem Tuch.
„Hallooo" sagte er gedehnt, mit übertrieben positiven Tonfall, als spreche er bei einem Casting vor. „Ich bin Arnulf und freue mich über die Einladung."
Sie antwortete in ruppigem Deutsch östlicher Prägung. Dabei präsentierte sie ein rundes Gesicht und reichte ihm die kleine, feste Hand.
„Ich bin Magda."
Das kurze Haar verlieh ihr ein spitzbübisches Aussehen. Offensichtlich war sie eine praktische und sinnliche Person und ganz ohne Vorbehalte gegen ihn.
„Ich bin Schauspieler und will das Wochenende ausspannen", prahlte er. „Auf mich wartet eine neue Herausforderung als Uwe Ochsenknecht."
Die Brüder blickten sich überrascht an.
„Dann haben sie dich engagiert?"
Er nickte, ohne den Blick von der Tante zu wenden.
„Mann, das sind für jeden Drehtag hundert Mäuse!" rief Peter. „Stellt euch das vor – dabei erbt er ein Haus!"
Suhrkamp bemerkte die Neugier der Tante, ihre Sympathie und die Neidgefühle der Brüder, die er aufrichtig genoss.
„Mein Dad schenkt mir sogar noch was Feineres: ein Landhaus in England. Top renoviert!" Er kramte ein Foto aus der Tasche, auf dessen Rückseite vermerkt war: Blackgang,

Sunside Road, Isle of Wight. Er zeigte es, reichte es aber nicht weiter. „Erst die Hände waschen!"
Jay nahm die Sprüche für bare Arroganz. Ihm imponierte, wenn sich jemand so herablassen konnte; doch es ärgerte ihn, dass es ein Schwachkopf wie Suhrkamp war. Ja, er hegte einen schwelenden Groll gegen den verwöhnten Einfaltspinsel, der nun, als das Dessert gebracht wurde, außer Rand und Band geriet und lauthals rief: „Oh Mann, is' der Schokoladenpudding gut!"
Suhrkamp hielt die Pupillen starr auf die Tante gerichtet. Vielleicht lag es am frühen Tod der Mutter, dass er weibliche Wesen anhimmelte und dabei den Rest seiner rudimentären Intelligenz verlor.
„Deine Augen sind entzündet" meinte Magda scherzend.
„Was sehen meine entzündeten Augen ...?" plapperte er hirnlos und fixierte das Dekolletee ihres Kleides, in dem sich üppiges Fleisch senkte und hob. Hatten ihre smaragdenen Augen nicht gezittert? Hatte sie nicht überaus entgegenkommend gelächelt? 16 Jahre war sie mit Alexander verheiratet, einem schlappen Bürokraten, der immer Überstunden schob. Selten hatten ihn die Brüder gesehen, vor einem Jahr wischte er einmal durchs Haus in einem Anzug, in dessen Hosenbeinen lachhaft bunte Kugelkopfnadeln steckten. Sobald Jay spitz kriegte, dass die Tante dem Erben einen Nachschlag servierte, reagierte er wie ein eifersüchtiger Liebhaber. Dabei hatte ihn das pummelige Weib mit dem polnischen Einschlag nicht die Bohne interessiert. Stets war sie eine Randfigur, ein Lakai, der das Essen brachte oder die Betten bezog.
„Ich habe einen knackigen body", verzapfte Suhrkamp gerade.
„Schaut eher nach Vogelgrippe aus", stichelte Jay, der nun, da der heimische Schnaps gereicht wurde, mit seinem Bruder um die Wette trank, und dabei aggressiv und trübsinnig wurde.
Vom Korridor aus stiegen sie über die knarrende Holztreppe in den ersten Stock. Das Gästezimmer mit feuchten und sich lö-

senden Tapeten erlaubte einen Blick durch schwere Gardinen. Man sah im gelblichen Licht der Straßenlampe ein einzelnes Auto stehen. Inzwischen hatte sich Jay den bequemen Platz reserviert. Suhrkamp musste im Bettstall nächtigen, in dem als Kind der Cousin geschlafen hatte. Wo die unterschiedlich dicken und übelriechenden Matratzen aufeinander stießen, drückte eine Kante ins Rückgrat. Jay empfand grimmigen Genuss, als er den Erben in der zusammengestauchten Schieflage sah. Noch lange, nachdem er das Licht gelöscht hatte, hörte er, wie sich der putzige Krüppel von einem Elend ins andere warf. Peter lächelte in das Dunkel des Zimmers. Er wusste, dass ihm der Bruder ein Kissen unter die Matratze gestopft hatte, damit er gewiss nicht einschlafen konnte.

Geborstenes Glas

Suhrkamp lag mit gekrümmtem Leib. Seine knotigen Finger hatten sich in das Kissen gekrampft. Das Laken war verknittert und in einem Zustand, vor dem er sich selbst geekelt hätte: voller Blutflecke und Pfützen aus denen es roch wie in einem Schlachthaus. Peters erster Impuls war es, die Tür zu schließen, im Bad zu pinkeln und in einen anderen Traum zu zappen. Doch er rührte sich nicht von der Schwelle. Das Opfer lag völlig nackt vor ihm. Zwischen den Beinen war Urin ausgetreten und hatte das Tuch gelblich gefärbt. Nun roch er den stechend süßlichen Duft des Harns neben der Ausdünstung von Schweiß, sah das Durcheinander der Flüssigkeiten und Glieder und glaubte, ein bauchiges Glas einer medizinischen Sammlung sei geplatzt, ein Embryo von der Spirituslauge hinab geschwemmt worden auf einen ärztlichen Behandlungstisch. War ein solches Glas tatsächlich geborsten, dann fragte es sich, ob die ausgestellte Leibesfrucht menschlicher Natur sei oder ein Molch, ein Krötenkeimling oder ein noch schleimigeres und abscheulicheres Wesen. Seitlich am Schädel entdeckte er kurze, schwarze Haare, er sah den mageren, sehnigen Hals, der Suhrkamp deutlich kennzeichnete.
„Heda" rief er, wie um sich selbst Mut zu machen. Erst jetzt fühlte er, dass sein linker Fuß in einer Blutlache stand. „Au Mist" rief er, taumelte zurück auf den Korridor. Von hier hatte er den Lichtschein wahrgenommen, er fiel durch die handbreit offene Tür des anderen Zimmers, er hatte angenommen, dass der Cousin vom Ferienlager retour war. Aber nein, da befand sich ein Toter und zwar nicht irgendeiner. Er kannte dieses armselige Stück Fleisch, das auf das Lager hingebreitet war wie ein Tier, das man geschlachtet hat.

Das Gesicht, das sich so leicht mit einer mädchenhaften Röte überziehen konnte, ruhte fahl und eingefallen zwischen den Kissen; doch die runden, rehbraunen Augen hatten noch den ekstatischen Schimmer und schielten ins Ungewisse. Als er sich näherte, erhoben sich Fliegen vor dem Schlund, der doch so weichgeschnitten und wohlgeformt war. Peters Blick fiel auf den erbärmlich kurzen Schwanz und weiter hinab. Tatsächlich, er trug rotseidene Socken. So armselig er aussah, so eitel wirkte er noch auf der Bahre. Der Luxus verlieh wenig Glamour, er wirkte, wenn einer über den Jordan war, ausgesprochen deplaziert.

Von der anderen Seite des Bettes betrachtete er die Wunden auf dem Rücken des Opfers und an den Flanken, die es von sich gestreckt hatte, grässliche tiefe Einschnitte und Einkerbungen, ausgeführt mit einem scharfen, vielleicht einem Fisch- oder Schlachtmesser. Mehrere Löcher im Bettzeug deuteten darauf hin, dass der Täter einige Male daneben gestochen hatte. Synthetische Federn waren herausgequollen und blutverklebt. Eine gänzlich unüberlegte Attacke, ein dumpfes, sinnloses und grausames Verbrechen. „Mord im Affekt", dachte Peter, der nach Luft und fieberhaft nach Worten rang. Allmählich verflüchtigte sich die Wirkung des Alkohols und beschränkte sich auf einen pochenden Schmerz in den Schläfen.

Plötzlich packte ihn das Verlangen, alles liegen und stehen zu lassen und einfach fortzulaufen. Im Flur meinte er, Suhrkamp könne vielleicht noch leben und noch einmal zu Bewusstsein gelangen. Er eilte zurück: aber nein, seine Haltung hatte sich nicht verändert; der Puls war nicht mehr festzustellen und sein Körper fühlte sich merkwürdig kalt an.

Jay tat als ob er schlief und schnarchte halblaut. Peter spürte endlich Wut und war froh darüber. Sie verlieh ihm einen Impuls, gab ihm die Richtung vor. Er schlug dem Schläfer direkt in die Visage.

„Du Idiot. Was hast du getan? Du bringst uns in den Knast."

Jay spielte den Ahnungslosen. Jedenfalls brachte es Peter auf die Palme.

„Warum hast du das getan? Du hast ihn verrecken lassen wie einen Hund!"

Er rieb sich die Augen, stellte sich blöd.

„Was soll ich ...?"

„Deine verdammte Gier reitet uns in die Scheiße."

„Hör auf zu faseln", schrie Jay und boxte ihm auf den Oberarm. Peter spürte den Schlag überhaupt nicht.

„Wie ist es passiert?" rief er und zerrte den Dicken am Ärmel in den Flur.

„Na los, erzähl schon. Ihr habt euch vor der Toilette getroffen. Und dann?"

Als er verblüfft in das Zimmer des Cousins blickte, schubste er ihn.

„Na los, sag schon. Du hast dich geärgert!"

Er schubste ihn wieder

„Gib´s zu. Du hast ihn alle gemacht."

Mit dem nächsten Schubs landete Jay auf dem Bett und stemmte sich mühsam ab, dass er nicht auf den Toten fiel.

„Das war ich nicht" behauptete Jay. „Du willst mir das in die Schuhe schieben.

„Ich? Wie komme ich dazu, einen umzulegen?" Peter setzte sein Pokerface auf.

„Weil du dem Sputnik das Geld aus der Tasche ziehen willst."

„Halt den Rand!"

„Wenn du mich noch mal anfasst, duscht es", schrie Jay.

Die Brüder standen sich zähnefletschend gegenüber.

„Wie lange willst du das Spielchen treiben? Bis die Bullen kommen?" Wie immer war es Peter, der die Eskalation vermied und nach Auswegen suchte.

„Ist mir doch egal!" schrie Jay wutentbrannt.

„Sie werden dir nicht glauben!"

„So wenig wie dir – einem gescheiterten Rechtsverdreher."

Plötzlich ächzte die Holztreppe.
„Still" flüsterte Peter. Sie hielten inne und vermieden jedes Geräusch. Man konnte nichts hören, er hatte sich getäuscht.
„Da – wieder." Peter wagte kaum zu atmen. Auf Zehenspitzen schlich er zurück ins Gästezimmer. Drunten, im gelblichen Licht der Lampen, kundschaftete er einen Betrunkenen aus, der über den Gehsteig stolperte. Nein, es gab keinen Zweifel, wer der Schuldige war. Trotz aller Konflikte war klar, dass der Leichnam entsorgt werden musste, möglichst unauffällig. Die Schuldfrage würde Peter später klären. Er vermutete einen „Mord im Affekt" und malte sich einen cholerischen Anfall des Bruders aus. Besser formuliert: es musste ein Unfall gewesen sein, denn der Dicke konnte seine Kraft nicht dosieren; oder vielmehr ein unglückliches Aufeinandertreffen, das man ebenso Suhrkamp anlasten konnte. An Figur und Gang erkannte man von weitem die geschundene Kreatur. Das reizte jeden, der wie Jay sadistisch veranlagt war.
Schon immer hatte der Erbe hager ausgesehen. Da er sich nackt vor ihnen streckte, konnten sie jede einzelne Rippe sehen, jedes verdammte Körperglied. Wie Spindeln standen die obersten Wirbel ab. Sein jämmerlicher Leib bestand aus einem Haufen Knochen, den sie irgendwie packen mussten. Peter hielt ihn an den Socken, Jay griff von hinten an den Schultern. Als sie anhoben, rollte der Kopf nach unten. Es schien, als ob das Antlitz des Toten Verwunderung und Überraschung ausdrückte und das gelöste Mienenspiel nur vordergründig existierte. Sie schleiften ihn die ächzende Holztreppe hinab. Im Korridor galt es, extrem leise zu sein, um Alexander und Magda nicht zu wecken. Ohnehin würden sie viel erklären müssen. Peter dachte fieberhaft nach. Mein Gott, irgendetwas würde ihm schon einfallen, um die Abreise Suhrkamps zu erklären. Zuerst musste die ekelhafte Leiche beseitigt werden. Gleichzeitig sah er sich schon auf der Anklagebank. Ein perspektivloser, gebrochener Jura-Student, würden sie behaupten und ihn,

den älteren Bruder genauso haftbar machen wie Jay. Er war Mitwisser, er wusste, wie Jay auf einen Schwächeren reagierte, wie sehr ihn Neid und Missgunst verführten. Jay war ein herzensguter Mensch, ein wahres Onkelchen, impulsiv und reizbar wie alle Slowaken, nicht Herr seiner Sinne, und er fühlte sich verantwortlich für ihn. Er hatte die beiden zusammengebracht, obwohl er sich des Risikos bewusst war – ob der Richter das als Anstiftung werten würde im Sinne des Strafgesetzbuches? Jedenfalls ein Mord aus niedrigen Motiven, aus Habgier, Hass und triebhafter Aggression. Das brachte für den Täter locker zehn Jahre, für den Anstifter und Helfer mindestens die Hälfte. Was hatte einer wie Jay davon, einen Erben abzumurksen, an dessen Vermögen er nicht rankam? Was für ein dummer, sinnloser Mord! Und er hatte ihn vorausgesehen! Peters Mund bekam wieder das säuerlich-misanthropische Signum, als er leise die Worte formte: billigend in Kauf genommen!

Vom Korridor nahmen sie den Ausgang zur Garage. Sie schleppten den Körper vorbei am Lada von Alexander. Peter schob vorsichtig das Gatter zur Seite. Es war vier Uhr dreißig und der Regen hatte nachgelassen. Bei diesem Wetter würden sich nur Junkies auf die Straße verirren. Er kletterte über den Zaun. Der Hund schlug an und löste ringsherum bei allen Kötern lautes Gebelle aus. Der Rottweiler beruhigte sich, als er Peter beschnupperte und wedelte mit dem Schwanz. Hier im Osten kannte man sich, ratschte miteinander und vertraute den Nachbarn in gewissen Grenzen. Mit diesem Pfund wollte Peter wuchern. Minuten später öffnete er die Garage von innen. Jay schleifte die Leiche herein. Sie knipsten die Glühbirne an. Schlüsselbeine und Halspartie des Toten wirkten bei dem schummrigen Licht noch fadenscheiniger.

„Hab's doch gesagt" meinte Jay. als er ihn fallen ließ. „Er schaut aus wie 'n zerrupftes Huhn."

„Schaute" verbesserte Peter, den die Juristerei wortgläubig und beckmesserisch gemacht hatte.

„Was?"
„Imperfekt! Schließlich lebt er ja nicht mehr, du Trottel."
„Er schaut genauso aus wie vorher", bekräftigte der Dicke.
„Das bezweifle ich." Peter blickte sich um. Anstatt eines Wagens standen hier acht große Fässer.
„Wir werden ihn zwischenlagern, bis uns was Besseres einfällt. Hol ein Stemmeisen von drüben."
„Wieso ich?" monierte Jay.
„Weil du ihn abserviert hast."
„Einen Teufel werde ich."
Nach längerem Disput rollten sie ein Fass heran, kippten es und Jay schaufelte Weißkohl auf eine Plastikplane, die sie in der Garage aufgestöbert hatten. Prompt bildeten sich Schweißperlen auf seinem Puttengesicht. Man sah ihm an, dass er etwas zu essen brauchte. Je flotter sie arbeiteten, desto besser. Sie mussten die Leiche kürzen. Anders war es nicht zu bewerkstelligen.
„Kommt nicht in Frage, dass ich ihm den Kopf abschlage", protestierte Peter. „Is' nich` mein Bier. Wenn ich dir jetzt aus der Patsche helfe..."
„Es ist deine Schuld" beharrte Jay.
„Ich werde mitschuldig. Ein anderer würde einfach zur Polizei laufen..."
„Du quasselst zuviel. Warum machst du's nicht?"
„Weil du mir leid tust."
„Dir saust die Muffe. Du brauchst 'nen Sündenbock."
Er fragte sich, wieso dieser Fettwanst ausgerechnet sein Bruder sein musste, ein Analphabet, der weniger als tausend Wörter im aktiven Gebrauch hatte, wobei die Hälfte seines Sprachschatzes aus Supermarktartikeln bestand.
„Es ist nur in deinem Interesse, wenn ..."
„Laber nicht. Du kannst ihn unten abschneiden, knapp über den Knien. Schnapp dir das Beil." Jay deutete auf den Hackblock, auf dem Holz geschnitten wurde.

Suhrkamp blickte bedenklich. „Unglaublich", dachte Peter, „aber er verändert seine Züge immer noch, obwohl er längst tot ist." Vielleicht gab es so etwas wie postmortale Intelligenz?
„Ich habe das Gefühl, dass er noch irgendwie ... solange der Körper warm ist ... oder zumindest, dass er in der Nähe weilt ..." Die Gedanken purzelten durcheinander; er fühlte sich nahezu fiebrig, als er die Kniekehlen über den Holzstumpf legte, während Jay die Beine stabilisierte.
„Alles Quatsch."
„Wenn man nicht jeden Wirbel einzeln sehen würde!"
Die Brust des Toten war - wohl in früher Kindheit - eingebrochen. Peter stieß auf einen Trichter im Skelett, der aus medizinischer Sicht spektakulär sein musste. Vielleicht gäbe es Fachleute, die so ein Gerippe auf der Körperwelten-Ausstellung präsentieren würden. Dazu plastiniert diesen abnorm gewölbten Schädel.
„Direkt am Knochenkern. Weiter vorne gibt's zuviel Knorpel!"
Peter schlug zweimal zu.
Sie pflückten die Glieder wortlos auseinander. Auf der anderen Seite das gleiche Prozedere. Er traf nicht so gut und brauchte fünf Schläge.
Jetzt folgten die restlichen Extremitäten. Nervös wie er war spürte Peter unangenehme Situationen mit dem Magen. Beim Abtrennen der Unterbeine befiel ihn Übelkeit. Als er die Arme knapp über den Ellenbogen absägte, unterdrückte er ein heftiges Würgen. Nun, da sie den verschmierten Torso an den Stümpfen zogen, um ihn in das Fass zu expedieren, stieg ihm der Gestank in die Nase. Der Brechreiz war nicht aufzuhalten. Geistesgegenwärtig wendete er sich zum Trog und kotzte hinein; sie durften in der Garage auf keinen Fall Spuren hinterlassen.
„Mach nicht so lange rum" kommandierte Jay. „In einer Stunde wird es hell. Wir müssen noch alles reinigen."
„Zwei Minuten. Geht gleich weiter!" keuchte er.

Kaum hatte er sich erleichtert, kaum den bräunlichen Auswurf analysiert, der nach den gestern genossenen Zwiebeln roch, überkamen ihn Befürchtungen, Bedenken irrationaler und ganz uneigennütziger Art. Man wusste, dass die Produktion von Lebensmitteln mehr und mehr mit Skandalen behaftet war. Wenn man nun, vom Landwirt bis zum Händler, derart mit der Nahrung verfuhr? Wenn neben Düngern, Insektiziden, Konservierungsstoffen und anderen chemischen Mitteln auch Leichengifte in der Ware lauerten, die man resorbieren musste? Gerade das Sauerkraut, das von Römern, Griechen und den alten Chinesen geschätzt wurde, hatte einen hervorragenden Ruf zu verteidigen - es galt als vorbeugendes Mittel gegen den Darmkrebs, sein hoher Vitamin C-Gehalt verhinderte Skorbut, ermöglichte die Entdeckung Amerikas. Wenn sich bei der organischen Zersetzung von Körpern aber Gifte entwickelten, und angenommen, das passierte in der Slowakei öfter, dass jemand in die Nahrungskette geriet, dann war man als Konsument gefährdet sobald man etwas aß. Restlos gefährdet. Schon beim Betreten eines Supermarktes würden einen die Bakterien erwischen. Ein Bissen konnte tödlich sein.

„Verdammt, ich habe eine Kontaktlinse verloren."

Peter zuckte mit dem rechten Auge und wühlte im Sauerkraut. „Kruzitürken, was bin ich für ein Pechvogel. Dass so etwas ausgerechnet mir passiert. Wenn sie das Ding mit der Leiche finden und mich identifizieren, oweia..."

„Dazu bräuchten sie eine Datei", beruhigte Jay. „Eine Urinprobe. Oder Speichel."

„Trotzdem. Rein hypothetisch: Sie finden die Kontaktlinse im Sauerkraut ..."

„Jetzt könnte ich eine Ladung Crunchies vertragen", unterbrach ihn Jay.

„Ich meine nur ..."

„Gut, dass ich gestern Milch gekauft habe."

„Mach den Rest. Ich kann nicht mehr deutlich sehen."

Er jammerte noch ein bisschen, schwieg aber, als ihm einfiel, dass er Ersatz im Kulturbeutel trug. Diese weichen Linsen erhielt man mittlerweile für Kleingeld. Er beruhigte sich, und dann überwältigte ihn sogar eine feierliche Stimmung. Während Jay den eingesäuerten Herbstkohl von der Plane ins Fass schaufelte, und sich der Körper Suhrkamps mit saftigen, langen Fäden bedeckte, empfand er einen Abschied wie bei einer regelrechten Erdbestattung. Man sah mittlerweile nur noch den Kopf. Der Tote blickte mit sehnsuchtsvollen Augen aus dem Kraut, es war fast, als habe er eine Geborgenheit erlangt, die er im Leben nie gefunden hatte. Bald darauf bedeckte sich der kahle Schädel, nun geschützt und vollständig, als seien ihm Haare gewachsen. „Manchmal kann der Tod eine Erlösung sein", dachte Peter erleichtert, als das Corpus delicti entschwand. Ihm war danach, ein abschließendes Wort zu sprechen, doch es gab so vieles, was noch zu erledigen war. Oh ja, so vieles! Zum Beispiel mussten sie den überschüssigen Kohl entsorgen. Sie platzierten die poröse Platte auf dem Kraut; sie ließ das durch den Gärprozess freigesetzte Kohlendioxid abziehen. Dann stülpten sie den Deckel darüber, der ein eingelassenes Ventil für die Gärgase besaß, und schraubten ihn fest.
„Nächste Woche leihen wir uns einen Pick up ..."
„Wenn es so was in München gibt", gab Jay zu Bedenken.
„Oder einen Mitsubishi. Du weißt schon - die mit dem variablen Laderaum."
„Warum nicht einen Transporter?"
„Hm ja. Sollte schon ein flottes Modell sein."
„Wir dürfen nicht auffallen."
„Metallic lackiert."
„Und 4-Rad-Antrieb fürs Gebirge." Peter hielt ein Foto in der Hand und fächelte sich Frischluft zu. Er erhoffte sich vom Gärungsprozess im Weißkohl eine zersetzende und entfleischende Effekte, erwartete zumindest, dass der kleine Körper seine Flüssigkeit an die Salzlauge absonderte, die sich im Fassboden

sammelte, und so immer weiter schrumpfte, bis ein paar Knöchelchen übrig blieben in einem Placenta ähnlichen Häutchen. Wenn man Jahre später in einer Höhle oder einer Felsspalte das verrottete Fässchen fand, dann konnte das ein Tier gewesen sein, ein Kaninchen, eine Ratte, oder noch etwas Marginaleres. Die Hohe Tatra war reich an Kleinsttieren wie sonst keine andere Gebirgsgegend in Europa, so dass ein Wanderer nicht unbedingt Verdacht schöpfen musste, wenn er einen Fötus, amphibienhaft und verkapselt, in einem Krautwickel fand. Je länger Peter über die Segnungen des Sauerkrautes nachdachte, desto winziger wurde das durch den Unfall aufgeworfene Problemchen. Andererseits, so meinte er, konnte man diese Lösung fair und respektvoll gegenüber dem Opfer nennen. In historischer Zeit hatte man immer Schwierigkeiten gehabt, einen Fötus verschwinden zu lassen, bei illegalen Abtreibungen beispielsweise, da wurde er in einen Sack eingenäht und die Donau hinab geschwemmt, oder zerteilt und mit den Fleischabfällen entsorgt. Dagegen blieb der zarte Leib des Erben weitgehend verschont, die abgetrennten Teile waren dem Kraut beigemischt, das ihn weich und schützend umfloss, und fast schien es, als sei er in den Uterus zurückgekehrt und man habe ihm einen Wunsch erfüllt, den er vom Anbeginn seines Lebens hegte.

Golfpartie

Er hatte Geoffry gefragt, wo man auf der Insel am besten Golf spielen könnte, und der Makler hatte ihn zu seiner Überraschung in den exklusiven Rotary-Club eingeladen. Goeffry spielte besser – nicht nur, weil er den Platz kannte. Nur beim Putting war Dr. Liedl überlegen. Neu war für ihn, dass der Caddy ungefragt Ratschläge gab, was die richtigen Hölzer betraf; er wollte es sich schon verbitten, ließ es aber sein, weil er bemerkte, dass sein Partner sich ernsthaft mit dem Caddy unterhielt. Am Ende hatte er es dem Jungen zu verdanken, dass er nicht allzu schlecht abschnitt. Auch Geoffry, der ihm beim dritten Loch geraten hatte: „Spielen Sie nicht gegen mich, spielen Sie gegen den Platz!" Geoffry war untersetzt, glatzköpfig, braungebrannt, trug eine pfeffergraue Tweedhose, ein verschwitztes Polohemd, uralte Golfschuhe. Einmal brachte er den Ball über eine 400-m Bahn in zwei Schlägen auf das Grün.
„Ich habe mich nicht erst dafür entschieden, als ich es besichtigen konnte, sondern gleich, als ich es zum ersten Mal sah. Ich bin wie ein Indianer um das Haus geschlichen und habe durch die Fenster gespäht", meinte Liedl.
„Als gerissener Makler habe ich das gleich bemerkt!" sagte der Engländer und lachte.
„Und behauptet, es sei unverkäuflich."
„I-wo. Ich habe dir prophezeit, dass du dich bei uns daheim fühlen würdest."
„Das Fell hast du mir über die Ohren gezogen, alter Gauner!"
Sie nahmen noch einen Whisky im Club und verabschiedeten sich wie alte Freunde. „Du solltest trainieren. Wenn ich das nächste Mal auf der Insel bin, laufe ich zur Höchstform auf."
Er schwang sich in den roten Flitzer, gab Gas und ließ Sundown hinter sich, passierte Shanklin mit seinen strohge-

deckten Cottages, düste zu den Undercliffs. Die Küstenstraße war schmal, mit starken Steigungen und Spitzkehren, und bot atemberaubende Ausblicke auf die üppige Vegetation am Golfstrom. Palmen im Garten waren hier ein Statussymbol. Bei Venton führten die üblichen Piers mit Vergnügungspavillon ins Meer, danach schmälerten sich die Strände, wurden die Felsen spektakulär.

Der Park zu seinem Anwesen: ein schwarzes Loch. Er musste die Sonnenbrille abnehmen. Mildes Licht lag auf den rötlichen Kiefernnadeln hinter dem Tor, das automatisch schloss. Rechts noch immer die Mauer, aber links wieder freier Blick auf die Bucht und die Kalkhügel in zwei bis drei Meilen Entfernung, die vor den kalten Nordwinden schützten. Im Vordergrund blau schimmernd das Meer. Ein paar lärmende Seevögel kreisten vor der Steilküste. Die Mauer auf der anderen Seite senkte sich hinter Rhododendren und überhängenden Rosen. Er postierte den Sportwagen auf der Auffahrt. Mit sattem Klacken fiel die Tür zu. Er nahm das Paket vom Hintersitz, öffnete mit dem Schlüssel, den er vor kurzem von Geoffry erhalten hatte.

Sobald er zurück in Berlin war, wollte er das Gespräch mit dem Geschäftspartner suchen. Er würde ihm klarmachen, dass Landhurst-house nur der Anfang war. Der 62te Geburtstag, den er in zwei Monaten feiern würde, war für ihn definitiv das letzte Hindernis in einer lebenslangen Golfpartie. Er durchlief die Halle, die keinerlei Möbel schmückten; sie war vollständig leer. Das Licht fiel wie in einem Museum von oben ein. Antike Holzsäulen trugen eine geschwungene Treppe, bildeten einen halben Umgang, weiß, vergilbt, feierlich. Sorgfältig entfernte er das Verpackungsmaterial und begutachtete die Rarität. Zwischen die Säulen wollte er die grünblaue Küstenlandschaft hängen; sie würde dort vertieft leuchten. Rechts an die freie Wand käme die zeitgenössische Radierung von Alfred Lord Tennyson im Kassetten-Rahmen. Im Gegensatz zum Ruskin-

Bild musste sie plastisch nach vorne gebracht werden, damit man die feinen Linien würdigte. In die Halle durfte nichts kommen als diese beiden Bilder. Er zog die Flügel auf zu den beiden Parterre-Räumen rechts und links, ging zwischen ihnen hin und her, schob die Kattunvorhänge beiseite. Die meiste Zeit würde er hier allein verbringen. 1969 hatte er geheiratet - eine jüngere Schauspielerin. Ein Jahr später Geburt des Sohnes Arnulf. Gründung einer Firma. Sein beruflicher Erfolg war von privaten Missgeschicken begleitet. Elfriede wurde krank, kümmerte sich weder um den Haushalt noch ums Kind und verstarb mit 37 Jahren.

Liedl dachte daran, dass Arnulf ein Blödmann war, typisch für die Wohlstandsgeneration, verzärtelt, verweichlicht, ein Looser. Alle Bemühungen, ihm etwas beizubringen, hatten nicht gefruchtet. Als er in der achten Klasse sitzen blieb, gab er das Projekt auf, ihn mit Nachhilfe durch die Schule zu pauken. Die Stelle, die er auf seine Vermittlung hin im KaDeWe erhielt, verließ er mit dem letzten Tag der Lehrzeit. Seitdem hatte er nie richtig Geld verdient. Der Junge versteifte sich darauf, Schauspieler zu sein. Irgendwann war Dr. Liedl der Geduldsfaden gerissen. Er zitierte den Therapeuten, der dem Jungen die Flöhe ins Ohr gesetzt haben mochte, in die Firma und eröffnete ihm, er wolle Arnulf, den er für „strohdumm" halte, nach München schicken. Er könne dort schauspielern, treiben, was immer er wolle, nur ihn behelligen, in die Centricon kommen: das dürfe er nicht. Berlinverbot! Liedl betrachtete die Postkarte, die ihn aus Bratislava erreicht hatte. Außen war ein Fotogeschäft abgebildet, mit der Adresse Šancová 169. Innen die krakelige Handschrift Arnulfs, der bei keinem Wort sicher war, wie es geschrieben wurde. Der hatte bestimmt eine viertel Stunde gebraucht, um zwei Sätze zu formulieren. Ein Analphabet, aber immerhin sein Sohn.

Dr. Liedl ging zum Steingeländer der Terrasse und schaute in die Bucht hinab. Er wollte das Haus dem Meer und den Kalkbergen zurückgeben, für die es gebaut worden war. Er hatte den grauen Verputz von den Mauern des länglichen zweistöckigen Baus abschlagen lassen; darunter waren alte braune Backsteine zum Vorschein gekommen, die er durchsichtig schlämmen ließ. Die Fenster waren von dünn geschnittenen Steinbändern eingefasst, welche aus den Mauern nicht hervortraten, sondern ebenmäßig in sie eingelassen. Das Dach aus unregelmäßigen Schieferplatten, weder zu flach noch zu steil, nicht vorspringend, sondern genau an den Mauerkanten ansetzend, war schadhaft, wies Sprünge auf.

Er kontrollierte die Uhr. Es war Zeit, doch er konnte sich kaum von seinem neuen Domizil lösen. Schlafen würde er oben. Die Zimmer lagen im ersten Stock, dazu eine Reihe Kammern. Eigentlich war das Haus zu groß für ihn, aber Arnulf würde ihn besuchen, er hatte ihm bereits einen Schlüssel ausgehändigt, und er überlegte, auch der Geliebten eine Unterkunft einzurichten. Es fiel ihm schwer, mit ihren Kapricen zu leben, und ein englisches Landhaus schien wenig geeignet, die Bedürfnisse einer osteuropäischen Lebedame dauerhaft zu befriedigen. Arthur Byron hatte ihm erzählt, dass es hier während der Wintermonate fast ununterbrochen regnete. Also würde er den Tag über in der Bibliothek sitzen und seine Memoiren schreiben.

Er brachte das Gepäck zum Wagen, dessen Speichen in der Sonne glitzerten. Wo der Park endete, schwang sich wildes Land, ein Boden aus Moos und Felsen, baumlos, von verfallenden Steinmauern und Fuchsienhecken durchzogen. Er passierte Carlsbroke Castle, eine Festung aus normannischer Zeit, umgeben von erdbraunen Tönen und saftigem Grün. Wie richtig es doch war, den Wohnsitz zu verlagern. Gestern war er den Weg an den Kreideklippen entlanggewandert, unter den Schreien der Möwen. Er liebte dieses alte Europa – und verband damit einen Begriff von höchster Qualität.

Er durfte den Kompagnon nicht unterschätzen: wahrscheinlich wusste er über seine Absichten Bescheid. Schon beim Eintritt

in Liedls Geschäft hatte er ihm eingeschärft, dass es für ihn keine halben Lösungen gebe; die Konstruktion sei irreversibel und der Transfer von Know-how Teil der Abmachung. Um Zeit zu schinden, würde er zunächst von seinem Englandfimmel reden. Verhandlungen führte der alte Firmenchef ungern in Konferenzen, sondern bei einem Essen, während einer Ausfahrt oder Besichtigung. Früher ließ er offizielle Treffen in dem Sitzungszimmer der Liedl AG stattfinden, verlieh ihnen den feierlichen Charakter eines Konklaves, mit dessen Hilfe er seinen Kontrahenten das Gefühl besonderer Bedeutung einflößte, sorgte aber dafür, dass die eigentlichen Entscheidungen offen blieben. Diese führte er überraschend bei Zusammenkünften im engeren Kreis herbei, scheinbar beiläufig, in privater Umgebung. Er schuf dann zwischen sich und einem Geschäftsfreund den Nimbus einer Elite, die unter sich blieb. Dieses Ritual funktionierte nicht mehr. Sein neuer Partner war physisch abwesend. Er vertraute dem Stellvertreter, den er in die Firma gepflanzt hatte. Ihm oblagen alle operativen Aufgaben und auch die Befugnis, Liedl für repräsentative Zwecke einzuspannen. „Nein", sagte er sich, „mein Rückzug ist die letzte Konsequenz. Ich werde mich langweilen, aber mit Stil."
Arthur Byron, der Wirt des Gasthauses und Hotels in Cowes, sah dem Manager nach, der seinen TR4 untergestellt hatte, wie er die Uferstraße überquerte und zur British Hovercraft Corporation lief. Er sprach akzentfrei englisch, er wäre nie darauf gekommen, dass er Deutscher war. Wie viele Engländer trug er einen blauen Blazer und eine dunkle Flanellhose. Ein hochgewachsener, nicht dicker Mann, überlegen lächelnd, mit grauen, sehr sorgfältig nach hinten gekämmten Haaren. Er musste gut in Form sein trotz der gelblichen Haut – Arthur vermutete eine angegriffene Leber.
Oft würde er zum Meeresstrand wandern, einen Taschenkrebs in einem Fluttümpel studieren, das Aufprallen der Wellen auf die Klippen hören, mit dem Fernglas den Möwen zusehen, die

auf den Kreidefelsen saßen, sich in einer Sandbucht ausziehen und in dem kalten Wasser unter grüngrauem Himmel schwimmen. Wenn er die Weite des Meeres und des Himmel satt hatte, würde er durch die Watchbell Lane in Newport bummeln, in der sich Antiquitätenläden reihten. Von solchen Exkursionen würde er nach Hause kommen, zu seinen Büchern und Bildern, zu seinem streng aufgeräumten Arbeitsplatz, auf dem nichts lag als der Foliant, in dem er gerade las.

Alles in allem schätzte er die Kosten der Renovierungsarbeiten für Landhurst-house – die Dachdeckerarbeiten, das Abschlagen des Verputzes und das Neuverputzen, die Maler- und Schreinerarbeiten, die sanitären Installationen und das Einbauen einer Zentralheizung sowie den Aufwand für die Außenanlagen - auf 250.000 Euro, also ein Achtel des Kaufpreises. Er würde einen örtlichen Architekten beteiligen, der die Handwerker der Region kannte. Das Haus war nicht nur Liebhaberei: es ließ Attitüden Formen werden, und dadurch, so hoffte er, könnte es ihm seine Würde zurückgeben.

Das Hovercraft rauschte ab, gleichmäßig und unprätentiös wie ein Schienenfahrzeug. Man passierte die Inselbuchten am Ufer des Solent, prächtige Küstenstriche, hinter denen sich die Wälder des New Forest erhoben, wasserdurchsponnen und sagenumwoben wegen ihrer freilaufenden Ponys. Anderthalb Flugstunden, die Zwischenlandung in London eingerechnet, dann war er in Tegel. Der letzte Abschlag lag vor ihm.

Die Chatka in Keźmarok

Der metallicfarbene VW-Bus parkte seit geraumer Zeit vor der Garage des Nachbarn. Als es klopfte, schob Jay den Vorhang beiseite. „Verdammter Mist" murmelte Peter als er einstieg. „Kapusta hat die Fässer abtransportiert."
Er trug eine weit geschnittene, khakifarbene Hose, deren Gürtel auf dem Hüftknochen saß und den halben Arsch unbedeckt ließ.
„Für meinen Geschmack war das Kraut nicht durch" sagte Jay, der einen Schoko Muffin mampfte. „Die Gärung dauert 6-8 Wochen."
„Geldmache. Die Slowakei ist nicht, was sie mal war."
„Eine Frechheit, so was den Kunden vorzusetzen."
„Der Kerl ist unverschämt."
„Widerling."
Peter blickte auf die schwammige Körpermasse neben sich. Angeekelt schüttelte er den Kopf: „Der ist gespickt: Mercedes E-Klasse, Einfamilienhaus, Chatka in Keźmarok."
„Vielleicht hat er dort ein Lager?"
Peter versuchte, einen klaren Gedanken zu fassen. Möglicherweise hatte Jay recht. Man durfte sich die Chance nicht entgehen lassen, nun, da der Sauerkrauthändler das Haus verlassen hatte und die Schwiegereltern in Mosonmagyaróvár besuchte. Peter wusste sogar, wo die Schlüssel für die Hütte hingen. Kapusta war ein Ekelpaket. Egoistisch, kein Benehmen. Man wusste, dass er den Kontakt mit der Tochter abgebrochen hatte, weil sie einen Rumänen heiratete. Ein Rassist. Wenn er Suhrkamp auch nicht umgebracht hatte – rein hypothetisch wäre es vorstellbar. Wahrscheinlich hatte so einer mehr Dreck am Stecken als Jay, der mitunter die Kontrolle verlor. Wer in Bratislava Geschäfte machte, verstrickte sich in ein Netz von Be-

ziehungen, die zwischen bäuerlichem Handel auf Gegenseitigkeit und mafiösem Komplott wechselten. Er musste bereit sein, über Leichen zu gehen, Mord und Totschlag einkalkulieren, sie in die kaufmännische Kostenrechnung einfließen lassen. Abgesehen davon existierte die Notwendigkeit, eine Spur zu legen, bildhübsch und einprägsam für die Fahnder, die den knochigen Leib suchen würden. So war der arme Kerl sicher nicht der erste, den der Nachbar aus dem Weg geschafft hatte. Zwangsweise mussten seine Machenschaften eines Tages auffliegen, und wollte man dem Gesetz zu seinem Recht verhelfen, so bedurfte es eines cleveren Winkelzuges ...

Das Handy klingelte und unterbrach seine Höhenflüge.

„Sagt mal, kennt ihr einen Dr. Liedl?" Es war Magda. „Über 1,80 groß, angegraut, feiner Anzug."

„Woher?"

„Berlin. Steht bei mir im Fotogeschäft und fragt nach einem Arnulf."

„Oweia", flüsterte Peter und verdeckte die Sprechmuschel. „Sie suchen Suhrkamp."

Er wollte am liebsten türmen, raus aus der Slowakei. Wenn er sich seine Lage ausmalte, die ganze Klaviatur der Empfindungen durchspielte, Ekel, Verzweiflung, Wahnsinn, dann wollte er zur Polizei, um alles anzuzeigen; doch nein; er konnte den Bruder nicht ausliefern. Jay war zu einfältig, sich aus der Klemme zu befreien, Peter musste ihn herausboxen.

„Hallo?" hörte er Magda aus den Löchern des Apparates rufen, „Wie kommt er ausgerechnet auf uns?" fragte er.

Suhrkamp hatte eine Postkarte an den Vater geschickt – ein pfiffiges, von Magda angefertigtes Foto, das in der Küche auflag. Der Postkasten war gleich vor dem Haus.

„Ihr meint den schrägen Vogel, der letzte Woche verschwunden ist?"

„Schicke den Mann an die Kreuzung Šancová-Legionárska", unterbrach Peter.

„Mist, Mist, Mist!" rief er und senkte den Kopf auf das Lenkrad. „Warum muss das ausgerechnet mir passieren?"
„Weil du ihn alle gemacht hast", grölte Jay.
„Hör auf es abzustreiten, Idiot", rief Peter und drückte auf die Tube. Sie stritten lauthals, aber es half nichts. Jetzt hieß es blitzschnell agieren. Dr. Liedl wartete knapp fünfzehn Minuten und verbarg die Verärgerung wie ein Gentleman. Er war mit leichtem Kaschmir bekleidet, aus dem rot mit Gold gezackt der Schal leuchtete. In der rechten hielt er eine Aktentasche, rötlich-braun, aus feinstem Leder.
„Schön, dass Sie meinen Sohn kennen. Wo treffe ich ihn?"
„Wir haben eine Vermutung", erwiderte Peter. „Er steckt in der Hohen Tatra."
Die Antwort kam wie aus der Pistole geschossen. Jay sah den Bruder erstaunt von der Seite an. Dr. Liedl wurde nachdenklich. Er musterte den Dicken mit seiner dunklen Wollmütze und dem grellen, über der Hose hängenden Hawaiihemd.
„Genauer gesagt: nach Keźmarok. Ein Bekannter hat ihn eingeladen."
„Wo ist das?"
„Bei den Zipsern. Wir machen den Ausflug sowieso. Wollen Sie mit?"
„Zweieinhalb Stunden", mischte sich Jay ein. „Am besten teilen wir das Benzingeld."
„Na schön, fahren Sie mich. Ich denke 50 Euro reichen."
Mit Befremden bückte sich der Unternehmer und warf die Schiebetür zu.
„Du hättest das Doppelte verlangen können", zischte Jay seinem Bruder auf Slowakisch zu."
Jay klappte die Blende nach unten und beobachtete, wie der Pinkel ins Revers griff und der prall gefüllten Brieftasche ein glattgebügeltes Scheinchen entnahm. Der Alte sah aus als sei er unterwegs zu einer Vorstandssitzung.
„Wo kommen Sie her geschneit?"

„Schwechat. Ein spontaner Entschluss. Vor allem, weil ich erst am Montag in Wien sein will. Ein offizieller Termin." Er brach ab, als handele es sich um etwas Unangenehmes.

„Sind Sie mit 'ner Taxe rüber?"

Der Geschäftsmann war sich seines snobistischen Zuges nicht bewusst, während er mit den Brüdern in die Provinz gurkte. Er wollte die gewohnten Geleise verlassen, wieder Kontakt mit dem verlorenen Sohn aufnehmen, jetzt, wo alles auf dem Spiel stand.

„Und wie läuft's beruflich?" Jay nippte ab und zu an einer Flasche Slibowitz und wirkte unzufrieden.

Dr. Liedl war Jahrgang 54. Abitur am naturwissenschaftlichen Gymnasium; Studium Maschinenbau an der TU Berlin, Aufenthalt in Oxford. Doktorarbeit auf dem Gebiet der Zentrifugentechnik. Anstellung bei der Firma Urenco im westfälischen Gronau. Patente, Geschäftsreisen, Aktionärsversammlungen. Was sollte er diesen Leuten erzählen?

„Ich arbeite für medizinische Labors. Und Sie?"

„Filmbranche" sagte Jay. Peter ergänzte: „Ein taffes Feld. Nicht leicht, oben zu schwimmen. Aber hallo!"

Liedl nickte, während er das Hawaiihemd betrachtete, die Schirmmütze, die Sonnenbrillen. Natürlich, diese Gaukler lebten in der Filmstadt München. Eine unangenehme Erinnerung schwang mit - die Schauspielerei war ihm so verhasst wie die halbseidene Szene drum herum, die fortwährend Lügen, Klatsch und Intrigen produzierte. Er blickte in den seit langem unentschlossen Himmel, der jetzt umschlug und einen Wettersturz ankündigte. Hinter der braunen, leblosen Waldfläche zeichneten sich blassblaue Berge ab mit quecksilbrig glänzenden Schneeflächen. Liedl dachte an die ältere Dame, die seit acht Jahren bei ihm putzte und den Haushalt führte. Monatsgehalt 400 Euro. Ausgezeichnete Köchin. Zwischen ihnen strikte Sie-Anrede. Er hatte ihr mitgeteilt, dass er die Wohnung auflösen und das Mietshaus dem Sohn überantworten wollte. Sie weinte zum Abschied. Ohne dass er es verhindern konnte, überzogen sich seine Augen mit feuchtem Schimmer. Mit seziererischer Aufmerksamkeit verfolgte Jay die Gemütsbewegung des Passagiers, der sich so akkurat und gestylt präsentierte, dass einen Lust überkam, ihn zu beleidigen.

„Was wollen Sie in so einem Nest?" fragte Jay, als sie durch das mittelalterliche Georgenberg kutschierten. „In so einem Kaff, wo es keinen Herrenausstatter gibt und kein Wellnesscenter?"

Liedl war zu sehr in Gedanken, um angemessen zu reagieren. Er dachte, dass er nicht unbedingt vor Gesundheit strotzte. Kein Sport außer Golf. Keine Neigung zu Sonnenbädern, nun, Sonne gab es in Berlin wenig, da war die Isle of Wight mit ihrem milden Klima ein Fortschritt. Er schwamm gerne und stellte es sich vor, zu angeln. Sein Gewicht lag mit Hilfe eiserner Diät konstant bei 82 Kilogramm. Er trank beim Essen badische oder französische Weißweine, Bier nach Laune und vor dem Schlafengehen Whisky – der Alkohol belastete die Kondition. Ja, Sport war wichtig für ihn, und jetzt fragte er sich tatsächlich, was er in dieser Gegend sollte, wo keine Golfplätze existierten, keine Clubs oder niveauvolle Partys?

„Schuster bleib bei deinen Leisten", pöbelte Jay. „Ein kapitaler Fehler, sich unters Volk zu mischen. Sie sollten aufpassen, mit wem Sie sich einlassen."

„Kannst du dich nicht um deine eigenen Angelegenheiten kümmern?" bremste Peter auf Slowakisch.

„Für den sind wir doch nur Schmeißfliegen", grölte Jay.

„Ich fürchte, er hat nicht ganz unrecht!"

„Wenn du mich beleidigst, breche ich dir das Kreuz", rief Jay plötzlich, während er die Fäuste ballte und mit vor Wut geifernden Lippen lachte.

Der Himmel baute sich vor ihnen auf wie eine dunkelgraue Wand. Dr. Liedl sorgte sich, wie er die Nacht verbringen sollte.

„Wir setzen Sie an der Hütte ab". versprach Peter und schwafelte: „Morgen geht's in die Tatra - übrigens das kleinste Hochgebirge der Welt."

„Wenigstens ein Superlativ, auf den sie stolz sein können", dachte der alte Liedl mitleidig. Die Tischlers waren für ihn so etwas wie Mongolenreiter oder die Janitscharen Süleymans, aber niemand, der in die moderne westliche Welt passte.

Auf der Dorfstraße von Käsmark herrschte kaum Verkehr. Die Scheinwerfer eines einzelnen Fahrzeuges leuchteten im Rückspiegel. Keiner von ihnen dachte, dass dies von Bedeutung sein könnte. Vielleicht ein Traktor; aber es musste ein sehr schneller Traktor sein. Weiter vorne kämpfte eine bejahrte Bäuerin gegen den Wind.

„Können Sie uns verraten, wo die Hütte von Kapusta liegt?" Das Mütterlein trug ein Kopftuch und eine schwarz weiß gepunktete Tracht. Als sie sprach sah man, dass sie keine Zähne hatte.

„Das schaut nicht nach Arnulf aus", dachte Liedl. Sein Sohn würde niemals in einer so finsteren, gottverlassenen Gegend übernachten. Vielleicht rührte der Eindruck von dem Gewitterregen, der losbrach, dem Wind, der den Mantel blähte, während sie den Kiesweg hinaufeilten. Der ältere Tischler, weit voran, schlüpfte als erster in das Blockhaus. „Sehen Sie - unverschlossen. Ihr Sohn muss in der Nähe sein."

Die Chatka verfügte über eine Wohnküche mit zentralem Ofen. Von Keller- oder Lagerräumen konnte keine Rede sein, dass hatte Peter sofort überrissen. Auf dem Fensterbrett breitete sich eine Batterie von Weinflaschen aus, die mit dem Windstoß durcheinanderwirbelten, als Liedl die Pforte zu drückte. Peter inspizierte unterdessen das abgeteilte Schlafgemach, warf eilig Federbett und Decke auf, über die er ein mitgebrachtes T-Shirt drapierte. Mit saloppem Schwung dirigierte er Suhrkamps Börse und Armbanduhr in den Nachttisch, ließ die

Lade spaltweit offen und platzierte Zahnbürste und Zahnpasta obenauf.

„Oder war hier – Imperfekt!" Peter hielt sich für gewitzt genug, um es mit dem Akademiker aufzunehmen: „Womöglich kommt ihr Filius in der Nacht vom Berg zurück. Beatus ille, qui procul negotiis."

„Das schaut überhaupt nicht nach meinem Jungen aus", meinte der Alte besorgt. Liedl merkte, dass er in der Klemme steckte. „Was bleibt mir anderes übrig – ich werde warten."

Peter fuhr den Campingbus unter das Carport, das sich hundert Meter weiter zwischen unbewohnte Holzhäuser duckte. Eine Plastikplane fegte über die Straße, Abfälle rollten hinterher, wie von Geisterhand bewegt. Um sich zu beruhigen, rekapitulierte er die Abläufe des Tages, spulte sie ab wie einen Film, damit unauslöschlich jedes Detail im Gedächtnis haften blieb, vom Einbruch in Kapustas Haus bis hin zum Verstreuen der persönlichen Dinge Suhrkamps.

Schließlich fiel krachend ein Ast auf das Plastikdach. Peter, eingeduselt, riss die Augen auf. Jay war verschwunden. Der Regen schwallte gegen die Scheibe. Hinter dem Wasserschleier beugten sich Baumwipfel im Wind. So kurzzeitig, dass es kaum die Netzhaut streifte, erschien das Bild eines stattlichen, weißen Pferdes, das von einem triefenden Bauern dem Stall zugeführt wurde. Nackt und weißhäutig sah er wieder den leblosen Körper Suhrkamps vor sich; wie von Schlaglichtern erhellt sah Peter, wie er ihm den Puls nahm, wie das zerbrechliche Bündel auf den Zementboden der Garage aufklatschte, wie das scharfe Blatt der Säge durch den Oberarmknochen trieb.

„Heilige Mutter" rief er, „was habe ich getan!" Da tauchte Jay zwischen windgepeitschten Büschen auf, die rötlich-braune Aktentasche in der Hand.

„Er hat sie vergessen" behauptete Jay, der stark nach Alkohol roch. „Alles verriegelt. Der Pinkel reagiert nicht. Mein Hemd ist klatschnass."

„Du hast die Flasche fast leergesoffen. Her damit."
Peter verschwieg die Visionen, die ihn bedrängten; er glotzte in den Regenschleier, in den sich langsam etwas anderes fraß, unmerklich anfangs, denn es war nur ein belangloser roter Fleck in einem einzigen dunkelgrau verschwimmenden Ausschnitt, den man ohne aufmerksames Studium nicht identifizieren konnte, und auch später, als der Fleck größer wurde, als er schimmerte und tanzte, als er zwei, drei Brüderchen bekam, die um ihn herumsprangen, da regte sich nichts in ihm, und dass es knisterte und knallte und jemand um Hilfe schrie, das konnte er wegen des brausenden Windes nicht hören, der den Brand weiter anfachte und trotz des immer wieder einsetzenden Regens zu ekstatischen Höhepunkten trieb. Er hörte, wie Jay schnarchte. Kaum war die Flasche leer, sank Peter auf die Rückbank, sackte in einen traumlosen Schlaf. Als die Rettungsmannschaften eintrafen, konnten sie an der Brandstelle nur noch verkohlte Reste entdecken und in schmauchender Asche stochern. Niemand kümmerte sich um den entfernt parkenden, metallicfarbenen VW-Bus, dessen Vorhänge vorgezogen waren.

LKA BERLIN
FAX

Empfänger   BKA Wiesbaden
Datum   4. Mai
Abteilung/Absender
Kopie
Anzahl Seiten   1
Thema   Fall Dr. Liedl

Sehr geehrter Herr Jankowski,

Ich weise Sie ausdrücklich darauf hin, dass unser Institut ein Ermittlungs-LKA ist. Wenn andere regionale Polizeiorgane ein abweichendes Selbstverständnis hegen, tangiert uns das nicht. Schließlich fällt uns als Hauptstadtbehörde die Vorreiterrolle zu. Im Rahmen der Neuordnung der Führungsstrukturen der Berliner Polizei wurde das LKA vor kurzem in sieben Dezernate untergliedert. Die länderübergreifend agieren. Explizit international arbeiten Abteilungen zwei, drei und vier. Da es sich im vorliegenden Fall um einen Berliner Bürger handelt, sehe ich für eine Einmischung Wiesbadens keinerlei Anlass. Im Übrigen legen die politischen Weichenstellungen nahe, dass weiterhin Kompetenzen Ihres Hauses zu uns verlagert werden, um die Maßnahmen gegen etwaige terroristische Übergriffe besser zu koordinieren.

HOCHACHTUNGSVOLL
DR. JAKOB GAUSS
PRÄSIDENT DES LKA BERLIN
KEITHSTRASSE 30
10787 BERLIN

LKA BERLIN
FAX

Empfänger   Deutsche Botschaft, Bratislava
Datum   4. Mai
Abteilung/Absender LKA 12
Kopie
Anzahl Seiten   1
Thema   Fall Dr. Liedl

Sehr geehrte Damen und Herren,

Das LKA Berlin hat sich entschieden, einen Ermittler im Fall Dr. Liedl in die Slowakei zu senden. Bitte besorgen Sie den Kontakt mit amtlichen Stellen. Bislang haben wir keinen Ansprechpartner vor Ort. Unser Mitarbeiter Benjamin Borowiak vom LKA 12 ist auf einen Übersetzer angewiesen. Organisieren Sie bitte eine Person, die sich vor Ort auskennt und ein preiswertes Hotel der Zwei-Sterne-Kategorie (Alternativ: Polizisten-Wohnheim). Da wir reges Interesse an dem Todesfall feststellen und die Firma CENTRICON bei der Außenhandelskammer in Bratislava bekannt ist, bitten wir, sich auf Presseanfragen einzustellen. Bitte behandeln Sie die Ermittlungen mit der allergrößten Diskretion.

MIT FREUNDLICHEN GRÜSSEN

HAUPTKOMMISSAR A. SCHWINGHAMMER
LKA12
(BRANDDELIKTE/VERMISSTENSTELLE/KIND-
ERSCHUTZ)
KEITHSTRASSE 30
10787 BERLIN

Fechterstellung

In den düsteren, nach Borax riechenden Gängen des Universitätsgebäudes an der Sasinková hallten die Schritte dreier Personen. Der slowakische Kommissar war unentwegt damit beschäftigt, der Dame Flügeltüren aufzuhalten und maniert den Kavalier alter Schule herauszukehren. Er wirkte groß, weil er einigermaßen schlank war und sich kerzengerade hielt. Das Gesicht konnte man nicht als hart bezeichnen, hatte aber klare Linien, eine Hakennase, unregelmäßige Lippen. Während er sprach fuhr er sich durchs Haar, das man nicht grau nennen konnte, sondern halb schwarz, halb weiß, und das etwas zu lang in Locken in den Nacken fiel. Juliana Ková čová, die lange in Wien gelebt hatte, stach hervor durch ein dunkelrotes Kostüm, das dem Anlass entsprechend streng ausfiel. Das halblange Haar säuberlich nach hinten gebürstet und in einen Dutt gebunden, sah sie so herzerfrischend aus wie eine KGB-Funktionärin. Borowiak vermutete, dass sie regelmäßig für die deutsche Botschaft arbeitete und deren Aufträge nicht unbedingt verlieren wollte. Auch der Kommissar gerierte sich überaus formell und korrekt - anstatt so freundlich zu sein, wie Ben sich das wünschte. Er fühlte sich noch als Berufsanfänger. Es wunderte ihn, dass sich die Leute derart anstrengten, keine Fehler zu machen. Ihre ganze Energie richteten sie darauf, als Person unkenntlich zu werden und hinter einer perfekten Tarnung zu verschwinden. Tja Ben, du gehörst jetzt dazu - willkommen im Leben.
Borowiak besaß dunkles Haar. Schöne Hände, braune Augen. 31 Jahre alt, schlank und fast schmal an den Schultern war er weniger kantig, als man sich einen Kommissar vorstellt. Er trug schwarze Klamotten. Eine Hand starrte vor breiten Silberringen, an die er sich während der Studentenjahre gewöhnt hat-

te. Sie galten im Umfeld von Cafes und Discotheken angebrachter als in der Nähe von Uniformen; sein unpassendes Faible machte ihn oft genug zum Ziel lauwarmer Witzchen. Die reizten ihn mittlerweile bis aufs Blut. Ganz besonders hasste er es, wenn sie ihn Benjamin nannten als sei er eine Büropflanze. Oder eine biblische Figur. Sie erreichten den Gebäudeteil des Leichenschauhauses über eine Treppe, die in den Keller führte. In den Katakomben des Labyrinthes fröstelte man unwillkürlich, weil die Temperatur merklich sank. Nun betraten sie den Kühlraum. Er blickte auf den gekachelten Boden und fragte sich, wie wohl die Übersetzerin reagieren würde. Sie stockte, als Čertik an die Wand trat und eines der schweren Fächer aus dem Stahlschrank hievte. Was für ein grauenerregendes Bild!

Als Trainee hatte Ben einiges erlebt. Leichen gesehen mit Stichverletzungen, abgetrennten Körpergliedern, Schusswunden. Einmal, vor zwei Monaten, bargen sie eine Wasserleiche. Hundsmiserabel ging es ihm bei der Untersuchung - die Kollegen von der technischen Abteilung hatten es genossen. Keines der Opfer war verstümmelt wie dieses hier. Der Geruch verbrannten Fleisches breitete sich aus, intensiv und beißend, so dass man instinktiv den Kopf zurückzog, Sein Blick fiel auf den Schädel, der wegen der hohen Temperaturen der Hirnflüssigkeit geplatzt war. Mit dem Verschmoren von Fleisch und Gewebe wurden die Muskelteile gestrafft und der Mund lag aufgerissen vor ihm. Das erhitzte Eiweiß der Augen hatte die Pupillen verschluckt und starrte ihn blind aus den Höhlen an, groß wie ein Tischtennisball.

„Entsetzlich." Die Frau fand als erstes Worte. Kováčová verlor an Förmlichkeit und Farbe.

„Der Körper hat sich nach dem Tod in die Fechterstellung gedreht", erklärte Ben sachlich.

„Sie meinen die erhobenen Arme?" fragte Čertik.

„Hitzebedingt schrumpft die stärker entwickelte Beugemuskulatur" – hier musste die Übersetzerin nachfragen und das Gespräch stagnierte. Wie bei anderen Brandleichen waren die Gelenke freigelegt. Um das Fußgelenk hatte man einen Zettel mit einer dreistelligen Codenummer und der Aufschrift „Dr. Liedl" gebunden.

„Wie haben Sie ihn identifiziert?" Er musterte die über dem Becken offen liegenden Organe.

„Sein Ausweis befand sich in einer ledernen Brieftasche. Sie war nur angeschwärzt. Hing in einem Geweberest, also, das muss ein Textil gewesen sein, wenn Sie mich fragen, ein Blazer oder so was. Hing einfach so auf dem Holzbügel."

„Ist das nicht vorschnell? Könnte ja eine getürkte Spur sein", erwiderte Ben.

„Wir nahmen die Entfernung zwischen Nabel und Achselhöhle und errechneten die Körpergröße. Sie stimmt mit der angegebenen überein."

„Kaffeesatzleserei" murrte der Deutsche. „Man müsste Prophet sein."

„Unser einziger Anhaltspunkt. Der Eigentümer der Hütte gibt an, von nichts zu wissen."

„Hinweise auf Einbruch?"

Der Kommissar fuhr sich durch die weißschwarzen Strähnen. „Nein. Es ist unklar, wie die Tür geöffnet wurde. Keine Spuren von Gewalt am Schließzylinder."

„Sonst etwas in der Brieftasche? Geld zum Beispiel?"

„Fehlanzeige. Außerdem lag da noch ein leerer Geldbeutel in einem Schränkchen. Vermutlich Raubmord."

„Kommt das öfters in der Gegend vor?"

Die Miene von Čertik verfinsterte sich. Was bildete sich dieser Jungspund ein?

„Ich meine wegen der Bandenkriminalität im Osten."

„Sie unterliegen einem Vorurteil, Borowiak. In Keźmarok ist seit dem Ende der russischen Besatzung kein Huhn mehr geklaut worden."
„Dann ist das sozusagen Premiere?"
Der Slowake holte gerade zu einer Retourkutsche aus, als das Handy klingelte.
„Moment mal, ich kriege gerade einen Anruf. Borowiak!?"
Er wandte sich von den anderen ab und sprach zur Leiche.
„Wir können ja in den Tresor gehen – zum Abtanzen. Schau am Samstag vorbei. So gegen zehn", rief er und klappte das Handy zu. „Entschuldigen Sie. Wichtiger Anruf. Wo waren wir?"
„Bei der Leiche."
„Dachte ich fast", meinte Ben spöttisch.
„Wir können mit Sicherheit sagen, dass es Brandstiftung war. Wir haben Fragmente eines Benzinkanisters sichergestellt."
„Schaut aus, als ob dieser Mensch lichterloh brannte."
„Er trug nichts am Körper außer einer Unterhose. Sehen Sie die Fäden?"
„Eingeschmolzen in die Hämatome."
„Polyesterrückstände. Wir konnten Bleiverbindungen nachweisen."
„Bestätigt Ihre Hypothese", brummte Borowiak.
„Proximaler Schnitt durch die Bronchien ..."
„Stammt von Ihrem Medizinmann?"
„Er hat Russ Partikel festgestellt. Das beweist, dass das Opfer beim Verbrennen noch lebte."
„Also, ich fasse zusammen", sagte Borowiak wichtigtuerisch. „Sie haben bei dem Toten keinerlei Schlüssel gefunden: nicht von der Datscha ..."
„Chatka heißt das. Wir sind nicht Russland, sondern ein zivilisiertes, mitteleuropäisches Land."

Anscheinend hatten die Slowaken es nötig, ihre Eigenständigkeit zu betonen. Gerade mal unabhängig geworden platzten sie vor Nationalstolz.
„Also keine Schlüssel von dem Wochenendhaus"- diesmal hörte Ben, wie Kováčová das Wort Chatka erwähnte - „nicht von der Berliner Wohnung, anderen Häusern oder einem Auto?"
„Doch. Ich zeige Ihnen im Büro, was wir gefunden haben."
Čertik schob den Stahlkasten zu. Irgendwie waren alle erleichtert, den Anblick nicht länger ertragen zu müssen. Da meinte Ben großspurig: „Okay, packen Sie die Reste ein und machen Sie 'ne Schleife rum. Ich nehme ihn mit nach Berlin."
Der alte Kommissar traute seinen Ohren nicht.
„Das widerspricht allen Gepflogenheiten. Wir brauchen mindestens eine Woche, bevor wir eine Leiche freigeben."
„Sie haben den Toten doch untersucht. Wozu zögern?"
„Warum die Eile?" fragte der Alte und kämmte durch die Mähne.
Auf dem Rückweg durch den medizinischen Garten der Universität eilte Borowiak den anderen voran. Klar, er wollte die Verantwortung übernehmen. Hinter ihm tuschelte die Übersetzerin mit dem Slowaken, bis sie am Präsidium an der Mickiewiczova anlangten. Neben dem Glaseinsatz des Büros prangte ein Schild mit dem Namen Josef Čertik. Darunter las er den Titel Major.
„Nehmen Sie Platz", sagte der Kommissar übertrieben zuvorkommend. Dann hielt er ihm ein verformtes Stück Metall unter die Nase.
„Das muss so etwas wie ein Autoschlüssel gewesen sein. Kein gebräuchliches Modell. Eher ein Oldtimer."
„Kein Problem für unsere Experten."
„Das Beweismaterial bleibt hier."
„Sie geben mir sicherlich Fotos mit?"
„Wir haben Bilddateien angelegt. Allerdings" – er zögerte ein wenig - „etwas widerspricht der Raubmord-Theorie."

„Was?"

Er fingerte ein Polaroid aus einem Pack Fotografien, das auf dem Schreibtisch wartete.

„Unter den Händen der Leiche hat man zwei Klümpchen geschmolzenes Gold gefunden, vielleicht Ringe oder eine Kette ums Handgelenk."

„Der Tote war wohlhabend – das deutet auf Liedl" sagte er flugs, um den Gedanken für sich zu reklamieren.

„Das heißt, dass der Mörder reich genug ist, um diesen Schmuck zu verschmähen", meinte Čertik.

„Wollen sie behaupten, Fingerschmuck sei nur etwas für arme Leute?" meinte Ben aufbrausend.

„Die Frage ist, warum ein Räuber Geld mitnimmt, aber nicht den Schmuck."

„Weil er selbst Ringe trägt." Er hielt dem Beamten seine rechte vor die Augen. „Oder es waren Unikate mit einer Gravur. Er wollte sich nicht verdächtig machen."

„Schön. Eine Hypothese mehr", entgegnete Čertik mit einer Prise Ironie. Der Slowake presste die Lippen aufeinander und verschob sie in die linke Gesichtshälfte „Jedenfalls hat der Eigentümer der Hütte ein hieb- und stichfestes Alibi. Wir haben unsere Fahndung deshalb breit angesetzt."

Er reichte ihm einen Fragebogen, der an alle verteilt werden sollte, die in der Nähe der Chatka wohnten. Borowiak las ihn mit Hilfe der Übersetzerin. Hatte man Ungewöhnliches gesehen? Etwas, das mit dem brutalen Überfall in Verbindung stehen konnte? Er traute dem Formular nicht viel zu. Das war schon möglich, dass die Telefone ununterbrochen klingelten und sich das ganze Dorf meldete und die Bewohner Kommentare zum Besten gaben. Zwei Polizisten würden den ganzen Tag damit beschäftigt sein, sich Aussagen anzuhören, die nicht sonderlich relevant sein konnten. Andererseits waren es ja nicht seine Kollegen, die beansprucht wurden. Es sollte ihm egal sein, wenn ihnen die Köpfe rauchten. Čertik zog den Mitarbeiter zu, der das Papier entworfen hatte. Sie beratschlagten, wie in dem Fall weiter zu verfahren sei. Eigensinnig wie er war wollte Ben partout nicht auf ihre Vorschläge eingehen.

„Die Fotos vom Tatort ..."

„Was ist damit?"

„Unbrauchbar. Die sind ja unterbelichtet."

„Der Mann fotografiert für uns seit Jahren."

„Ich will den Schauplatz selber sehen", beharrte er. Er drehte fortwährend den Ring am rechten Mittelfinger. Wenn er den Ring drehte, bedeutete es, dass Ben extrem nervös war. Niemand würde ihn davon abbringen. Ehrensache.

„Fahren Sie, in Gottes Namen" seufzte der Kommissar, der sonst nicht zu den Gläubigen zählte. Seine Meinung über den Berliner war gefasst: ein arrogantes Arschloch! Er wusste, dass die neugewählte Regierung keinen Stunk wollte nach den schweren Konflikten in der Frage der Einwanderung. Dem musste man Tribut zollen. Er öffnete die Schublade für Notfälle, schenkte ein Gläschen Borowiczka ein und spülte ihn runter. Damit war die Sache erledigt. Vorerst jedenfalls.

Berliner Morgenpost 5.Mai

Deutscher in der Slowakei verunglückt

Bratislava, dpa - Nach Angaben der deutschen Botschaft ist in der Nacht von Sonntag auf Montag ein deutscher Geschäftsmann nahe Poprad, einem slowakischen Ort in der Hohen Tatra, ums Leben gekommen.
Der 61jährige, aus Berlin stammende Dr. Erich Liedl war einer der Eigner der Liedl AG, einem mittelständischen Unternehmen, das von Berlin und München aus Zentrifugen exportierte. Wie die örtliche Polizei berichtet ist seine verkohlte Leiche am Morgen aus einem Landhaus geborgen worden, das in der Nacht völlig abgebrannt war. Es wird vermutet, Dr. Liedl habe sich auf einem Kurzurlaub befunden. Die Brandursache werde noch durch Spezialisten aus der Hauptstadt untersucht.

Nichts deute darauf hin, dass Dr. Liedls Tod etwas mit seiner Staatsangehörigkeit zu tun hatte, verlautete aus Botschaftskreisen.

In seiner Firma wusste man bislang nichts über den Aufenthalt des Firmenchefs. Bedienstete vermuten, er habe geschäftliche Termine wahrgenommen, die darauf zielten, Chancen der Globalisierung auszuloten.

Die Slowakei ist ein wichtiger Partner für viele deutsche Mittelständler und dabei, sich von der EU mehr und mehr abzuschotten. Die Behörden in Bratislava gehen zunächst von einem Unfall aus.

„Dr. Liedl ist einfach zur falschen Zeit am falschen Ort gewesen", erklärte einer der Botschaftsangestellten lapidar gegenüber der MP.

Weitere Ergebnisse müsse man abwarten.

Mit der Pinzette

In dem Café gab es nichts zu tun, und so wartete er. Seine Hände waren mager, von mittlerer Größe. Er betrachtete die Nägel und fragte sich plötzlich, warum Morde eigentlich aufgeklärt werden mussten? In den seltensten Fällen war Aussicht auf eine präventive oder abschreckende Wirkung. Triebfeder war doch die Idee der Gerechtigkeit, so abstrakt das klingen mochte. Hatte sie Bestand in einer nach allen Seiten offenen Land, in dem wirtschaftliche, soziale und kulturelle Gegensätze immer stärker kollidierten? Nein. Wo Ungleichheiten, Pfründe, Vetternwirtschaft und Korruption ein bestimmtes Maß überstiegen, erzeugten sie Gewalt. Wenn sich der soziale Kontext auflöst, verblasst auch die tradierte Norm. Jeder lebt in Parallelgesellschaften und –existenzen, allein für sich. Längst reduzierte sich das Leben zu einer Kakophonie aus Millionen von Monologen, die er in der U-Bahn hören konnte, im Flugzeug, im Café. Dazu vernahm er neuerdings die eigene Stimme, verzweifelt und vorwurfsvoll, sie beschwerte sich über mangelnde Zuwendung, denn seine Freundin hatte ihn vor drei Monaten verlassen. Sie halte das Leben in Berlin und speziell mit ihm nicht mehr aus, sagte sie. Isa war mit dem Kind zu ihren Eltern gezogen. Nach Aurich, einem Kaff hinter Wilhelmshaven. Aber was hatte das mit dem Begriff der Gerechtigkeit zu tun? Und was mit dem Fall in der Slowakei? Die Crux dieser schweifenden Monologe war, dass man zu keinem Ergebnis gelangte. Ein Gedanke zeugte den nächsten, stieß den übernächsten an, ohne dass sie durch Logik oder Konsequenz miteinander verbunden waren; alles verfloss wie ein Regen, der auf dem Wasser niederging. Als ihn die Slowaken abholten, zog er es vor, zu schweigen. Es war kein unangenehmer

Zustand, wenn die Gedanken so verflossen. Und es verkürzte die Autofahrt nach Keźmarok erheblich.

Am Tatort empfing sie ein Vertreter der örtlichen Polizei. Die Ruinen, aus deren Mitte ein offener Kamin ragte, waren mit weißblauem Band abgesperrt; jedoch nicht weitläufig genug. „Diese Pfeifen", dachte er. Überall Spuren. Spuren von Polizisten, Spuren von Feuerwehrleuten, und auf Nachfrage erfuhr er, dass sogar der Notarzt auf dem Platz gewesen war. Für was braucht man einen Arzt bei einem Kapitaldelikt? Das war sinnloses Zerstören von Brandruinen und gegen alle Regeln!

„Als Ursache haben wir Benzin ermittelt", berichtete der Fahnder aus Bratislava. „Diese Stellen haben intensiver gebrannt. Sie waren beim Eintreffen der Feuerwehr schon – wie heißt es auf Deutsch?" fragte Kováčová – „aufgegessen?"

„Aufgezehrt. Ausgebrannt. Ich verstehe, was sie meinen."

„Man hat einen Knall gehört. Gegen 22 Uhr 20. Das entspricht etwa dem Zeitpunkt des Todes."

Nun sprach der Polizist, der zur Inspektion Poprad gehörte.

„Ein Bauer aus der Umgebung hat ein Fahrzeug gesehen."

„Was für eines?"

„Das ist das Problem: außer Traktoren kennt er Lada und Skoda. Es sei aber ein ausländisches Fabrikat gewesen."

„Lada und Skoda sind ausländische Fabrikate!" betonte der Fahnder. „Bestellen Sie ihn nach Poprad und führen Sie ihm Bilder verschiedener Wagentypen vor."

„Wir haben leider nicht die technischen Möglichkeiten einer Hauptstadtbehörde", meinte der Fahnder und brach in eine Tirade aus, wie sehr die Verbrechen zugenommen hätten. „Außerdem gibt es noch ein anderes Problem."

„Welches, zum Teufel noch mal?" fragte Ben.

„Der Mann sieht keinerlei Grund, warum er auf das Revier kommen sollte. Er muss seine Tiere füttern und zudem, sagt er, ist es Frühjahr, er muss seine Felder bestellen, und wenn er dann ..."

Ben entfernte sich. Kováčová blieb bei den anderen und versuchte, zwischen ihnen zu vermitteln. Sie diskutierten so temperamentvoll miteinander, dass er glaubte, sie würden einander den Schädel einschlagen. Währenddessen versuchte er sich den Ablauf vorzustellen, so als sähe er durch ein Kaleidoskop. Entweder war Dr. Liedl allein und öffnete. Oder er war mit dem Täter zur Hütte gefahren. Es kam zum Kampf. Danach schraubte der Mann oder die Frau den Tankverschluss auf und goss Benzin über das Opfer, das keine Gelegenheit hatte, zu fliehen oder sich zu wehren. Es wäre im Labor nochmals zu prüfen, ob es irgendwie gefesselt oder narkotisiert wurde. Dann lief der Täter an eine der Ecken der Chatka, rollte den Tank weiter, ging nach außen und goss hier und da Benzin auf die Schindeln, bis er die nächste Ecke erreicht hatte. Er schmiss den Kanister mit dem restlichen Benzin ins Haus. Dann zündete er ein Streichholz an und hielt es an die feuchten Stellen. Er lief zurück auf seinen Beobachtungsposten und betrachtete das Werk. Ben zog einen Halbkreis um die Ruine.

Die ersten Flammen züngelten blass und begierig, dann wurden sie gelb, mit rötlichen Streifen. Er stapfte vorsichtig über die Brandstelle. Der oder die Täter hatten an mindestens fünf Stellen Feuer gelegt, und die Flammen krochen nun an der Hauswand empor wie die Finger einer Hand – warm und flackernd, sanft und streichelnd. Dann die plötzliche Explosion des Benzintanks, der zu heiß geworden war, laut wie ein Kanonenschuss. Sie erhellte sekundenlang die Szene. „Feuer hat etwas Magisches", dachte er, „man starrt es gebannt an. Damit so ein Pyromane nicht erwischt wird, verbirgt er sich hinter einem Baum, einer Mauer, einer Hecke. Es darf nicht weit weg sein von der Stelle, an der sein Auto steht." Möglicherweise benutzte der Täter den Reservekanister; die aufgefundenen

Bruchstücke ließen sicher Rückschlüsse zu. Ben übersprang den Jägerzaun und stellte sich auf dem Nachbargrundstück hinter einen Weidenbusch. Bingo. Ein unscheinbares Papierchen, grün, mit schwarzem Aufdruck und Kreuz, von der Art, wie sie zum Einwickeln von Eukalyptusbonbons verwendet werden. Im Gras daneben blinkte ein weiteres Plastik, das er mit der Pinzette aufnahm: winzig und transparent, Teil einer größeren Verpackung. Auf dem Abriss las er „Melsungen AG". Ob das mit der Firma des Toten zu tun hatte? Ein patentiertes ärztliches Mittel? Vorsichtig wickelte er die Partikel in ein Papiertaschentuch und steckte sie heimlich weg. Dann forschte er nach Reifenspuren. Wieder Bingo. Es gab Lackspuren en miniature an dem Ast einer umgestürzten Birke. Rosettenförmiger Abrieb. Die Spurensicherung würde nochmals anrücken, um Abdrücke zu nehmen, wenn es sein musste aus Bratislava. Sie sicherten das Gelände mit Absperrband und einem improvisierten Plastikdach. In ihrem abschließenden Gespräch beharrte Ben auf weiteren Untersuchungen.

Am nächsten Tag beschäftigten ihn Formalien, Petitessen behördlicher Art. Er wusste, dass die Leiche in einem versiegelten Zinksarg transportiert wurde. Ein eigens bestellter Bestatter lieferte ihn am Airport Bratislava an. Beim Einchecken deklarierte man die Fracht als „toxisch sensibles Gefahrengut" – weil es besser klang und bei längeren Flügen Fäulnisflüssigkeit auslaufen konnte. In Tegel übernähme ein zweiter Bestatter, ein Partner des LKA, die Fahrt in die gerichtsmedizinische Abteilung; denn er wollte die Leiche nochmals untersuchen lassen. Ben prüfte nicht ob das „Reisegepäck" tatsächlich verladen wurde – in diesem Punkt verließ er sich auf Čertik, den Vertreter der alten Schule. Motto: ein Mann, ein Wort. Er resümierte, welche Fundstücke er in der Asservatenkammer eingesehen hatte: verbrannte Kleider, die man gegen das Reglement in eine Plastiktüte gestopft hatte, und die Brieftasche, die eine unversehrte Quittung über 150 Euro enthielt.

„Der Berg kreist und gebiert eine Maus" dachte er. Seine Mission in der Slowakei endete, bevor sie überhaupt richtig angefangen hatte. Der Zwist zwischen dem Berliner Präsidium und der Wiesbadener Behörde, der seiner Reise vorausging, zeigte, wie mediokar es bei höheren Chargen zuging. Ein deutscher Ermittler konnte vor Ort nichts ausrichten, das wussten beide Parteien; man blieb auf den Fahndungsapparat der slowakischen Polizei angewiesen, auf Interpol, Europol, die übliche Maschinerie. Sie hatten aus Berlin einen Anfänger geschickt, pro forma, damit es aussähe, als ob sie die Kompetenzen in der Hand hielten. Ein symbolischer Akt, der nichts kosten durfte. Sie erwarteten nichts Konkretes von einem Anfänger, der bis dato nie einen eigenen Fall bearbeitet hatte. Immerhin würde er die Leiche frühzeitig freibekommen, unter Ausklammerung rechtlicher Bestimmungen. Trotzdem: die Aktion blieb die Zustellung einer Postsache an die Charité – nichts, was seinen Ehrgeiz befriedigte. Er wollte die Sache an sich reißen und wählte die Teamassistentin der Abteilung an. „Hör mal, Anne. Man hat bei dem Toten die Quittung einer Wiener Taxizentrale gefunden. Die sollen recherchieren. Kannst du beim Wiener Kommissariat ...?"

„Tut mir leid. Bei uns steht alles Kopf. Man vermutet einen terroristischen Hintergrund."

„Was meinst du?"

„Ein Anschlag mit 12 Toten. Nichts davon gehört?"

„Nee. Wie sollte ich, mitten im Balkan!"

„Ein Attentäter hat einen Sattelschlepper gekapert und ..."

In diesem Moment trat die Stewardess auf ihn zu. „Ich darf Sie darauf aufmerksam machen, dass es verboten ist, während des Startes zu telefonieren" sagte sie mit diplomatischem Lächeln.

„Wir fliegen doch schon", erwiderte Ben.

„Alles mit Mann und Maus ausgerückt", antwortete Anne gerade.
„Einmal, wenn man euch allein lässt."
„Wir sind sowieso viel zu wenig. Du kannst dich darauf einstellen, dass für den Fall Liedl kein Schwein zur Verfügung steht. Und Etat sowieso nich`."
„Ich ersuche Sie dringend" – warnte die Bedienstete.
„Das heißt?"
„Ick geb dir de Nummer. Den Rest musste aleene ..."
Zwei oder drei Hände griffen nach dem Smartphone. Sie rangelten eine Weile. Dann dachte er nach. Es saß in der Holzklasse. Und er wollte seinen Job nicht riskieren.

Berliner Tagesspiegel 7. Mai

Tod eines Idealisten
von Theodor Gutschinski

Berlin – Für die Angehörigen, Mitarbeiter und Freunde hier in Berlin muss die Nachricht vom Tod des visionären Firmenchefs ein entsetzliches, tragisches Ereignis sein. Wie berichtet ist Dr. Erich Liedl vorgestern Nacht ums Leben gekommen.

Den drahtigen Unternehmer trennten nur noch wenige Tage von seinem 62sten Geburtstag. Man kannte ihn nicht nur als Ingenieur, als ehrgeizigen Kaufmann und der Presse gegenüber aufgeschlossenen Gesprächspartner. Er war auch FDP-Mitglied, Mäzen und als Gourmet geschätzter Gast in prominenten Nobelrestaurants. In Pressekreisen bezeichnete man ihn als Gentleman-Unternehmer. Der studierte Maschinenbauer trug sich mit dem Gedanken, sich zur Ruhe zu setzen.

Bereits Anfang der 70er Jahre hatte er damit begonnen, Zentrifugen für den medizinischen Bedarf herzustellen. Mit besonders leistungsfähigen Produkten etablierte er sich im Nahen Osten. Durch die Finanzkrise geriet er in schwerere Turbulenzen, konnte jedoch durch einen neuen Investor und eine Niederlassung in Rawalpindi die Firma in ruhigere Wasser manövrieren.

„Dr. Liedl war fachlich brilliant und erkannte die Zeichen der Zeit", sagte der leitende Marketingangestellte Ronald Ziegler. „Frühzeitig stellte er sich auf die Globalisierung ein, auch wenn es uns den Großteil der Arbeitsplätze gekostet hat."

Der Verlust einer der wenigen verbliebenen Berliner Unternehmerpersönlichkeiten wiegt um so schwerer, als Dr. Liedl nicht eines natürlichen Todes starb. Wie die Redaktion am Vormittag in Erfahrung brachte, gibt es Hinweise auf Brandstiftung. Er hinterlässt einen Sohn, der wohl als vermisst gelten muss. In diesem Zusammenhang wurde der Berliner Tagesspiegel gebeten, einen Aufruf der Polizei zu veröffentlichen. Wer Hinweise darauf hat, wo Arnulf Liedl aufzufinden ist, wende sich bitte an die Berliner Kripo unter der Telefonnummer 030/4664-910100

Hindukusch

Hello, this is Centricon International. May I help you?
My name is Borowiak. I want to talk to a represantative from the company.
Do you want to order the annual report?
No.
Or take part in the incoming shareholder's meeting next Monday?
Where is it?
In the Budapester street in Berlin.
Excuse me. Don't you have German speaking staff?
No problem, Sir. You can order press cards here. Just fax us the press-ID.
Aren't there any superintendants? I want to talk to the chairman of the company.
If you have any complaints...?
Damn it. I want to talk to a representative.
Sorry Sir. We are the hotline.
Why can't you connect me?
We are sitting in Bangalore. Just a moment. We have a German partner.

Er blickte aus dem Fenster. Von seinem Büro im 4. Stock konnte man den Verkehr beobachten, der in Intervallen durch die Kurfürstenstraße schoss, das thailändische Restaurant, die Treppe zum Massage-Studio. „Träumst du?" fragte der Kollege, der sich hinter dem Schreibtisch verschanzte. Er grüßte per Handzeichen.

„ Guten Tag. International Media."
„Mein Name ist Borowiak. Ich bin vom LKA Berlin."
„Susanne Brandmeier. Was kann ich für Sie tun?"
„Wir haben festgestellt, dass Sie bislang niemand unterrichtet hat. Ihr Geschäftsführer ist verstorben."

„Soll das ein Scherz sein? Den habe ich vorhin auf dem Flur gesehen!"
„Ich spreche von Dr. Erich Liedl!" Seine Stimme hörte sich drohend an.
„Ach, Sie meinen die Centricon", rief sie erleichtert. „Wir vertreten mehrere Firmen. Für Centricon ist meine Kollegin zuständig."
Borowiak war wieder in der Warteschleife. Zur Unterhaltung wurde die Fünfte von Beethoven eingespielt.
„Bist du zurück aus dem Urlaub?" fragte der Kollege süffisant. Becker war Polizeioberrat. Einer dieser gestörten, gewaltbereiten Typen, die man im mittleren Dienst findet. Nachdem er vor drei Jahren einen Schädelbasis Bruch verschuldet hatte, schob man ihn zur Vermisstenstelle.
„Im Unterschied zu dir bin ich seit zwei Stunden im Gebäude."
„Solange frühstückst du schon?"
Er zeigte auf das angebissene Brötchen.
„Ich habe Material in die PTU gebracht, Bilddateien überstellt, eine Recherche unter Wiener Taxifahrern angeleiert..."
„Mann bist du ´n Streber."
„Centricon International. Mein Name ist Martha Spencer. Was kann ich für Sie tun?"
„Eine Nachricht entgegennehmen", sagte Ben knapp. „Ihr Chef ist tot."
„Wen meinen Sie?" fragte Spencer geschäftsmäßig.
„Erich Liedl. Er wurde ermordet."
„Oh mein Gott, das ist ja furchtbar. Mord! Verraten Sie, wie ist das passiert?"
„Sind Sie von der Firma?"
„Das ist die Hotline aus Leipzig."
„Sagt Ihnen der Name Dr. Erich Liedl etwas?"
„Ehrlich gesagt nicht."
„Verdammt noch mal, es dreht sich um Mord. Ich will sofort mit jemandem in Berlin verbunden werden. Mit einem, der zuständig ist!"

„Augenblick, ich verbinde."
Der Kollege grinste. „Is' wohl nicht dein Tag, wa?"
„Hallo Vermittlung" Ben vernahm eine herbe Stimme. „Wen möchten se?"
„Scheiße noch mal. Brandstiftung, Mord, kein Schwein interessiert sich ..."
„Auf Abteilung wird gerade jesprochen. Ick versuch'et ma' beim Kollegen."
Er hörte ein Melodie in der Warteschleife, die ihm bekannt vorkam.
„Kirsten Becker am Apparat."
Es war der Polizist, der ihm gegenüber saß.
„Hör mal, warum grinst du eigentlich so dämlich?"
„Weil du ein Kielschwein bist."
Sie saßen sich seit einem Monat am Schreibtisch gegenüber, hatten verschiedene Sachbereiche und redeten nur aus Verlegenheit. Nun telefonierten sie. Vielleicht das erste vernünftige Gespräch, dass sie führten.
„Wie würdest du an meiner Stelle vorgehen?"
„Direkt hin. Alles andere is' Kappes."
„Hast du Lust mitzufahren?"
„Lass die Faxen. Die wollen nich', dass ich aus'm Gebäude entwische."
„Die halten dich für gemeingefährlich."
„Nach acht Jahren Neukölln is' jeder 'n Gefühlskrüppel."
„War schön, persönlich mit dir zu plaudern. Aber exorbitant teuer."
„Wieso?"
„Weil wir über den Hindukusch verbunden sind."
Ben notierte sich die Adresse der Liedl AG und lief zur Kollegin. Anne hing wie immer am Apparat. Auch wenn ihre Kleidung dem Bezug eines Regenschirmes ähnelte - für eine Polizistin sah sie passabel aus. Sie musste in seinem Alter sein. Klare Züge, kindliche Lippen, ausgeprägte Wangenknochen, dichtes, schwarzes Haar, das im Nacken kurz gehalten war –

all das machte ihm Lust, sie zu küssen. Er mochte feingliedrige, zarte Körper. Anne war kein Glamourgirl und profilierte sich als Kumpel. Sie behelligte ihn nicht mit Geschwätz, er musste weder Kommentare über das Wetter anhören noch abgeben. Er wusste zwar, dass sie Powerpoint beherrschte – aber er konnte nicht einschätzen, ob sie eine romantische oder geile Seite hatte. Oder eine Beziehung innerhalb des Jobs in Erwägung zog.

„Ich fahre rüber zum Savignyplatz. Die Firma nennt sich Centricon."

„Warte mal, Ben. Deine Ex hat 'ne Nachricht hinterlassen."

„Wer?"

„Ich soll dir ausrichten ..."

„Verdammter Mist. Kann sie mir das nicht selber mitteilen?"

„Wenn du deine Tochter sehen willst, musst du morgen kommen."

„Mein Auto ist in Reparatur."

„Fahr mit der Bahn."

„Schaff ich nicht. Ich will die Zimmer vermieten."

„Du machst auf WG?"

„Kennst du 'ne bessere Alternative?"

„Jedenfalls ist es nicht gut, wenn du rumtelefonierst."

Sie schob ihm ein Rundschreiben unter die Nase. Datum von gestern. Eilig. Sinngemäß teilten sie mit, dass alle Telefone überwacht wurden.

„Die zeichnen systematisch jedes Gespräch auf!"

„Zum Teufel." Er hatte privat gesprochen. „Hängt das mit der Terrorfahndung zusammen?"

Sie zuckte die Achseln. „Vermutlich 'ne Sparmaßnahme. Die haben noch nicht mal Geld für neue Kugelschreiber."

„Solange sie unsere Gehälter bezahlen ..."

Bevor er das Büro verließ, drehte er sich nochmals um.

„Willst du vielleicht bei mir einziehen?"

Die Centricon AG

Ben fühlte sich unwohl, als er einstieg. Er bevorzugte Zivilfahrzeuge, die zu seinem Rollkragenpulli, dem Jackett und den anderen schwarzen Klamotten passten. Aber die waren unterwegs. Sein uralter Ford Taunus, knallrot und mit weißem Dach, wartete in der Werkstatt, wo der Boden geschweißt werden musste. Polizeiwannen fand er grässlich, ein Inbegriff des Spießigen seit er angefangen hatte an der Uni zu studieren. Er hoffte, dass ihn niemand aus dem Kreuzberger Milieu erkannte – auch wenn es eine Fahrt von fünf Minuten war. Der Firmensitz im zweiten Stock des mondänen Altbaus wurde durch einen Schriftzug an der Fassade angekündigt. Die plakativen Lettern machten neugierig; doch mehr als ein Sitzungszimmer und zwei Büroräume, safrangelb gestrichen, schien die AG nicht zu umfassen.
„Ich will zum Chef."
Die Rezeptionistin winkte ihn ohne alle Umstände zu der halboffenen Tür.
„Herr Massuri ist auf Geschäftsreise. Der Marketingleiter ist da."
Sie versank in die Lektüre einer der Modezeitschriften, die sich auf der Theke stapelten.
„Treten Sie ein ohne anzuklopfen", sagte sie gähnend.
Der Mann war gerade in seinem Rudergerät und genoss die Aussicht durch das bis zum Boden reichende Fenster.
„Wussten Sie, dass man die Berliner City mit einem Boot umfahren kann?" fragte er.
„Klar. Havel, Spree und die Kanäle."
„Sind Sie von der Presse?"
Der Manager blickte sich flüchtig um.
„Mein Name ist Borowiak. LKA Berlin."
„Polizei? Sind das nicht polternde grüne Männchen?"

„Ich komme wegen des Todes des Firmengründers, Dr. Erich Liedl."

„Ja, schreckliche Sache. Ich habe es durch einen Journalisten erfahren."

Er erhob sich und reichte ihm die Hand, als wollte er sein Beileid ausdrücken.

„Ronald Ziegler, Marketing."

Der Mann, er mochte Anfang 50 sein, war von erstaunlicher Statur. Viel zu groß für ein 15 Quadratmeter-Zimmer. Wenn er sich streckte, konnte er beide Wände berühren. Sein Gesicht war zerknittert wie ein altes Oberhemd.

„Wer wird am Montag die Rede vor den Aktionären halten?"

„Das übernehme ich. Die Texte werden von einer PR-Agentur geliefert. Da spielt es keine Rolle, wer vorträgt."

„Sind Sie durch den Tod Liedls die Treppe nach oben gefallen?"

„Den Satz verstehe ich nicht." Er schüttelte den Kopf.

„Ich will wissen, ob Sie von seinem Ableben profitieren!" bekräftigte Ben, der jetzt doch einen Partner vermisste.

„Erstens war ich am Wochenende in meinem Ruderclub – unter Zeugen. Zweitens muss ich befürchten, dass unser Vertrieb ins Ausland verlegt wird."

„Wo ist das Büro von Dr. Liedl?"

„Er hatte einen PC zu Hause. Am Goethepark."

„Wo sind Buchhaltung, Rechnungswesen, Mitarbeiter? Alles, was eine Firma so ausmacht?"

„Nach Portugal ausgelagert. Internet und Hotline werden von Indien aus betreut, die Fertigung sitzt in der Türkei. In München ist noch ein Vertriebsbüro, das ich betreue."

„Hatte Liedl Feinde?"

„Ich bitte Sie: der Mann war fachlich brillant, ein angesehener Unternehmer."

„Schulden?"

„Nicht dass ich wüsste. Gerade hat er eine Villa auf der Isle of Wight erworben. Beste Lage. Hat locker zwei Millionen investiert."
„Wer erbt den ganzen Reichtum?"
„Der Sohn möglicherweise. Er hat sonst keine Angehörigen."
„Gibt es noch andere Begünstigte?"
„Wie soll ich das wissen?" Er warf einen Blick in sein Notizbuch und kritzelte eine Telefonnummer aufs Papier. „Ich schreibe Ihnen die Nummer unseres Rechtsbeistandes auf."
Ben war bereits halb aus dem Zimmer, als er á la Inspektor Colombo zurückkehrte.
„Was ich noch fragen wollte: wem gehört die Firma eigentlich?"
„Einem Investor. Hier die Pressekarte. Kommen Sie am Montag, wenn Sie mehr erfahren wollen."
Als Wahlberliner liebte und hasste Ben die Weitläufigkeit der Stadt, ihre Anonymität und das Unverbindliche, das allen Begegnungen anhaftete, und das er auch nach sechs Jahren Aufenthalt nicht abschütteln konnte – einer der Gründe, warum er an der Wohnung am Victoriapark festhielt. Hier, wo Kreuzberg grün und erträglich war, verbarrikadierte er sich in seiner Zitadelle, zwischen Erinnerungen an die Studentenzeit und glücklichen Stunden, die er mit Isa und seiner Tochter verbracht hatte. Der Altbau an der Ecke Kreuzberger/Möckernstraße war äußerlich verwahrlost: Graffitis und Demoplakate auf dem Putz, die Fenster, die zu einer Taxischule gehörten, mit Zeitungspapier verklebt. Die Zimmer im vierten Stock, großzügig geschnitten, hell, wirkten ungastlich, seit Isa ausgezogen war. Sinnierend blickte er auf die Brunnenfigur im Park, die seiner Meinung nach ein auf artistische Weise kopulierendes Paar zeigte. An diesem Wochenende wollte er sich für einen der Kandidaten entscheiden, die sich bei ihm vorstellten.
Dan, 33, präsentierte sich als Unternehmensberater. Seine erste Frage: „Hast du DSL?" Graues Sakko, gebügeltes Hemd. „Natürlich, Putzplan" rief er mit hitziger, sich überschlagender

Stimme. „Da gibt es gar keine Diskussion." Der bleichhäutige Business-Verschnitt mit braunen Haaren und einer Strähne, die ihm über die Augen fiel, trug tatsächlich eine Krawatte. Ben hasste die Kälberstricke. „Die Branche läuft nicht gerade top" sagte er, während er ruckartig die Tolle nach hinten warf.
„Warum ausgerechnet WG?"
Mein Appartement ist nicht adäquat. Keine zwanzig Quadratmeter. Zwei Zimmer wären echt besser."
„Du suchst ohne Zeitdruck?"
„Ich muss innerhalb von ein paar Tagen etwas finden."
„Hat man dir gekündigt?"
„Ich habe einfach keine Lust, dort zu bleiben."
„Von was willst du die Miete zahlen?"
„Ich bin beim Sozialamt gemeldet."
Ruben finanzierte sein Studium als U-Bahn-Schaffner. Seine Tränensäcke spiegelten den Wechseldienst. Der Gartenzwerg-Bart und die hängenden Lider ließen ihn älter aussehen.
„Was studierst du?"
„Ur- und Frühgeschichte."
Er wolle allerdings nur ein einzelnes Zimmer mieten, erklärte er, ein lichtdurchflutetes, sonniges Zimmer. Dann monierte er, dass es keinen Wasserstopper auf der Toilette gab.
„Eigentlich möchte ich nur sehen, wie es woanders ist."
Die einzige, die persönliche Fragen stellte, war Judith. Kurzes, ärmelloses Kleid. Stupsnase. Die Lippen erdbeerrot bemalt, weit über die Mundwinkel hinaus. Helle Stimme. „Warum ist deine Freundin eigentlich ausgezogen?" Judith hatte einen grünen Lidschatten aufgelegt, der auf schmerzliche Weise von den hellblauen Augen abstach. „Was, du bist Polizist?" Die blonden Haare aufgesteckt; einzelne Strähnen lösten und ringelten sich über den Schläfen; Ohrgehänge so schwer, dass sie die Läppchen in die Länge zogen. „Dann kannst du sicher gut Leute schätzen. Die meisten halten mich für ein junges Mädchen."

Er war irritiert, als sie ihr Alter nannte. Er sah in ihrem Ausschnitt einen Moment lang die koketten, spitz zulaufenden Brüste. Sie lachte aufreizend. „Findest du auch, die sind zu klein?"

Gutschinski gibt Auskunft

Es sollte ein erfolgreicher Tag werden. Für Ben war positiv, wenn er etwas vorantreiben konnte. Unwichtig, an welchem Fall er arbeitete, wenn er nur seine überschießende Energie kanalisierte, den Tatendurst stillte, die Gedanken in geordnete Bahnen zwang. Natürlich hungerte er nach Anerkennung: er wollte etwas beweisen und sich positionieren innerhalb des schwerfälligen bürokratischen Gebildes. Leute wie der Pförtner blieben ihm ein Rätsel: die ihr Leben an einem einzigen Ort verbrachten und durch eine mechanische Funktion ersetzt werden konnten. Die nie aus der Masse ragten wie dieser Pforten-Vokuhila – die Haare vorne kurz, hinten lang, zwinkerte er tablettensüchtig mit den Augen. Ben nickte wortlos, damit er nicht durch fromme Floskeln aufgehalten wurde, und stürzte aus dem Gebäude. „Das ist schon verrückt, wenn Firmen auf dem indischen Subkontinent eine Adresse nennen, die bei dir um die Ecke ist", dachte er. Das Interconti versprühte den Charme eines Plattenbaus; nicht anders der Tagungsraum Potsdam 1, der einer Turnhalle glich. Sie eröffneten mit einem akustischen Zeichen.
„Die Centricon International ist ein führender Hersteller von Zentrifugen für den medizinischen Bedarf mit Sitz in Berlin. Die Firma verfügt über Forschungs- und Entwicklungszentren sowie Produktionsanlagen in Europa und Asien."
Der Aufsichtsratsvorsitzende sprach ein schleppendes, osteuropäisch geprägtes Deutsch. Was er sagte, klang salbungsvoll wie der Segen des Papstes und spannend wie das Rauschen der Klimaanlage. Die Halle war beinahe leer. Wenige Grüppchen saßen verstreut. Typische Aktionäre: alte Männer mit geistesabwesenden Gesichtern, die auf das Mittagessen warteten. Das sollte ein internationaler Konzern sein? Die Hälfte der mittleren Sitzreihen war durch ein Band abgetrennt, versehen mit

dem Schild „reserviert". Inmitten des Stühlefeldes kauerte ein Banker am Laptop.

„Wer ist das?" fragte er seinen Nachbarn, den einzigen Anwesenden, mit dem er das Revier der Pressevertreter teilte.

„Ein Fuzzi. Wartet auf Weisungen."

„Wie heißt sein Meister?"

Der Journalist hatte strohgelbe Haare und trug ein leuchtend grünes Sakko. Für einen Endvierziger war er ziemlich ausgebrannt, aber älter schätzte ihn Ben nicht.

„Ein Multimillionär aus den Emiraten. Mohammed al Sarti. Verfügt über 68 Prozent des Kapitals."

„Kennen Sie die Branche?"

„Gestatten: Gutschinski. Ich kannte Dr. Liedl schon, als er eine unbedeutende Nummer war."

„Sie haben die Firma begleitet?"

„Bis zur Übernahme und den Exzessen."

„Was meinen Sie?"

Er hielt inne und musterte ihn misstrauisch.

„Mein Name ist Borowiak."

„Für wen schreiben Sie?"

„Keine Angst, ich bin nicht von der Presse. Ich geriet zufällig an die Einladung."

„Hängen Sie's nicht an die große Glocke!"

„Wie sollte ich?"

„Sie feierten Partys. Dekadente, abgefahrene Partys." Er blickte sich argwöhnisch um. „Manager mit Riesengehältern, die nur die Zeit totschlagen. Überflüssig wie ein Kropf!"

„Was war besonderes an diesen Feiern?"

„Vitamin D und F."

„Drogen und Frauen?"

Er schwieg. Mittlerweile trug der Marketingleiter routiniert die Geschäftszahlen vor.

„Trotz des Preisverfalls im Segment medizinischer Ausrüstungen konnten wir das EBIT um rund 18 Prozent steigern. Neben den konventionellen Maßnahmen zur Kostensenkung macht sich der verstärkte Absatz in China und im Nahen Osten bemerkbar. Der Nachfrageeinbruch infolge der Finanzkrise wurde kompensiert, indem wir neue Käufer gewinnen konnten, die bereit waren, für verbesserte. technisch hochwertige Produkte mehr zu zahlen. Die Wertschöpfung konnte mit anderen Worten..."

Gutschinski beugte den Kopf. „Er wird seine eigene Entlassung verkünden – und eine sensationell hohe Dividende."

„Halten Sie den Gegenstand der Firma für real?"

Der Journalist blickte ihn erschöpft an.

„Sie meinen, ob schmutziges Geld durchs Portfolio fließt?"

„Zum Beispiel."

„Das interessiert den Kapitalmarkt nicht."

„Ich ermittle im Fall Dr. Liedl."

„Ein Bulle. Habe ich mir doch gedacht, dass mit Ihnen was nicht stimmt."

„Zum anderen wächst der Asien-Anteil an unserem Geschäft stetig und hat im Berichtszeitraum 89 Prozent erreicht. In diesem Umsatzverlauf drücken sich die Erfolge unserer Maßnahmen aus, mit denen wir unsere Präsenz in der Wachstumsregion fortlaufend ausbauen."

Die Worte des Marketingleiters verhallten in der Geräuschkulisse. Als Ben seine Marke zückte, rief Gutschinski. „Scheren Sie sich raus, verdammt noch mal!"

Ben verließ die braungetäfelte Halle. Draußen setzte er sich unter eines der wuchtigen blauschwarzen Gemälde. Nach fünf Minuten kam der Mann in die Lobby. Offenbar wollte er nicht mit einem Polizisten gesehen werden.

„Warum machen Sie den miesen Job? Sie scheinen doch intelligent!"

Er roch, dass Gutschinski getrunken hatte. Er hatte die Duftnote eines Alkoholikers.

„Nicht intelligent genug, um auf geile Partys eingeladen zu werden. Woher stammten die Frauen?"

„Osteuropa. Eine hat Liedl angezeigt."

„Mädchenschmuggel?"
„Nein. Professionelle mit dem Riecher fürs große Geld."
„Was war mit der Anzeige?"
„Liedl hat sie mit dem Ledergürtel geschlagen und mit einer Rasierklinge in die Füße geschnitten. Im Vollrausch."
„Kam es an die Öffentlichkeit?"
„Die Anzeige verschwand. Verflüchtigte sich. Liedl durfte kein gewöhnlicher Krimineller sein – deshalb schützte ihn Vitamin B."
„Klingt nach vitaminreicher Kost! Erzählen Sie von den Orgien!"
Der Journalist wirkte ermattet. Er nahm die Brille ab und wischte sich Schweißperlen von der Stirn. „Verdammt stickige Luft. Was soll ich sagen? Essen, Alkohol, man schnupfte Kokain und sah sich diese Streifen an, wo jemand gequält wird ..."
„Snaff?"
„Ja. Und dann verzog man sich mit einer Frau aufs Zimmer."
„Wer organisierte das ganze?"
„Ein PR-Berater. Ich habe die Nummer auf einer Visitenkarte und gebe sie telefonisch durch."
Gutschinski hob sich umständlich aus dem Polster.
„Warum haben Sie mir das erzählt?"
„Journalisten klopfen anderen ständig auf die Schulter – sie suchen immer nach der Stelle, wo das Messer am besten eindringt."
„Wen wollen sie in die Pfanne hauen? Ziegler oder den Berater?"
„Ich unterstütze den Freund und Helfer, wo ich kann", erwiderte er müde.
„Sie sind länger nicht mehr eingeladen worden", vermutete Ben.
„Machen Sie sich ihren Reim. Warum sollte ein Journalist loyal sein, wenn er nicht geschmiert wird?"

Ein besonderer Event

Weder hatte Ben Lust auf Kantinenessen noch wollte er grüne Männchen sehen. Also aß er im Rivado, direkt vor dem LKA, wo man hervorragendes argentinisches Steakfleisch mit Zuckerschoten und Fladenbrot erhielt und im Freien sitzen konnte. Er blickte auf einen Laden, der sich Erotic Labyrinth nannte. Gleich gegenüber warb ein Sauna-Massage-Club. Was immer diese Geschäfte vorstellten, sie befanden sich in der Hand der thailändischen Mafia. Für sie galt, dass man sich in unmittelbarer Nähe der Polizei am sichersten fühlen konnte. Sobald der Kellner auftischte, rief Schneider von der PTU an und der Wind fegte die Zeitung auf die Straße.
„Erstens: die Plastikfolie mit der Aufschrift Melsungen AG. Kennt jeder Arzt. Ist eine Verpackung von Einmalspritzen. Stellt die Firma Braun her. Die zugehörige Kanüle umfasst 2 oder 5 Milliliter. Zweitens: Der Schlüssel gehört nach Auskunft eines TÜV-Sachverständigen zu einem älteren Modell der Marke Triumph. Einem TR4. Und noch was: Wir haben ein paar von den versengten Haaren untersucht: Spuren von Drogenmissbrauch."
„Wie lange braucht die Gerichtsmedizin für die Analyse?"
„Keine Ahnung. Die haben Stress wegen dieses Terroranschlages."
Dann klingelte es erneut. Jemand nannte ihm eine Nummer.
„Halten Sie meinen Namen aus dem Spiel", sagte Gutschinski.
„Wie?" Das Gespräch brach ab, bevor Ben die Zahlen notieren konnte. Er ergänzte sie aus dem Gedächtnis und rief vom Büro aus an. Es meldete sich eine Autowerkstatt in Pankow. Er vertauschte die vorletzten Ziffern, und da gurgelte ein kleines Kind ins Telefon. Im Hintergrund hörte er lobende Worte. Die Mutter machte nicht die geringsten Anstalten, an den Apparat zu gehen. Wieder vertauschte er Ziffern. Die Leitung war be-

legt. Dann meldete sich Schröbel. Joachim Schröbel, Friseur. „Mein Gott", dachte er, „das ist der erste Hinweis und ich versiebe ihn." Ein As war er früher beim Memorieren von Zahlen und Fakten. Überdurchschnittlich als Student, mit respektablen Leistungen auf allen Rechtsgebieten. Ben dachte an seine Tochter, die gerade von der Schule kommen musste. Sie litt unter dem abrupten Wegzug nach Wilhelmshaven, und doch kämpfte sie wacker, um sich nichts anmerken zu lassen ...

„Was ist los? Bist du eingeschlafen?" fuhr ihn der Kollege an. Er gab sich einen Ruck. „PR-Agentur Wiczniewski – was kann ich für Sie tun?" meldete sich die Sekretärin. Als er sein Anliegen nannte, wollte sie ihn abspeisen.

„Hör zu, Becker" sagte er, das erste Mal seit sie sich kannten mit bittendem Tonfall. „Du bist eine rabiate Wildsau. Ich brauche dich."

Eine halbe Stunde später stoppten sie in der Grunewaldstrasse in Steglitz. Er drückte die vergoldete Glocke der Villa. Solche Adressen kotzten ihn an, bei denen die Dekadenz vom Schild zu lesen war. Die Tür öffnete automatisch und führte über eine Diele mit flächig bunten Glasreliefs in das unbesetzte Büro. Mediterranes Ambiente empfing sie mit duftenden Oleanderstöcken und plätscherndem Zimmerbrunnen. Eine weitere Tür stand offen.

„Sie wünschen?"

Normalerweise schwingt bei jedem Kontakt, so kurz er sein mag, eine persönliche Note mit, ein Lächeln, ein Tick, oder man bemerkt ein Lieblingswort des Sprechers, das besondere Timbre seiner Stimme. Nichts dergleichen sollte sich im Gespräch mit diesem Widerling. Mr. Aalglatt trug einen Seidenanzug mit applizierten Bordüren. Ben schauderte, als er in die steingrauen Augen sah.

„Kriminalpolizei. Mein Name ist Borowiak, das ist mein Kollege. Wir ermitteln im Fall Dr. Liedl."

„Ja, schlimme Sache. Habe davon gehört."

„Wo waren Sie am vorletzten Wochenende in der Nacht von Samstag auf Sonntag?"
„Sie klopfen nicht auf den Busch, sondern kommen ohne Umschweife zur Sache. Das gefällt mir."
„Wohlüberlegt redet, wer sich darin in Übung hält. Sprechen Sie weiter."
„Tag der Arbeit." Er blätterte in seinem Kalender. „Geschäftsessen im Hotel Adlon. Danach traf ich meinen Partner im *Stahlrohr* am Prenzlauer Berg und verbrachte die Nacht bei ihm."
„Das lässt sich überprüfen. Unser Interesse gilt den Partys, die Sie für Centricon arrangierten."
„Darf ich Sie zu einem Gläschen einladen?" Er erhob sich und lief zur luxuriös gestalteten Bar hinüber, um sich einen Kognak zu genehmigen. Der Kater hockte auf dem Tresen, als hätte ihn ein Designer dort platziert.
„Danke, wir trinken nicht mit Drogenhändlern", entgegnete Becker rüde.
„Ich habe mir eine Schlüsselposition im Veranstaltungsmanagement erobert und sehe keinen Anlass, mich deswegen schlecht zu fühlen."
„Schönes Bild da in der Sitzecke. Impressionistisch?"
„Claude Monet. Ein Original. Es heißt *la fête*".
Ben vermutete, dass der Unsympath weniger zufällig an seinen Job gekommen war als er, dass Wiczniewski problemlos in der Lage wäre, eine Vision seiner Zukunft zu entwerfen, während er selbst sich mit moralischem und philosophischem Ballast herumschlug. Selbst Bens Berufswahl hatte etwas Vorläufiges. Er fragte sich, ob Schmeißfliegen und Parasiten nicht das bessere Los hatten in einer Gesellschaft, die ein einziger Misthaufen ist.
„Wir haben Anhaltspunkte dafür, dass Liedl Rauschgift konsumierte, Kokain, das auf ihren Partys im Umlauf war" betonte Becker.

„Davon weiß ich nichts. Ich vermittle Kontakte. Wenn jemand Drogen mitbringt ist das reine Privatsache."
Wiczniewski stand hinter dem Kater, einem beachtlich fetten, grauhaarigen Tier von der Sorte, um die kleinere Hunde einen Bogen machen. Das Vieh war so widerlich wie sein Herrchen und von der Sorte „sein größter Stolz". Der Kollege streckte die Hand aus, um das Kinn zu kraulen; aber es schätzte durchaus nicht, wenn ihm jemand nahe kam. Es hieb mit der rechten Pfote nach ihr. Das Vieh hielt seine Krallen gut in Form. Auf dem Handrücken des Polizisten zeichneten sich drei weiße Linien ab; nach einigen Sekunden platzten sie und Blutperlen kamen zum Vorschein. Ungläubig starrte er auf die lädierte Stelle.
„Sie sollten ihn nicht reizen. Überhaupt wäre es besser, wenn Sie jetzt das Haus verlassen."
Becker erwiderte nichts. Dann schnellte seine Hand blitzartig vor, packte das Biest am Hals und dampfte ab durchs Büro.
„Sie müssen verstehen: Katzenallergie!"
„Wo ist er hin?"
„Er bringt den Tiger in den Dschungel."
„Ich traue einem zugeknöpften Menschen wie ihm. Er sucht sich einen verkehrten Zeitpunkt zum Reden aus und sagt dann meist das Falsche. Aber er verstellt sich nicht."
Wiczniewski war allein. Die Sekretärin hatte um eins offenbar die Parfumflasche über sich vergossen und die Villa verlassen. Das einzige lebende Wesen, das sich außer ihnen dreien im Haus befand, war der Kater.
„Hatte Dr. Liedl Feinde?"
„Ein Mann, der Erfolg hat, ist immer unbeliebt bei denen, die ähnliche Ambitionen, aber nicht die entsprechenden Fähigkeiten besitzen."
Ein Politiker hätte nicht besser antworten können.
„Sie vermuten Neid?"
„Könnte es nicht Selbstmord gewesen sein?"
„Und das Motiv?"

„Sie haben es erwähnt: Drogensucht! Er ist nicht klargekommen."

„Das glauben Sie selbst nicht! Ein Selbstmörder, der einen so schmerzhaften Tod wählt, will etwas demonstrieren, er tut es nicht in der Abgeschiedenheit der Hohen Tatra."

„Vielleicht eine Kurzschlusshandlung?"

„Weder hatte er finanzielle Probleme noch gibt es einen Abschiedsbrief oder andere Indizien."

Der PR-Berater blickte zum Telefon. Becker materialisierte sich mit zufriedener Miene – so als ob er eine eigene Duftmarke gesetzt hätte.

„Deshalb will ich mir ein Bild davon machen, wer an diesen Partys teilgenommen hat."

„Pardon, Sie verstehen, dass ich die Namen meiner Klienten nicht preisgeben kann."

„Wir gehen davon aus, dass es ein paar Manager waren, Firmenkunden und einige Damen."

„Wir sind Hetero. Wir wollen bloß die Huren" bekräftigte Becker.

„Meine Herren, denken Sie an die Kollateralschäden. Warum sollte ich Ihnen meine Kontakte offenbaren?"

Becker war ein eigenwilliger Charakter, wortkarg, bisweilen faul, aber die Zugabe, die den Fall voranbrachte, dieses abartig Gemeine, das würden Kollegen, die daheim Haustiere hatten, sicher nicht gut finden und konnte Tierschützer auf den Plan rufen.

„Du solltest dich kooperativer zeigen, Klausi" drohte er. „Du willst doch nicht, dass dir das gleiche passiert wie dem Kater?"

„Was haben Sie mit Jeronimo gemacht?"

„Jeronimo ist in Katerstimmung."

„Was fällt Ihnen ein? Ich werde sofort meinen Anwalt rufen!"

Becker glitt lautlos an ihn heran, drückte auf die Gabel des Telefons, legte den Finger auf die Lippen, und machte: „Ssschhhhhh."

„Nun pass mal auf, Klausi, ich werde dir sagen was wir machen. Nein, andersherum: ich werde dir sagen, was wir nicht machen. Wir zeigen dich nicht an. Wir tun dir nicht weh. Und wir bleiben auch nicht zum Essen, denn es riecht schon verbrannt aus dem Backofen. Riechst du das?"
Tatsächlich: der Geruch angekokelten Fleisches verbreitete sich, übermittelte Vorstellungen von den Qualen eines Tieres, das in Panik aufkreischt und sich tobend gegen eine Scheibe wirft, um dem Tod zu entfliehen – nicht anders als ein Mensch, der wie eine Fackel brennt.
Wiczniewski blickte entsetzt zur Tür und wollte aufspringen. Becker schubste ihn in den Stuhl und Ben drückte dem Mistkerl liebevoll die Hände auf die Schultern.
„Du brauchst nur zu nicken, wenn du uns verstehst."
Wiczniewski nickte.
Der alles durchdringende Geruch setzte sich fest. Es roch wie ein verschmorender Braten, in den Haare und Plastikteile geraten sind.
„Also: wenn wir ein bisschen Remmi demmi veranstalten, kannst du deinen Laden dicht machen. Schlechte Werbung macht sich in der Branche nicht gut."
„Um Himmels Willen!" sagte Ben. „Die Branche achtet auf Seriosität."
„Außerdem können wir jederzeit mit einem Durchsuchungsbefehl aufkreuzen. Das ist äußerst unangenehm."
„Niemand will einen Homo beauftragen, bei dem die Polizei die Events leitet."
„Das ruiniert das Image. Das wollen wir doch nicht!"
„Oh nein. Es könnten wirklich ..."- Ben hielt die Nase in die Luft, sog sie hörbar ein - „brenzlige Situationen daraus entstehen."
„Beschaffe uns die Huren – bis morgen! Hier die Adresse, wo sie antanzen sollen: 10 Uhr Keithstraße."
Der Gestank überzog die polierten Oberflächen, die Maserung des Besprechungstisches, die spiegelnden Glasreliefs, den

Lack des Palisanders und selbst Monets getupfelte Farbflecken mit der Lasur von Pestilenz und Verwesung. Es war Zeit abzuhauen.

„Der Typ ist oberfaul" knurrte Ben, als sie die Villa verließen. „Was hat eigentlich so verdammt gestunken?"

„Der Kater, was sonst!"

Duftnoten

Irgendwie hatte Becker einen Schlag, aber er brauchte ihn zur Zusammenstellung eines Teams. Sie hatten einen unauffälligen Wagen, der in der Paulsenstraße parkte. Er rief die Dienststelle und orderte eine Zivilstreife für die Nacht. Sie würden sich die Schichten mit zwei anderen teilen. Wiczniewski sollte rund um die Uhr beschattet werden.
Bis die Ablösung eintraf ereignete sich nicht viel. Eine Putzfrau kam. Alle Fenster des Hauses wurden geöffnet. Ein Tierarzt aus der Umgebung parkte. Wenig später sah man, wie sie gemeinsam einen Kadaver über den Rasen schleppten und im Heck des Kombi verstauten. Die Putzfrau verabschiedete sich. Gegen sechs fuhr der PR-Berater eineinhalb Kilometer mit dem Jaguar zum Forum Steglitz, wo er in einem Feinkostladen Wein, Kaviar und Käse kaufte. Die Kollegen übernahmen um acht. Ben ließ sich am Victoriapark absetzen, duschte und düste mit der S-Bahn zum Potsdamer Platz. Irgendetwas trieb ihn, diesen Termin wahrzunehmen, und sei es der diffuse Wunsch, das Erlebte hinter sich zu lassen, unangreifbar zu werden durch das Gedächtnis, indem er etwas Schöneres und Berauschenderes darin einprägte.
Der Raum erinnerte an die erste Tanzstunde. Eine gelbe Rose und Sekt auf jedem Tisch sollten die nüchterne Stimmung auflockern. Ben befand sich im Café Alex, inmitten des Sony-Centers, wo zwanzig Männer auf zwanzig Frauen trafen, um sich kennen zu lernen. Für jedes Flirtgespräch blieben fünf Minuten, dann wechselte man zur nächsten Person. Die meisten Frauen waren um die 30, Marketingassistentinnen, Studentinnen, Ärztinnen und so weiter. Alle behaupteten sie, für die herkömmliche Partnersuche keine Zeit zu haben. Sein erstes Date, eine beleibte Projektleiterin, hatte rote Wangen und schwitzte sichtlich. Sie erinnerte an den alkoholkranken Jour-

nalisten. Die nächste war ansprechender gebaut und schien ökonomisch vorzugehen, sie nannte Name, Alter, Beruf, Hobby. Dann schwieg sie erwartungsvoll. Ben wollte sich verständlicherweise nicht als Polizist outen. Er sei Kriminologe im höheren Dienst, definierte er, 31 Jahre alt. Er habe sich von seiner Freundin getrennt, überhaupt fehle das weibliche Element in seiner patriarchalischen Familiengeschichte, und da er beruflich viel um die Ohren habe ... na ja, das klang nicht gerade aufregend; es entsprach dem Klischee. Gekleidet hatte er sich mit einem eleganten schwarzen Hemd. Die Hose zierte ein silberner Gürtel, und das war für einen Kerl wie ihn richtiger Aufwand. Er ließ seinen sanften Bariton schwingen und bot keine schlechte Figur – für exakt zweieinhalb Minuten. Dann knödelte er eine Börse aus der Jeans, er wusste selbst nicht, welcher Teufel ihn ritt, und legte das Foto von Jamina auf den Tisch. Verblüfft starrte die Blondine auf das Bild, dann auf ihn. Er erkannte, wie sie in Gedanken ein ‚Nein' auf ihrem rosa Zettel ankreuzte. Dann ertönte die Glocke. Er war kein Idiot. Die sentimentale Tour rührte nicht, sie war schädlich, wenn polierte Oberflächen zählten. Er wechselte.
„Was ist das für ein kitschiges Plastikteil? An deinem Gürtel!"
„Malaysischer Traumwächter – ein Glücksbringer. Ich war während meines Referendariates vier Monate bei der Deutschen Bank in Singapur."
„Ach so." Die Stimme der Frau klang plötzlich weich und verständnisvoll. „Du warst viel im Ausland?"
Er nickte. „Jetzt ist Bodenhaftung gefragt."
„Reisen war für mich immer ein Hoffnungsträger" bekannte sie. „Aber mein Leben hat sich von Grund auf verändert."
Ben war überrascht. Zum ersten Mal poppte sie auf, die Ahnung von Übereinstimmung. Kosmos statt Kosmetik, sekundenlang Augenaufschlag, schmachtender Blick. Dann sagte sie schwärmerisch: „Ich habe jetzt einen Kater!"
Er verzog keine Miene und wartete sehnsüchtig auf das akustische Zeichen. Eine BWL-Studentin bestach durch hyper-

schlaue Sätze wie: „Bei dir ist der Zufallsgenerator auch dein personal trainer." Oder: „Ich liebe auch von Vivaldi über Grönemeyer und Element of Crime so eine Menge." Toll fand er „Mallorca hat seine Reize abseits des Ballermanns."
Ben konnte sich flexibel und kontaktfreudig geben, in weitaus stärkerem Maße war er feinfühlig, phantasievoll und nervös. Er merkte, wie ihn die Anspannung des Tages einholte. Nathalie, die Sekretärin einer Federnfabrik, verurteilte ihn zum hoffnungslosesten und schwärzesten Schweigen, das er je an sich kennen gelernt hatte.
„Meine bisher abgelaufene Zeit", schwallte sie, „habe ich zwar hin und wieder in Kneipen verbracht - aber nicht vergeudet. Auf der Suche nach Männern war ich nie in Kneipen. Und die Männer, an denen mir etwas lag, waren auch nicht die falschen ... es gibt nur eben auch andere Umstände, die eine erneute Suche erforderlich machen, deshalb mein Motto: Ich suche nicht, ich finde. Stammt leider nicht von mir, sondern von Picasso. Und ehrlich gesagt, stimmt es auch nicht, strenggenommen bin ich an diesem Abend auf einer Kontaktbörse, aber ..."
14 Gespräche später war Ben bis zum Anschlag genervt und wollte das Fiasko beenden. „Nein, ich schaue nicht ‚Sex and the City' im Fernsehen", fuhr er seine Flirtpartnerin an, übersättigt von Stereotypen, „Ich bin weder Projektleiter noch PR-Berater sondern Polizist!" Trotz verführerischer Parfüms hatte er einen angebrannten Geruch in der Nase.

Sex and the Zitty

An diesem Vormittag musste Becker allein arbeiten. Das war ungefähr so, als ob man einen Pitbull auf dem Kinderspielplatz von der Leine lässt und hofft, es werde nichts passieren. Ben hatte seine buntlackierte Kiste in Tempelhof abgeholt. Die bissigen Kommentare des Monteurs ließen wenig Hoffnung, sie nochmals durch den TÜV zu bringen. Im LKA informierte ihn Anne über den Verlauf der Überwachung.
„Um 19.30 hat ein Glatzkopf, ca. 1,80, rote Brille, das Objekt betreten und am Morgen gegen 7 Uhr 45 wieder verlassen."
„Haben wir Fotos?"
„Sind im Labor."
„Das ganze Leben verbringt man mit Warten."
„Die Kollegen von der OK haben Vorrang – da geht es um Terror, nationale Sicherheit und so was." Sie strich sich die Locken aus der Stirn. „Gegen 9 Uhr kam die Sekretärin. Seitdem keine Vorkommnisse."
„Prima – ich meine wegen Becker. Er beunruhigt mich."
„Hast du die Observierung nach oben abgesichert?"
Ben spürte ein flaues Gefühl. „Bauchentscheidung", meinte er knapp. Eigensinnig drehte er den Ring. Warum verhielt sie sich so geschäftsmäßig in seiner Nähe? Vielleicht war es der Genius loci: man schäkert nicht bei der Polizei. Genauso wenig kauft man Blumen beim Bäcker. Er wählte eine Wiesbadener Nummer und überlegte, ob es geschickt wäre, sie zum Essen einzuladen.
„Ich brauche ein paar Informationen, die man nicht im Fahndungscomputer findet."
„Schau an, die Berliner schätzen neuerdings die Zusammenarbeit?" höhnte die Stimme.
„Mich interessiert, ob Sie im Fall der Firma Centricon Hinweise auf Geldwäsche gefunden haben?

„Sie meinen die Liedl AG? Hauptstädtische Angelegenheit. Da werden wir uns auf keinen Fall einmischen!"
„Sagt Ihnen der Name Klaus Wiczniewski etwas? Klaus Wiczniewski?"
„Politker?"
„Ein PR-Berater, der Snaff verbreitet."
„Moment, ich verbinde."
„Wir beschäftigen uns mit Rolf Ollermann aus Duisburg", informierte ein Ermittler. „Der hat diesen Dreck über ein halbes Jahr im Internet vertrieben. Wir haben ihm Kontakte zu 204 Interessenten nachgewiesen. Das hat die Auswertung von 36 Computern und mehr als 2000 Datenträgern ergeben. Vor allem Kinderpornos und Snaff haben wir bei den Razzias sichergestellt."
„Mich interessieren Spuren, die nach Berlin führen. Speziell zur High Society."
Im Grunde bat Ben den Kollegen um Hilfe. Der Beamte verhielt sich ausgesprochen reserviert.
„Ich schicke Ihnen die Datei", versprach er. „Vielleicht ist Ihr Wiczniewski ja dabei. Wenn Sie Greifbares haben, können wir uns unterhalten. Für alles andere brauchen wir die offizielle Anfrage des Chefs. Im Übrigen: Was halten Sie von der Verlegung des BKA nach Berlin?"
Ben stutzte. Auf eine derartige Frage war er nicht gefasst. „Na ja, könnte von Vorteil sein. Für die Zusammenarbeit zwischen den Behörden."
„Haben Sie sich überlegt, wie es wäre, wenn Sie und ein paar Tausend andere Beamte mit Familie nach Wiesbaden umziehen müssten?"
„Fusionitis", konstatierte Ben müde. „Der Wahn, immer größere Einheiten schaffen zu müssen! Ansonsten herrscht hier ein besonderes Reizklima. Wenn ich Familie hätte ..." Er zögerte, denn er wollte auf keinen Fall sein privates Desaster offenlegen.
„Sind Sie noch dran?" fragte die Stimme.

„Ich kann Ihnen nur raten: demonstrieren Sie, schreiben Sie Leserbriefe, weiß der Teufel. Wehren Sie sich!" Er merkte, dass es knackte. Da war niemand am Ende der Leitung.
Kurz darauf stürmte Anne herein.
„Besuch für dich. Zwei Damen. Ist das privat?"
„Kommt darauf an."
Anne nickte verunsichert – wie ein Amateur, der weiß, dass er in einem hochspezialisierten Bereich nicht konkurrieren kann.
„Was nicht ist ..." Ben lächelte zufrieden als hätte er ein Date.
„Schicke die erste ins Vernehmungszimmer."
Lola Martinez war tatsächlich eine Sensation: Hockhackige Schuhe, Beine, die in den Himmel wuchsen, nackte Schenkel, die unter dem knappen Minirock verschwanden, bauchfreie Bluse mit Dekoltee - ein Delikatessenladen auf Stelzen. Sie verhielt sich, als habe sie beschlossen, alle Männer herauszufordern, die in ihre Nähe kamen. Ihr Blick war eine provozierende Mischung aus Verachtung und Interesse.
„In welcher Beziehung stehen Sie zu Klaus Wiczniewski?"
„In keinerlei ‚Beziehung'. Er ruft an, wenn er Personal braucht."
„Was haben Sie sich bei diesen Engagements gedacht?"
„Gedacht habe ich gar nichts."
„Seine Feste – es wird behauptet, sie seien wild gewesen."
„Er liebte es, Menschen zusammenzubringen, die unersättlich waren, gierig nach Macht, Geld und Sex."
Noch schläfrig wollten Bens Augen nicht korrespondieren. Voneinander unabhängig erzeugten sie Bilder, die sich überlappten. Er sah zwei Gesichter dieser Frau, hart und gegeneinander verdreht, die Oberkante der Stuhllehne, die hinter der Schulter lag und sich doch wie ein Pfahl in den Hals bohrte, verschiedene, in der Höhe verschobene Brüste. Die Jacke in tiefem, unwirklichem Blau.
„Woher wusste er, welche Frauen bei den Exzessen mitmischen würden?"
„Die hat Tatjana ausgesucht."

„Tatjana wer?"
„Weiß nicht."
„Beschreiben Sie die Frau."
„Was soll ich sagen? Blond, jung, Osteuropa. Tschechien oder Polen."
„Gibt es keine anständigen deutschen Huren mehr?"
„Die Freier stehen nicht drauf."
„Was wissen Sie über Dr. Erich Liedl?"
„Er liebte Kunst, junge Mädchen, Partys, bei denen alles vorhanden war – Performance, Filme und so weiter.
„Harte Drogen?"
„Davon weiß ich nichts."
Ben nahm an, dass die Nutte vorgewarnt war.
„Wie viel gibt Ihnen Wiczniewski für die Aussage?"
„Gar nichts." Sie schlug die Beine übereinander, makellos schöne Beine. Ihre Visage dagegen wirkte wie vernagelt.
„Wenn Sie weiter pampige Antworten geben loche ich sie ein! Wegen verdeckter Prostitution."
„Ich bin regulär angemeldet."
„Die Frage ist, ob das Finanzamt von ihren Nebenjobs weiß."
Ben konnte zuschauen, wie der Bluff verfing. Sie verzog die stark geschminkten Lippen und spukte aus.
„Ihr Scheißbullen seid doch alle gleich!"
Er ließ die Hände auf den Tisch fallen. „Das war's. Ich buchte Sie ein wegen Beamtenbeleidigung,"
„Sie können mich höchstens anzeigen."
Ben war wütend. Ihre Arroganz reizte ihn.
„Ich werde Sie für einen Tag festhalten", sagte er mit heiserer Stimme. „Bis heute Abend habe ich mir einen Grund überlegt."
„Leck mich!"
„Das hättest du wohl gerne, du Nutte!"
„Blöder Wichser."
Das Tor sprang auf wie auf Kommando. Mit unterdrücktem Grinsen führte ein Beamter Lola Martinez ab. Ben nahm den

Eingang vom Korridor, um hinter den Spiegel zu sehen. Da hatte sich die halbe Mannschaft versammelt und johlte.

„Das Mädel ist zuckersüß. Echt *Sex and the Zitty*."

„Man sieht, dass du mit Frauen umgehen kannst!"

„Vielleicht funkt es richtig, wenn die Tunte kommt!"

Er wusste nicht, was er erwidern sollte. Die Kollegen pendelten wie immer zwischen Neid und Schadenfreude. „Müsst ihr bei jeder gleich die Geschlechtsteile begutachten?"

„Wenn die so echt sind wie die Haare ..."

Man sah eine herbe Erscheinung mit blonder Perücke vor dem Spiegel. Sie setzte sich auf den Stuhl, hinter dem die Gummipflanze aufragte.

„Übrigens: Warum klauen Blondinen beim Aldi?"

„Gib mir einen Tipp."

„Weil's dort billiger ist!"

Sobald Ben eintrat, umflorte ihn das Aroma von Cremes, Shampoos und Parfüms, als säße er noch im Café Alex. Die Simultanität von gestern und heute, von privaten Sehnsüchten und Beruf, maskulinen und weiblichen Attributen verwirrte ihn. Die Person, die sich als Heinrich Wünsch auswies, präsentierte sich im grünen Kostüm mit Netzstrümpfen, wedelte theatralisch mit lackierten Fingern.

„Von was leben Sie?"

„Ich mache Shows á la Lilo Wanders."

„Wo?"

„Hauptsächlich im *Ackerkeller*."

„Hat Sie dort eine Frau namens Tatjana angesprochen?"

„Ja, die Freundin von Liedl."

„Er hat sich mit einer Nutte eingelassen?"

„Liedl hat ihr das Apartment finanziert."

„Und der Zuhälter?"

„Er hat sie abgekauft."

„Was?"

„Soweit ich gehört habe, war es ein Deal. Liedl sollte ihm den Sportwagen überschreiben."

„Einen TR4?"
„Ich interessiere mich nicht für technisches Zeugs!"
Wünsch winkelte die Beine in eine krumme Pose.
„Woher kamen die Filme?"
„Die brachte der Partner von Wicznieswki aus dem *Stahlrohr*."
„Name?"
„Wie können Sie annehmen, dass ich mit solchen Leuten verkehre!"
Er nahm eines der Fotos, die ihm Anne ausgehändigt hatte. Sie rochen nach ehrlicher Chemie.
„Ja, der war's."
„Lieferte er auch Drogen?"
„Nein. Es gab einen Kurier."
„Was für einen? Rede, wenn du nicht Wurzeln schlagen willst!"
„Haben Sie etwas dagegen, wenn ich rauche?" Wünsch zog eine Zigarettenspitze hervor, lässig, gefühlshaft und jetzt, wo die Person rauchte, war es als ob sie sich auflöste in Grünweiß und runden Schwingungen. Ben presste ein Knie zwischen die Oberschenkel, beide waren distanzlos zusammengestaucht, und doch hielt er sich gepanzert, wurde zum skulpturhaften Block.
„Führ dich nicht so affektiert auf! Rede!"
„Mehr Respekt, wenn ich bitten darf – außerdem weiß ich von nichts!"
„Jetzt verliere ich die Geduld!"
Ben hieb ansatzweise nach ihr, die sich rhythmisch pendelnd vor dem Schlag duckte. Im Gerangel fiel ihr die Perücke vom Kopf.
„Hilfe! Hilfe!" schrie sie hysterisch. „Wie schaue ich aus!"
„Wie ein gewöhnlicher Kerl ohne Haare! Jetzt los!"
„Ich habe ihn mit einem Araber gesehen, zweimal, dreimal. Mehr weiß ich nicht."
Das Grau des Raumes, ins Unendliche verschwimmend, drückte bleiern und luftleer herab

„Hau ab" rief Ben, dem vor dem Transvestiten ekelte. „Ich will dich nicht mehr sehen!"
Am Fahndungscomputer erhielt er zur Abwechslung brauchbare Hinweise. Er scannte das Foto ein und bald flimmerte vor ihm das Dossier von Winfried Brömme, dem Lebenspartner von Wiczniewski, vorbestraft wegen Hehlerei von Kunstgegenständen. Man wusste viel über ihn, unter anderem dass er sich in Clubs vergnügte, in denen Sado-Maso gespielt wurde und Kunden in Ledermasken auftraten. Sein Name zierte die Kundenliste, die ihm das BKA gemailt hatte. Trotzdem zögerte Ben. Er wusste, wie schnell sich Situationen verändern konnten, dass eine unumstößliche Wahrheit zerfiel und innerhalb von Sekunden parallele Universen erzeugte mit neuen Gewissheiten, Begrenzungen und Täuschungen. Keine der Spuren führte zwingend zu einem Mord. Sein Instinkt sagte, dass Downloads kein Motiv waren, einen Mord zu begehen. Spielte Erpressung eine Rolle? Aber was hatte Brömme gegen Liedl in der Hand, wenn er selbst viel tiefer drinsteckte? Ben lief zum Parkplatz und suchte den rotweißen Ford Taunus. Die Kiste stach wie ein Kunstobjekt unter Dutzenden spießiger Wannen hervor, ein Prachtexemplar aus den späten 70ern, in dem er relaxen und sich inspirieren lassen konnte. Sein persönlicher *think tank,* den er nie verpfänden würde, auch wenn er hungern müsste. Gegen Mittag traf er bei Becker ein, der vor Mitteilungsdrang fast platzte.
„Sag mal, kennst du den? Ein Pole, ein Russe und ein Tscheche fahren im Auto. Wer sitzt am Steuer?"
„Keine Ahnung?"
„Die Polizei!"
Ben nickte anerkennend.
„Wie wahr. Kennst du den mit den Blondinen beim Aldi?"
„Hundertmal gehört."
Nach diesem intensiven Austausch kehrte gespannte Ruhe ein. Die Zeit zog sich hin, in der nichts geschah. Sie beobachteten den Verkehr in der Grunewaldstraße. Wenn Ben etwas hasste,

dann war es das Warten auf bessere Zeiten, dieses Herumlungern, das Streifenpolizisten anhaftet wie Straßenkötern. Man sah förmlich, wie ihm der Geduldsfaden riss. Er zückte das Handy, tippte eine Nummer und sprach auf die Mailbox: „Guten Tag, Herr Brömme - Ben Borowiak vom LKA. Wir ermitteln gegen Klaus Wiczniewski wegen des Handels mit Drogen. Eine Zeugin hat ihn belastet und Sie als Mitwisser benannt. Für eine Hausdurchsuchung benötigen wir Ihre Aussage. Kommen Sie umgehend in unser Büro in der Keithstraße. Sie erreichen mich unter 0162/35978031."

Das war der Köder. Er hatte ihn ausgelegt wie beim Fischen, das gelegentlich als Sport bezeichnet wird. Auch dort verbrachte man die Zeit hauptsächlich mit Warten.

Antilopenherz

Durch den Feldstecher fixierte er sonnenbeschienenen Asphalt, auf dem die Sekretärin zur Busstation stöckelte, dahinter den Eingang eines Supermarktes, die sandfarben gestrichene Front des Wohnblocks, in dessen Untergeschoss ein Pizzaservice untergebracht ist, schließlich den Flaschencontainer, den man vor dem Supermarkt aufgestellt hat und den Kiosk. Dort lehnte jemand, der nicht in die Gruppe der Trinker gehörte. Seine außergewöhnliche Statur war das erste, was ihm auffiel. Er musste vor kurzem eingetroffen sein. Die Geste, mit der er den anderen zuprostete, wirkte einstudiert. Er blickte öfters über die Köpfe der Penner, die neben ihm zwergenhaft wirkten, hinüber zur Villa. Dann legte Ben das Glas auf die Ablage zurück, auf der Reste des Mittagessens lagerten. Zwei Pizza-Verpackungen stapelten sich im Fußraum. Ein durchsichtiger Plastikbehälter zeigte, welk und künstlich, vorgeschnittenen Salat.
„Hast du das gelesen über de Affenweibchen?" fragte Becker und zitierte: „Dass sie den Eintritt des Samens steuern?"
„Weiß nicht."
„An deiner Stelle würde ich einen Vaterschaftstest machen."
„Schwachkopf."
„Im Ernst: die Männer werden geplündert, ohne überhaupt Väter zu sein."
„Was hat das mit Affenweibchen zu tun?"
„Die lassen sich von alpha-Tieren vögeln. Der Nachwuchs ist aber oft von anderen."
„Sie gehen fremd?"
„Sogar mit Liebhabern aus konkurrierenden Horden."
„Mann, das wäre in unserem Fall das BKA in Wiesbaden," blödelte Ben.
„Wenn man sie auf frischer Tat ertappt, werden sie gekillt."

„Willst du darauf hinaus, dass Außenseiter wie du auch mal zum Zug kommen?" fragte Ben.
„Quatsch. Ick sprech davon, worauf et im Leben ankommt: alle tun und machen, dass sie de Stellung in ihrem Verein nich' verlieren!"
Kurz darauf kam der Araber. Ein Mann zwischen 25 und 28 Jahren, bärtig und mit einer Wollmütze, entstieg dem Taxi. Die Zeitung wanderte nach unten. Becker schraubte die Thermoskanne zu. Verwaschene Jeans, dunkle Sportjacke, Kapuze. Ben erwischte ihn mit der Kamera von hinten, im Gespräch mit Wiczniewski von der Seite. Nur nicht von vorne. Auch nicht, als er herauskam, drei Minuten später, mit - wie Becker behauptete - ausgebeulter Jackentasche. „Auffallend dunkler Teint", meinte er. Der Typ verlor sich hinter der Hecke, als Ben fotografierte. Mechanisches Klicken, dann wieder passierende Fahrzeuge - es ging alles verteufelt schnell. Das Taxi machte eine Kehrtwende. Becker fädelte sich ein, als ein unauffälliger Van am Straßenrand hielt und den Verkehr staute. Das Taxi nahm die Auffahrt zur Stadtautobahn. Ben schraubte am Radio. Syrienkrieg, Bootsflüchtlinge, Ukrainekonflikt. Das Krisengerede nervte ihn genauso wie das Dünnschissgedudel der Werbesender. Eine Stimme kündigte sachlich an: „Scherzo Capricioso aus dem Violinkonzert opus 22 von Frantisek Ondriak, Allegro Moderato." Sie folgten dem Wagen, der jetzt im dichten Abbiegeverkehr blinkte und in die Westtangente brauste. In Neukölln steuerten sie auf die Grenzallee, und schwenkten nach zwei Kilometern auf trostloses Industriegebiet. „Ich glaube, die wollen zu Phillip Morris." Das Fahrzeug streifte das Werksgelände, hielt aber weiter hinten in der Haberstraße. Der Verdächtige eilte zum Seiteneingang eines Fabrikgebäudes, aus dem der Gesang eines Muezzin drang. In lateinischen Buchstaben prangte „AL-NUR Moschee" über der Vorderseite. Während er ausstieg überholte sie der Van, der auf den Parkplatz des Grundstückes bog. Ben rannte auf die offenstehende Pforte zu, als er dichtgedrängt eine aufrecht ste-

hende Menschenmenge vor sich wahrnahm, die Hände erhoben.
„Scheiße, Scheiße!" murmelte er.
„Schuhe ausziehen!" rief ein erboster Moslem. Der blau-weiß getünchte Saal wurde von zwölf weit herabhängenden Kronleuchtern geschmückt. Auf das Kommando „Allahu Akbar" beugte die Masse dreimal das Haupt und warf sich nach erneutem Aufrichten zu Boden. Er spürte schräg vor sich eine Bewegung in dem mit arabesken Bögen abgeteilten Seitenschiff und schob sich schräg durch die Reihen, was Proteste in türkischer und arabischer Sprache provozierte. Sein Augenmerk galt der Tür des Treppenhauses, die gerade zufiel. Eine Glasfront im ersten Stock teilte den Flurbereich ab. „Al Márifa Computerraum" stand auf dem ersten Eingang. Er öffnete und blickte in eine Phalanx fremder Gesichter. Sofort identifizierten sie ihn als Außenstehenden, vielleicht sogar als Schnüffler. Als er die zweite, arabisch beschriftete Tür ausprobierte, schlug ihm warnendes Kreischen entgegen. Er war in den Betraum verhüllter Frauen und Kinder geraten. „Ist hier jemand vorbeigekommen?" rief er, um sich zu legitimieren. Das aufgeregte Durcheinander steigerte sich, als sei ein Fuchs in einen Hühnerstall gedrungen. Der Rabatz schwappte mach draußen und alarmierte Seilschaften aus dem Computerraum. Köpfe schoben sich übereinander, Fäuste ballten sich. Der Korridor füllte sich mit Lärm. An der Südfront des Gebäudes stieß er auf einen Versammlungsort, der einem bestimmten Clan vorbehalten war. Er beobachtete, wie ein Plastikbeutel kursierte. Ihm war die Nähe zu Waffen unangenehm, doch das Getümmel schwoll an. „Hände hoch, Polizei."
„Was wollen Sie hier?" fragte ein hagerer, intellektuell aussehender Mufti in weißer Kurta. Er reagierte in keinster Weise auf die Forderung des Polizisten. „Das ist ein Haus Allahs."
Sofort wurde Ben von mehreren Männern mit Turbanen umringt. „Wir haben Anhaltspunkte, dass sich hier ein Drogen-

händler aufhält!" tönte eine Stimme hinter ihm. Becker blockierte den Eingang, den eine Kalligraphie schmückte.
„Die Moschee gewährt jedem Asyl, der sich in ihren Schutz flüchtet."
Wie ein Mogulkaiser schaute er auf seine Gefolgschaft, unter der Gezeter und Geschimpfe losbrach. Ben fragte sich, warum sie diese unhygienischen Bärte tragen mussten.
„Mein Name ist Aftab Ali Khan. Ich habe das Hausrecht!"
„Heißt das, Sie wollen einen Kriminellen schützen?" rief Becker. „Das ist Beihilfe zu einer Straftat!"
„Der Koran sagt: „Bekämpft in Allahs Pfad, wer euch bekämpft; doch übertretet nicht, siehe Allah liebt nicht die Übertreter."
Die Mullahs folgten uralten Traditionslinien, die niemals durch die Aufklärung berührt wurden. Ben verstand, dass er verhandeln musste, bis eine Lösung ohne Gesichtsverlust möglich war.
„Wir respektieren Ihre Religion. Wir wollen nur Beweismittel sichern."
„Nehmen Sie den Beutel, der dort auf dem Kissen liegt. Er ist anonym abgegeben worden."
Erst jetzt realisierte Ben, dass der observierte Araber nicht mehr bei ihnen war,
„Wo ist er hin, Becker?"
„Mit Buraqk in den siebten Himmel!" Die Mohammedaner lachten.
„Zum Hinterausgang!" rief Ben und zu dem Rädelsführer: „Wir sprechen uns."
„Sie werden von unserem Konsulat hören! Das ist Hausfriedensbruch!"
„Dattelfresser" fluchte Becker.
Von der Feuertreppe übersahen sie den Parkplatz, auf den die Besucher der Moschee strömten.
„Bockmist!" Sie rannten zum Auto, als der gelbe Stadtbus mit der Nummer 177 in die Neuköllnische Allee bog. Sie überhol-

ten, schnitten den Weg ab mit quietschenden Reifen, so dass der Fahrer bremsen musste. Zeigten die Marke: „Los, öffnen!" Mit gezückter Waffe und angehaltenem Atem pirschten sie durch den Mittelgang nach hinten. Da kauerten nur wenige Fahrgäste: ein alter Mann mit schlaff hängender Hutkrempe und durchweichtem Mantel, daneben Frauen mit Kopftüchern. „Er ist nicht hier!" rief Ben. „Ist Ihnen ein Araber aufgefallen, mit dunkler Wollmütze, Jeans, schwarzer Sportjacke, Kapuze?" fragte Becker. „Andere Richtung!" rief ein korpulenter Anatolier, Pistazien schälend, zwei Plastiktüten zwischen die Beine gezwängt. „Mit Fahrrad!" Sie stürzten zum Auto, wendeten. „Der ist längst geflitzt!"
Sie überquerten den Schifffahrtskanal, hinter dem die Grenzallee abfällt. Weit vor sich gewahrten sie einen Radfahrer, der bei Rot über die Ampel raste. Becker, der seinen Instinkt nicht mehr kontrollieren konnte, schleuderte blindlings in die Kreuzung, knallte gegen einen PKW und drückte aufs Gas. Hupen ertönten wie Jagdhörner. Der Araber schien das Herz einer Antilope zu besitzen. Er baute den Vorsprung aus, indem er auf den Gehsteig auswich und den zähen Berufsverkehr überholte. Vor der Unterführung kippte er das Mountain Bike auf die Straße und preschte die Treppe hoch zur Station Neukölln. Sie rumpelten mit der beschädigten Karre aufs Trottoir, fegten die Stufen nach oben, als ratternd die Ringbahn einfuhr. Die Plattform quoll über vor Menschen aller Hautfarben und Nationalitäten. Die Chance, unter der Menge ein- und aussteigender Passagiere den Mann herauszufiltern war minimal, aber so rasch würden sie nicht aufgeben. Das Signal ertönte, und weil sie ihn nicht gefunden hatten, hüpften sie in die ersten beiden gelbroten Waggons, um sich durch die vollgepfropften Abteile zu kämpfen. Das Handy klingelte. „Er muss in dieser Bahn sein" keuchte Becker, der durch die Glastüren hindurch abgehetzt und verschwitzt aussah. Sie verabredeten, in den jeweils übernächsten Wagen zu springen. Sie hatten die Station Sonnenallee kaum verlassen, da erspähte Ben den Araber durch die

Glasscheibe. Es war ein kurzer Augenblick, in dem sie sich frontal gegenüber standen. Er versuchte, sich die Physiognomie einzuprägen: hervorstehende Wangenknochen, schwarzgrauer Bart, funkelnde schwarze Augen. Sein Kontrahent fletschte hasserfüllt die Zähne und rückte nach hinten ab. „Er ist vor mir, im fünften Waggon" rief er ins Telefon. Treptower Park. Die Maschine rumpelte, als wäre sie hundert Jahre alt. Fauchend öffneten sich die graffitibeschmierten Flügel. Eine Traube von Menschen ergoss sich auf den grau betonierten Bahnsteig, darunter der Fratzenschneider, der sofort in den vordersten Wagen auswich. Sie stürmten hinterher. Der Zug ruckte und geriet geräuschvoll in Gang, während sich alle drei mit Knuffen durch die Sardinenbüchse nach vorne arbeiteten. Verärgerte Fragen fielen, eine Frau empörte sich. „Gehen Sie zur Seite, Polizei!" rief Ben, die Hand auf dem Pistolenhalfter. Der Zug klapperte auf einer uralten Brücke über die Spree, als Tohuwabohu unter den Passagieren entstand. Der Mann hielt ein Messer in der Faust und verbarrikadierte sich hinter einer Schülerin.

Ben hörte nicht das Rattern der Räder, so laut pochte ihm das Blut in den Schläfen. Er starrte wie hypnotisiert auf die Waffe, die an der Kehle ruhte. Die Umgebung verwandelte sich in einen mit Menschen angefüllten Trichter, auf dessen Grund die Klinge blitzte. Der Zug bremste heftig. Ostkreuz. Vor den zerkratzten Fenstern wimmelte es vor lauter Beinen, Armen, Köpfen und Körpern. Der Mann zog rückwärtsgehend die Geisel auf die Plattform und verduftete. Das unangenehme Zischen der Ventile ertönte, die Eingänge schlossen sich, sobald Ben festen Boden unter den Füßen spürte. Allmählich schneller werdend polterte die S-Bahn an ihnen vorüber, während Ben ratlos zwischen den Passanten irrte. Ärger auf seine eigene Hilflosigkeit überkam ihn; er begriff, dass die eine Sekunde der Überraschung schuld war. „Auf dem Gleis. Drüben." Becker deutete schräg vor sich auf die Stahlverstrebungen der hoch über der Stadt erbauten Haltestelle. Dort gewahrte er ei-

nen hurtig forteilenden Farbflecken, es war die Zielperson, die in wilden Sprüngen über die Schwellen jagte. Sie hüpften hinab und wechselten auf den Schotter des zweiten, parallel geführten Dammes. Die Gleise verliefen in den Horizont, der von einer Skyline aus Hochhäusern gesäumt wurde. Darüber wurde die Silhouette eines einfahrenden Zuges sichtbar vor einem dunkelblau bewölkten Himmel. Der Mann erklomm die Brüstung, als Becker den ersten Fangschuss feuerte. Dann sprang er. Ben sah, eng an den Rand der Brücke gepresst, wie er auf dem Dach der S-Bahn landete, die quer unter ihnen Richtung Friedrichshain fuhr. In wenigen Sekunden entfernte er sich, schrumpfte zu einem winzigen Punkt. „So ein Wahnwitz", dachte er. War dieses Risiko ein Säckchen voller Kokain wert? Verblüfft schaute er auf den davoneilenden Zug.
„Gut, dass wir nicht meinen Wagen genommen haben." Es gelang ihm nur schwer, mit der aufgestauten Erregung fertig zu werden. Göttin Artemis war ihnen nicht gerade gewogen. Ben fluchte. Eine bittere Pille folgte, als sie zum Dienstfahrzeug zurückkehrten: ausgeräumt. Foto und Feldstecher waren geklaut. „Einmal ein Hammel, immer ein Hammel", polterte Becker. Keiner von ihnen hatte Lust auf das, was jetzt folgte. Schadensmeldung. Werkstatt. Protokolle. Anzeige gegen unbekannt. Bericht an den Vorgesetzten. Sich rechtfertigen müssen. Eine Strategie erklären, wo keine war. Bens Stellung innerhalb der Behörde war umstritten, seine Arbeit ein Versuchsprojekt auf Abruf. Er empfand dumpfe Unruhe, die sich in den Worten „Irgendeine üble Sache liegt in der Luft" entlud. Er hatte das Gefühl, sich verfranst zu haben.
Als er an diesem Abend über die Holztreppe in den vierten Stock kletterte und seine Altbauwohnung öffnete, überfiel ihn die Tristesse leergeräumter Zimmer, bewohnt nur durch Sukkulenten, die Melancholie einer beruflich definierten, exakt abgegrenzten Großstadtexistenz. Der vollmundige Mond riet ihm, zu den Höhen des Victoriaparks aufzusteigen, wo Karl Friedrich Schinkel das Befreiungsdenkmal errichtet hatte, um

dort einen Joint Vorrat zu rauchen und zu relaxen. In dieser Nacht öffnete er sich auf dem Rücken liegend den feindlichen Speeren des Universums, die wie kometenhaftes Feuer auf ihn niedergingen, die Flanken durchbohrten und den Schmerz in ihm anfachten, bis aus der Körpermitte ein träumerischer Taumel aufbrandete, der ihn von jeher davor bewahrt hatte, seinem menschlichen Elend zu entfliehen.

Zweiter Teil

Blackgang

Die Sonne brannte die Nässe aus Häuserfronten, trocknete Asphalt und Bürgersteig, und ein Kellner in knöchellangem Hüftschurz stürzte aus dem Gastraum, steckte die Pleuelstange ins Gehäuse und kurbelte so lange, bis die Markise straffte. Man hatte den Yachthafen von Cowes im Blick, die Promenade und Arthur Byrons *Seafront Inn*. Nach dem Morgenkaffee ging er zum Foyer, wo die abreisenden Gäste ihr Gepäck bereitstellten. Der Reisende trug, was in dem Hotel auffiel, eine Antiform-Jeans mit bis in die Kniekehle hängendem Hosenboden, darüber ein anarchisch geflecktes, alle Geschmacksmuster dieser Welt sprengendes Surferhemd. An der Rezeption, die sich gegen den Hintergrund zu einem Tresen erweiterte, stand ein japanisches Ehepaar und drehte rastlos den Postkartenständer. Weiter hinten, auf dem Barhocker, frühstückte jemand in Bundhosen mit einem rot weiß karierten Hemd.
„Arnulf Liedl" stellte er sich dem Wirt vor. „Ich zahle mit Kreditkarte."
Er unterschrieb rechts neben dem Datum vom achten Mai, mit einstudiertem Schwung und akkuraten Schleifchen bei den Anfangsbuchstaben. Zufrieden goutierte er sein Werk. „Du brauchst nur ein bisschen Kreativität", dachte Peter, „und das Leben wird zum immerwährenden Urlaub."
Mit ungeduldigem Hupen versprengte der Taxifahrer beim Anfahren Jungs, die mit einer Bierdose Fußball spielten. Einer streckte den Mittelfinger in die Höhe, „Einfach keine Erziehung diese Jugend", sagte er kopfschüttelnd, drehte den Kopf zum Seitenfenster und schnitt eine diabolische Fratze.
Sie fuhren auf der A3020 und bogen nach einer halben Stunde Richtung Süden. In der Tiefe unter sich sah er brandend das Meer, Kormorane, Palmen und die Spielcasinos von Ventnor mit ihren langen, ins Wasser reichenden Stegen. Bald darauf

hielt das Taxi vor einer vergitterten Einfahrt. „Sunside Road – finally at home." Pfeifend und den Innenspiegel drehend korrigierte er die blonden Haare und stülpte die Schirmmütze über. „Hair goes out", schwafelte er mit nach oben geöffneten Händen und säuerlich verzogenen Mundwinkeln. Endlich zahlte er den Fahrer und verabschiedete ihn, freundlich winkend bis der Wagen außer Sichtweite war. Dann warf er die Sporttasche über das schmiedeeiserne Tor und schwang sich über die angrenzende Mauer. Es beruhigte, sich im Schatten der rötlichen Kiefernbäume zu verlieren. Vor dem Hauseingang lauschte er, wägte das Risiko ab. „Muss unbedingt 'ne SMS schreiben und 'n Foto schießen. Ist ja paradiesisch!"
Er blickte zu den Rhododendren, den überhängenden Rosen und der rotblühenden Bougainvillea, deren Zweige sich elegisch im Seewind wiegten und tippte die Nachricht an Jay. Dann drehte er den Schlüssel.
Ein schmaler Streifen Licht fiel in die Halle. Als er die Tür aufstieß, erkannte er vor sich eine Frau in dünnem Wettermantel. Die Schöße falteten auf, das Licht brach sich auf ihren Nylonbeinen zu ungestümem Reflexglimmern. Dann traf ihn der Fuß zwischen die Schenkel.
„Wer sind Sie?" brüllte sie auf Deutsch.
Ihm wurde schwarz vor Augen. Er knickte vor ihr ein, mitten auf der Schwelle.
„Arnulf Liedl."

„Verzeihung, ich dachte Sie seien Einbrecher."
Die Frau, Anfang dreißig, mit seltsam blassen, aufgesprungenen Lippen, schien recht selbstbewusst.
„Einbrecher mit Hausschlüssel? Legitimieren Sie sich, sonst hole ich die Polizei!"
„Eine Geschäftspartnerin Ihres Vaters."
„Ich habe exzellente Verbindungen zum Polizeipräfekten in Cowes!"

„Entschuldigung bitte vielmals. Ich sah einen Unbekannten über die Mauer klettern, da dachte ich ..."
„Ungewöhnlich für meinen Vater, Geschäftspartner weitab von Berlin zu bestellen!"
Tatjana begriff, dass sie etwas erklären musste.
„Man könnte sagen eine ..."
„Privatsekretärin?"
Als sie lachte, bemerkte er, dass die Zähne ein wenig zu weit auseinander standen für eine richtige Schönheit und dass man wohl zuviel Zahnfleisch sah.
„Wollen wir nicht einen Drink nehmen?"
Sie hatte blaue Augen mit grauen Flecken; ihre Backenknochen waren eine Spur zu breit, der Unterkiefer schmal, die Lippen wohlgeformt, entschlossen. Er folgte ihr in den bis auf ein einzelnes Sofa leergeräumten Salon rechts von der Halle. Die Bar an der Schmalseite enthielt zu seiner Überraschung Alkoholika.
„Wir hatten eine Reise geplant. Ihr Vater bestellte die Tickets vor zwei Monaten und ich holte sie gestern vom Reisebiro."
„B*ü*ro, mit *ü*. Nicht B*i*ro!"
Sie warf ihren Mantel über das Büfett und kramte in einer Handtasche. Dann öffnete sie den Umschlag mit der Schreibschrift: „Reisefischer – Ihr Partner für Schiffsreisen. 3 x in Berlin."
„Wow. Inklusive Übernachtung im Waldorf Astoria."
„Was aber soll ich tun, wenn Erich mich lässt sitzen? Meine Fräändin hat geraten, soll ich unbedingt mitfahren auf der Queen Mary."
Wusste sie, dass er nicht kommen würde? Dass der Alte ein für allemal den Anschluss verpasst hatte? Er stellte fest, dass sie die Drinks mit eingeschliffener Routine mixte. Sie trug keinen Ehering.
„Der Papa hat wäähnig gesprochen von ihnen."
„Er konnte nie akzeptieren, dass ich Schauspieler bin."

Tatjana hatte sich den Sohn unbeholfener vorgestellt. Einfältiger. Schüchterner.
„Muss ich Sie aus dem Fernsehen kennen?"
„To make it simple: Arnie." Er reichte ihr flapsig die Flosse.
„Ein Manko, wenn nicht! Justament bin ich allerdings ..."
„Ja?"
„In einer Schaffenskrise. Ich überlege, ob ich als Regisseur antreten soll."
„Säähr gute Idää."
„Selbst Filme drehen! Andere tanzen lassen!" Er hob die Hände wie Alexis Sorbas beim Sirtaki. „Groovy."
„Sähr gut" erwiderte Tatjana lachend. „Ich dachte, du seist lernbehindert?"
In der einsetzenden Stille hörte man das Branden des Meeres.
„So ein schlechtes Bild hast du von mir?"
Sie schien enttäuscht. Ein Trottel hätte ihr offenbar ins Konzept gepasst.
„Manometer. Ich bin zerschmettert" sülzte er mit dramatischer Pause, händeringend.
„Trink deine Määdizin."
„Am Boden zerstört. Völlig!"
Sie überließ ihm den Cocktail, der nach Whisky und Orangen roch. Sich setzend schlug sie ein paar gut gebaute Beine übereinander.
„Das ist das einzige Määbel, das es hier gibt."
Sie lachte künstlich.
„Alles leer?" Er kaute auf seinem Kaugummi. Gab es hier keine schmucken Gegenstände, Wertsachen und dergleichen? Wo waren die Schätze, die er heben wollte?
„Tja" sagte sie. „Nichts - außer diesem uralten Sofa. Du musst dich zu mir setzen."
„Was? Zu einer brutalen Schlägerin?"
„Wie du willst."
„Okay. Werde schon nicht gleich Flöhe bekommen!"

Sie rutschte ans andere Ende und für eine Sekunde schnitt der Rocksaum in ihre Schenkel, dass sie die Beine damenhaft anwinkeln musste.
„Was ist dein Geheimnis?"
Er schluckte.
„Sprich schon."
Warum er diese Mütze trage, wollte sie plötzlich wissen und begann, aus einer Strähne ihres blonden Haares einen Zopf zu flechten.
„Ist 'n tolles Outfit. Muss nicht immer Kaschmir sein."
„Ich hatte früher einen Kleiderladen. Damals, als ich aus Polen kam."
An der resoluten Art zu reden merkte er, dass sie sich entschieden hatte, um Einbürgerung und Aufstieg mit allen Mitteln zu kämpfen.
„Du kennst dich aus mit Klamotten, was? Vielleicht bist du gar nicht so übel."
„Ach." Sie lächelte. „Ist das Haus nicht groß genug für zwei? Du bist doch allein, oder?" fügte sie mit obskurem Auflachen hinzu.
Er blickte auf ihre kräftigen Hände, die das Päckchen Zigaretten öffneten und dem fremd aussehenden Streichholzheftchen - dunkelrot und mit dem schwarzgedruckten Chiffre eines in Polen beheimateten Restaurants – ein Zündholz entnahmen.
„Dir gefällt's also hier?" fragte sie.
„Weiß nicht. Ist interessant. Ich habe England noch nie besucht."
„Wo warst du?"
„Im Osten." Er stockte, als hätte er einen Fehler gemacht. „Ich liebe die Slowakei."
„Du könntest Tscheche sein, vom Aussehen. Oder Slowake."
Er hätte ein paar Sätze polnisch mit ihr wechseln können, musste es sich aber verkneifen. „Ach, ich bin so begabt", dachte er, „und keiner darf es merken. Weil ich Arnulf Liedl bin!"
„Du stehst auf slawische Frauen?"

Im Sonnenlicht war ein leichter Flaum an ihrer Wange zu erkennen. Unter dem enganliegenden, mit Pailletten verzierten Cardigan zeichneten sich knackige Brüste ab. Einen Augenblick gelüstete ihm danach, mit ihr auf dem Schiff zu fahren, ein paar Tage mit ihr zusammen zu bleiben.
„Wie der Vater, so der Sohn." Er fühlte sich wohl in seiner neuen Identität, genoss ihre Bequemlichkeiten, gewöhnte sich an ihre Privilegien. Wen interessierte, was mit dem alten Liedl geschehen war? Niemand. Ein Versehen hatte sich ereignet, oder, aus philosophischer Sicht, eine Unvermeidlichkeit, denn der Zufall lässt sich nicht unterbinden, und wenn er sich's recht überlegte, hatte der Zufall sein Streichholz fallen lassen um der ausgleichenden Gerechtigkeit willen.
Er brachte sein Gepäck nach oben. Instinktiv wählte er die dem Erben zugedachte Mansarde. Ein Bett, ein Schrank, Dinge, die man achtlos dem neuen Eigentümer überlässt. Bei seinem Rundgang registrierte er, dass es, die Bilder einmal ausgenommen, keine wertvollen Gegenstände gab. Die Inventur Tatjanas war insofern korrekt. Ihr Parfum, das in einer feinen Spur durch die muffigen Räume zog, hatte den süßlichen Geruch von Grabblumen. Leicht einsehbar lag ihre Kammer gegenüber, auf der anderen Seite der Galerie. Vor dem Spiegel des Bauernschrankes trat sie einen Schritt zurück, musterte sich prüfend, beugte sich dann vor und zog den Schwung ihrer Oberlippe mit rotem Lippenstift nach, gab etwas Puder auf die Nase und verteilte ihn mit raschen Bewegungen in alle Richtungen. Ihre Wangen waren jetzt so rund, dass sie sich selbst kaum wiedererkannt hätte, aber sie fand sich nicht zu dick sondern ganz richtig. Sie lachte ihrem Spiegelbild schelmisch zu, lautlos, schüttelte ihren Pferdeschwanz.
Als sie das Grundstück verließen, stellte sich heraus, dass auch sie keinen Schlüssel für das Tor hatte. Fast verlor sie die Pumps als sie über die Mauer krabbelte. In ihren hochhackigen Schuhen aus Eidechsenleder hüpfte sie über die Pfützen auf dem Feldweg, der zu nächsten Pizzeria führte. In ihren besten

Schuhen, die vorne und hinten offen und für eine Reise alles andere als praktisch waren, ihr aber ein beschwingtes Gefühl vermittelten, strahlte sie so glücklich wie ein junges Mädchen. Im *Casa della Griglia*, einem mit Muschelputz verzierten einstöckigen Gasthaus, rieb sie mit einer angefeuchteten Serviette den Matsch von den Absätzen.

„Ich frage mich allerdings, warum er nicht sich rührt. Dein Vater längst müsste hier sein."

Ob sie etwas herausfinden wollte? Wusste sie nicht, dass der Snob in der Hölle briet, zumal es die Gazetten tagelang wälzten? Natürlich, nicht jeder las Zeitung.

„Wann hast du zuletzt mit ihm telefoniert?"

„Das ist eine Weile her", antwortete sie nach längerer Pause. „Ich war auf Besuch in Polen. Und du?"

„Wir telefonierten vor zwei Wochen. Er wollte sich mit mir versöhnen. Und mir eine Reise schenken."

Bei diesem Schachzug fixierte er sie. Er war der legitime Erbe, Arnulf Liedl, der Thronfolger. Alles gehörte ihm, solange er kreativ genug war, seine Rolle zu spielen. Er fragte, ob sie Lust habe, bei ihm daheim einen Highball oder eine Tasse Kaffee zu trinken.

„Gehen wir lieber zu mir", erwiderte sie, die kräftigen Beißer zeigend. „Da fühle ich mich sicherer."

„Als sei ich ein Wüstling", empörte er sich. „Dabei kennst du mich gar nicht."

Wenn sie wusste, dass Liedl tot war, dann durfte er Tatjana nicht trauen. Dann war sie aus dem gleichen Grund auf der Isle of Wight wie er. Die Raffinesse einer osteuropäischen Frau konnte man nicht hoch genug einschätzen; er präferierte, den Morast schwieriger Themen zu meiden, bis er alles über sie erfahren hatte. Als sie zur Villa zurückkehrten, beschlich ihn das Gefühl, bespitzelt zu werden. Er lief um das Anwesen und entdeckte ein Baugerüst, über das man mühelos auf den Balkon steigen konnte. Außer der Brandung war nichts zu hören.

Peter machte kleine Tassen starken Kaffees in der Küche. Im Stillen lobte er sich für das bewiesene Improvisationstalent. Als sie ihm etwas zögerlich das Angebot machte, mit ihm zu reisen, sagte er begeistert zu. Auch mit ihrem Vorschlag, schwimmen zu gehen, war er einverstanden. Er fühlte sich wie ein Apollon. Die Luft stand beinahe still. Es war schon wieder warm, obwohl es gestern geregnet hatte. Ganz leicht schaukelten die Äste der Bougainvillea, als ob sie ein Geheimnis hätten. Den Mond umflossen Schleierhöfe. Es geriet zum halsbrecherischen Akt, auf dem steinigen Pfad die Steilküste hinabzuklettern. Der Strand lag verlassen, das Meer schien ein Aquarium voller schwarzer Tinte. Es schwappte in Kapitälchen nach allen Seiten ohne definierbare Drift. Endlich, der seitlich geschnürte Cardigan rutschte zu Boden. So betrunken war er, dass er die Kälte des Atlantiks nicht spürte. Er folgte dem im Mondlicht glänzenden Frauenkörper, der lautlos durch die Wellen glitt und ins offene Gewässer zog.

Landwehrstraße

Der Angestellte, der wie geleckt aus seinem Anzug herausstach, strich die blauen Scheine ein, die Jay seiner Börse entnahm und gab ihm die Papiere.
„5oo Kilometer sind frei. Außerdem ist vollgetankt."
Er blickte erst auf Jay, der eine Baseballkappe trug, dann auf den zweiten Kerl, der wie ein Freak aussah, mit ausufernden Koteletten im Stil der 70er Jahre.
„Viel Spaß damit. Der Wagen steht draußen vor der Tür. Es genügt, wenn Sie ihn an Montag früh zurückbringen."
Jays Gesicht glänzte wie das eines mit Milch gesättigten Säuglings, als der Mann einen imposanten Schlüssel auf den Tresen legte.
„Bin gespannt auf den Sound."
„ Hört sich an wie ein Konzert von AC/DC."
„Affengeil" sagte der zweite Typ in der Windjacke mit dem petrolgrünen Kunstpelz und setzte einen altmodischen Schlapphut auf, in dem eine Feder steckte. „Schauen wir uns die Kiste mal an."
Der Mazda war tiefer gelegt und hatte einen doppelstöckigen Spoiler.
„Geil, geil, geil!" stöhnte Jay.
Der Angestellte, der mit in den Betriebshof gekommen war, stellte die Vorzüge raus.
„Die Turbine hat 230 PS. Fahren Sie erst mal in den oberen Gängen. Es dauert eine Weile, bis man sich an die Beschleunigung gewöhnt."
„Is' ja irre", meinte Glenn, als er in den Sportsitz sank und sich den Gurt über den Körper zog. Glenn war aus dem Nachbarhaus, ein aufgeweckter Bursche. Seine Pläne passten stets unter die Rubrik „wild und verwegen", so dass es nicht verwunderte, dass er es öfter mit der Polizei zu tun bekam. Er war so

eine Art Geschäftspartner für Jay, man kannte sich, und ab und zu strolchten sie gemeinsam durch das Einkaufszentrum. Den heutigen Event konnte man getrost als Höhepunkt ihrer Freundschaft bezeichnen.

Während Jay loslegte und auf den Frankfurter Ring schoss, schob Glenn eine mitgebrachte CD ins Laufwerk. Aus der Dolby Surround Anlage dröhnten fortan die Rap-Parolen von Kanye West. Sie schätzten, dass man bei geöffneten Fenstern eine Reichweite von lässigen 100 Metern hatte und jeder Passant meinte, im nächsten Block sei eine gigantische Party im Gang, wenn sie vorbeifuhren. Jay genoss es, wenn Radfahrer den Kopf herumrissen, oder andere Fahrer sich ans Hirn klopften, weil er sie mit der roten Schleuder geschnitten hatte.

Kaum zu glauben: der hat 6 Gänge!

Das Armaturenbrett war so übersichtlich gestaltet wie bei einem Formel 1 Rennwagen. Was Jay am meisten anmachte, war die Bequemlichkeit. Sein Arm lag auf dem Mitteltunnel und drückte die Gänge mit einer sanften Bewegung aus dem Handgelenk heraus durch die Gassen. Die Sitze umarmten ihn regelrecht und das Fahrgefühl war, ohne jegliche Motorvibration und Brummgeräusche, als läge man auf einem Relaxsessel im Olympia-Einkaufszentrum. Vor lauter Aufregung mampfte Jay ein paar süße, aufgeschäumte Zuckergummis.

Und diese irre Beschleunigung.

Jay hatte das Gefühl, dass die Geschichte des Weltsports oder gar die Geschichte der Menschheit nicht über ihn hinweg gehen würde, ohne ihn zu erwähnen, ihn und vielleicht auch Glenn, jedenfalls diesen einen Tag würde man erzählen, diesen einen Moment, in dem er auf dem Mittleren Ring in München eine Spitzengeschwindigkeit von 140 Kilometern erzielte, wo maximal halb so viel erlaubt war, und ständig Autos, rote Am-

peln und Baustellen den Weg verstellten. Kein feindlicher Radar war an diesem Tag zu sehen, keine Bullenschaukel war vor Ort, und sobald sie die Auffahrt nach Stuttgart erreichten, steigerte sich der geile Fahrspaß zur absoluten Raserei. Angesichts der epischen Schönheit der Autobahn, des Tannenforsts und der stabilen Landschaftsperspektive, verblasste der Unfall mit Suhrkamp zu einem obskuranten Vorfall, zu einem zufälligen Ereignis, von dem außer ihm und seinem Bruder niemand wusste. Ein Märchen, das Jay zeitlich vor seine Auswanderung einordnete, in die frühe Kindheit, und das irgendwo im Land der Zipser spielte, fernab von jeglicher Zivilisation. Wenn man nur ein bisschen aufs Pedal drückte, war man dieser leidigen Sache entronnen. Eine Stunde später passierten sie Karlsruhe und schwenkten Richtung Frankfurt ein. Hinter Mannheim mussten sie zwangsweise pausieren, weil die Tachonadel auf Reserve stand. Klar, der Verbrauch war hoch, Glenn schätzte ihn auf 17 oder 18 Liter, aber Jay hatte noch ein paar Scheine aus der Barschaft des Erben; es war ja kein Vergnügen, mit dem Mazda bei gemäßigter Gangart durch die Lande zu kutschieren, nur um Benzin zu sparen. In Frankfurt ging's ab nach Würzburg und dann zurück nach München, wobei sie wegen des Urlaubs- und Abendverkehrs immer wieder im Stau standen. Auf der Rückfahrt wurde Glenn seltsam still. Möglicherweise war Glenn in der Hoffnung mitgereist, selbst einmal den Mazda lenken zu dürfen, aber ein solches Angebot wäre Jay nie in den Sinn gekommen, er hätte es als widernatürlich oder geradezu pervers abgelehnt, wo *er* es doch war, der die Kohle für das Auto löhnte. Irgendwie bemerkte sogar er einen gewissen Stimmungsabfall. Die Tachonadel neigte sich wieder, als sie durch die Schwanthaler Straße zockelten, so dass auch Jay überlegte, wie sie den Tag abschließen sollten.
„In die Landwehrstraße!" meinte Glenn. „Ich geh öfters ins Showtime und schau den Girls beim Tanzen zu. Denn ohne Hobby, verdammt noch mal, gehörst' der Katz."

Ok, wenn das die Laune aufbesserte! Jay setzte den Wagen spontan an den Rand und bog schnittig rechts ab in den Innenhof des Deutschen Theaters. Eine Abkürzung für Fußgänger, eigentlich verboten für Vehikel. Als sie einfuhren, war gerade Theaterpause. Stimmen hallten aus dem Foyer. Durch hell erleuchtete Türen strömten Leute nach draußen, um die laue Abendluft zu genießen, die Herren im Smoking, die Damen in Galakleidung und mit funkelnden Juwelen. Drinnen das Glitzern der Kronleuchter. Lakaien mit großen silbernen Tabletts mit Champagner in den Kristallgläsern postierten sich in der Nähe der mobilen Bar, die unter freiem Himmel eingerichtet war. Der Stadtteil in der Nähe des Bahnhofes wurde allgemein als *Little Istanbul* bezeichnet, weil hier hunderttausend Menschen aus dem Nahen Osten lebten, Flüchtlinge und Bettler nicht mitgezählt. Ausgerechnet hier, zwischen zwei Straßenzügen, existierte diese Oase der Hochkultur, bei der die Eintrittspreise zwischen 50 und 200 Euro rangierten. Es dauerte nur ein paar Sekunden und der Innenhof, in dem eben noch eine nackte und nüchterne Atmosphäre geherrscht hatte, dröhnte nur so von Gesprächen, Gelächter, klappernden Absätzen und klirrenden Gläsern. Die Gäste waren durch Orchester und Gesang angeregt, und der Alkohol und die milde Frühlingsluft taten das ihre, um sie in Stimmung zu versetzen. Die Augen der animierten Besucher richteten sich auf die Neuankömmlinge. Jay und Glenn öffneten die Fondtüren, die nach hinten ausflügelten, ihrerseits durch das Spektakel angezogen, und begegneten den Blicken der Schaulustigen mit einer Mischung aus Neid und Ekel. Einer der Kellner kam mit Sektgläsern herbei, angezogen durch das mondäne Auto und offenbar im Glauben, bei den Herren handele es sich um Ehrengäste. Ihr äußeres Erscheinungsbild sprach zwar nicht dafür; sie konnten jedoch Start up Unternehmer sein, Fußballspieler des FC Bayern oder Regisseure, Produzenten der Game-Industrie oder erfolgreiche Sportler. In München wusste man nie, ob man einen VIP vor sich hatte. Man war zuvorkommend, bis man genauer wusste …

Jay griff sich eines der angebotenen Getränke: „Danke dir, Kamerad." Glenn verzog das Gesicht. „Haben Sie auch Cocktails?"

„Nicht hier draußen. Fragen Sie drinnen nach beim VIP-Empfang. Sie haben doch eine VIP-Karte?" fragte der Kellner. Der Mann war korrekt gekleidet und trug sein Haar gescheitelt. Der Seitenscheitel betonte die Asymmetrie seines Gesichtes, die durch die schiefe Nase noch verstärkt wurde. Außerdem hatte er eine pickelige, unreine Haut, was ihn nicht sympathischer machte.

Jay starrte ihn böse an. „Du schaust aus wie Adolf Hitler!" sagte er.

„Ist das ein Nachteil oder soll ich es als Kompliment auffassen?"

„Ist schon o.k." meinte Glenn, dem die Sache peinlich war. „Ich nehme Sekt-Orange."

„Ihre Einlasskarten müssten Sie mir allerdings vorzeigen."

Während er sich ein Glas angelte, nippte Jay, verstimmt wegen der musternden Blicke, und ließ als Zeichen der Abscheu die Zunge heraushängen. „Pfui Teufel. Schmeckt wie Hühnerpisse. Habt Ihr nichts anderes?"

„Tut mir leid. Ich darf Sie bitten, in das Foyer zu gehen, und ihre VIP-Karten vorzuzeigen. Andernfalls müssen Sie die Veranstaltung verlassen."

Wie so oft leitet man aus einer zufälligen und unscheinbaren Begebenheit große Gesetzmäßigkeiten ab, und Jay, nachdem man ihn nicht einlassen wollte, war wieder einmal zu der Überzeugung gelangt, dass man ihn nicht mochte, beziehungsweise ihm nicht den Respekt zeigte, den man ihm verdammt noch mal schuldete.

„Das ist Diskriminierung! Aber ihr Deppen könnt mir sowieso gestohlen bleiben."

Die Gläser in der Hand liefen sie zum Fahrzeug zurück. „Auf Ex!" rief Glenn. Sie stürzten die Getränke hinunter und kippten die Gläser in die Pflanzen-Deko. Ohne dass sie jemand gehindert hätte, stiegen sie in das Mobil, schlossen die Türen. Jay drehte den Schlüssel, ein satter Sound ertönte, und jetzt ließ Jay den Motor kräftig röhren, indem er das Gaspedal im Leerlauf betätigte. Die Turbine klang tatsächlich wie AC/DC – oder besser gesagt: wie der Soundtrack der Hölle. Die Gebäude ringsum reflektierten ein gewaltiges Dröhnen, Fenster und Gläser vibrierten, als würde ein Flugzeug landen. Die Wichte in den Abendgarderoben hielten sich die Ohren, einige Frauen kreischten auf, ihrer Gestik nach zu urteilen. Ein Kerl im Frack kam gestikulierend aus dem Vestibül gerannt, mit puterrotem Gesicht, aber da zeigten sie ihnen schon den Auspuff, ließen die Reifen quietschen und rollten Sekunden später auf die Landwehrstraße.

„Verdammte Visagen. Haben die geglotzt", ereiferte sich Glenn. „Diese Pinkel mit ihrem gespreizten Getue gehen mir auf den Senkel." Jay pflichtete bei. „Sackgesichter. Denen haben wir's gezeigt."

Manchmal genügt es in Großstädten, eine Kurve zu fahren, um das Stadtbild komplett zu wechseln. Sie hatten kurz zuvor die Ladezone des Theaters passiert, jetzt waren sie wieder umgeben von der fremdländischen und derben Atmosphäre des türkischen Viertels. Zweihundert Meter weiter fanden sie einen Parkplatz, der für den Schlitten groß genug war. Sofort blieben ein paar Jugendliche neugierig stehen und beäugten die Karre. Eine Gruppe vollverschleierter Frauen zog die Straße abwärts wie eine schwarze Wolke, vorbei an den Leuchtreklamen der Restaurants, die Gebäude und Gehsteige in bunte Farbflächen tauchten. Durch die Fensterfronten sah man Araber und Türken an Holztischen sitzen, manche standen Schlange für Köfte, Döner oder Hackfleischpizza. Jay und Glenn liefen vorbei an Friseuren, Handy-Shops und Gemischtwarenläden. Vor den Türen rauchende Männer, manche auf niedrigen Kaffeehaus-

Stühlen. Computershops gab es hier ebenfalls, auch ein Gamestore, das aber dummerweise schon geschlossen war. Vor jedem zweiten Laden logierten Bettler, manche in betender Haltung auf den Knien, andere im Schneidersitz, ein Pappschild in der Hand *Ich habe Hunger*, oder *Bitte Spende*, so dass man fast Slalom laufen musste. Im Strom der Passanten steuerten sie auf eine rumänische Frau zu, die in schreiend bunten Klamotten auf dem Gehsteig kauerte, vor sich einen Becher für Almosen. Jay hatte keine Lust, auf das Weib Rücksicht zu nehmen, wütend wegen des nach seiner Meinung dreisten Kellners. Mit einem Tritt beförderte er den Pappbecher fünf Meter weiter, so dass er im Bogen über die geparkten Autos flog und das Kleingeld auf die Straße regnete. Glenn lachte, als die Alte hinter ihnen losschimpfte. Jay schnorchelte: „Ich hab einfach keinen Bock auf das Zigeunerpack!"

Das Showtime war die einzige Table Dance Bar in der Innenstadt. Sobald man den dunklen Vorhang passiert hatte und an einem der Barhocker Platz nahm, bekam man einen Drink aufgenötigt. Für den Eintrittspreis erhielten sie zwei Dollar Spielgeld, das man einem Girl in den Strumpfhalter stecken durfte. An der Bar bedienten leicht bekleidete Mädels so effizient, dass sie ziemlich unnahbar erschienen. Als Jay und Glenn einliefen, waren sie die ersten Gäste, denn das Etablissement hatte gerade aufgemacht. Das bedeutete, dass sie sich mindestens eine halbe Stunde gedulden mussten, bis eine erotische Show geboten wurde. Hinter dem Tresen ragten zwei senkrechte Stangen aus einer Fläche mit beleuchteten und blinkenden Quadraten, aber ohne Girls wirkte alles farblos und leer. Das Warten langweilte enorm und Jay musste wegen des schwelenden Ärgers die letzten Zuckermäuse einschießen. Ihm wurde bewusst, dass er mit Glenn nichts zu quasseln hatte und sie beide kaum etwas miteinander verband.

Irgendwann lösten sich aus einem Séparée zwei orientalisch aussehende Männer. Ein Typ im Businessanzug, mit Kinnbart und dunklen Augen, kam auf sie zu. „Eine fade Angelegenheit", sagte er zu ihnen in geläufigem Deutsch. „Wir beide" – er deutete auf den Typ im knielangen Hemd – „sind auf dem Weg zu einer Besprechung im Restaurant gegenüber. Ihr seid Akhi – unsere Brüder. Wenn ihr wollt, laden wir Euch ein zu arabischem Essen und einer Shisha. Kennt Ihr unsere Art, die Pfeife zu rauchen?"

„Warum nicht?" Jay fand die Sache in Ordnung.

Selbst wenn er in seinem Inneren nach Anzeichen einer turbulenten Zukunft gesucht hätte, wäre er nie auf die Idee gekommen, diese Fremden mit einer kaum unterdrückten, innerlichen Regung in Verbindung zu bringen, und bei dem Gedanken, von was er träumen würde, hätte er von dem roten Mazda mit dem Spoiler gesprochen oder jetzt, wo er Hunger hatte, von einem Kebab mit ordentlich Ketchup und Chili drauf, und das war der eigentliche Grund, warum Jay ins Restaurant gegenüber wollte. Dort würde er neben der Wärme des Grills, an dem sich der Spieß drehte, auch die Wärme echter Menschen spüren. Die aufgetakelten Tussis hinter der Theke mit ihrer einstudierten Coolness reizten ihn sowieso nicht.

„Wir kommen später zurück", sagte er zu Glenn. „Ich hab Hunger wie ein Bär, und wenn die uns schon ein Essen ausgeben …"

Glenn nickte und folgte ihnen. Als sie ins *Istanbul* traten, drehten sich die anwesenden Gäste zur verglasten Front und tuschelten. Omar nahm die Treppe rechts vom Eingang und führte sie nach unten, wo Jay zu seiner Überraschung einen Shisha-Raum vorfand, der im Gegensatz zum nüchternen Restaurant wie eine Lounge eingerichtet war, mit Wandteppichen, einem Sideboard, Mosaikfliesen und bequemen Polstern. Sie setzten sich zu vier jungen Männern um einen niedrigen Tisch. Die Typen trugen lange Bärte und weite, wallende Gewänder.

„Darf ich vorstellen: Hasan, Boban, Anis und Abullah. Sie kommen von einer Benefizveranstaltung. Ihr wisst schon, es geht um den Krieg in Syrien, wo unsere Brüder kämpfen."

„Ist das nicht sowas wie Afghanistan?", interessierte sich Glenn. „Um was geht es da eigentlich?"
„Unsere Akhi erheben sich gegen Unterdrückung und Unglauben."
Jay und Glenn nahmen die freien Plätze.
„Und wo fand die Aktion statt?" fragte Glenn in die Runde.
„In Fußgängerzone", antwortete Hasan. „Wir verteilen heiliges Buch für Leute, damit sie bekehren sich zur wahren Religion."
Sein Nachbar ergänzte: „Wir haben die Dawa bekommen, den Ruf, den Islam zu verkünden."
„Woher kommt ihr ursprünglich?" fragte Jay, dem das mangelhafte Deutsch missfiel, weil er den Mann kaum verstanden hatte.
„Ursprünglich aus Duisburg," erklärte Boban. „Die dort, Anis und Abullah, stammen aus Tunesien."
Die beiden Tunesier blickten finster und verständnislos. Boban übersetzte ihnen das Gespräch auf Arabisch. Omar, der Business-Typ, verhandelte unterdessen mit dem Kellner; dann rückte er dicht neben Jay, der vor allem auf Essbares wartete.
Wenn Jay wenigstens noch eine Zuckermaus gehabt hätte ...

Bald darauf erschien ein Mann im braunen Anzug, offenbar der Chef des Lokals, und arrangierte eine Warmhalteplatte. Der Kellner brachte Teller mit Fladenbrot, Saucen und frittiertes Gebäck. Ein Tässchen Tee wurde gereicht, dazu kamen Kekse und türkisches Baklava. Das machte die Situation deutlich angenehmer.
Jay räkelte sich auf den Kissen und hörte auf die Musik, die im Hintergrund spielte.
„Hey, klingt nicht schlecht. Ist zwar nicht Rap ..."
„Wir haben auch nichts dagegen, wenn Ihr Metall einlegt. Oder was Härteres."
Omar blickte entsetzt auf die angebotenen Smartphones.
„Nein, lasst mal. Wir bevorzugen arabische Musik."

„Hör mal rein. Unaufdringlicher Beat", meinte Glenn. Aber Omar lehnte ab.
Jay konnte ein Grinsen nicht unterdrücken, weil er an den Mazda dachte.
„Die Boxen sind lächerlich. Kein Vergleich mit unserer Anlage."
Ein weiterer Mann erschien auf der Bildfläche. Mit Schnauzbart und Fes wirkte er so orientalisch, als sei er Tausendundeiner Nacht entsprungen. Omar nannte ihn S*hishamaker*. Er brachte eine schmauchende Pfeife aus dem Obergeschoß und stellte sie in die Mitte des Zirkels. Mit einer Zange legte er zwei Kohletabletten nach. Dann stopfte er Tabak in den Keramikkopf, während Omar die Details der Pfeife erläuterte: „Der Rauch wird durch den mit Wasser gefüllten Bauch gezogen. Dadurch wird er gekühlt und außerdem gereinigt. Die Schadstoffe werden dabei herausgefiltert. Ein geniales und einfaches System, das uns Allah geschenkt hat. Die Shisha ist die gesündeste Art, zu rauchen."
Jay und Glenn stürzten sich auf die angebotenen Speisen. Mit einem Kauderwelsch aus deutschen und englischen Brocken gelang es ihnen, sich mit den anderen zu verständigen, die schon gegessen hatten und nun zu den Schläuchen griffen. Wie Polypenarme streckten sich die Schläuche in den Raum.
„Gefällt es Euch hier?" fragte Boban.
Jay lag halb auf dem Diwan, kaute und wirkte vergnügt. „Ist 'ne prima Location."
Er hörte auf das Wirbeln der Trommeln, zu denen sich die Quetschlaute einer arabischen Flöte schlängelten.
„Was machst du beruflich?"
„Ich arbeite im Altenheim", erwiderte Jay, der keinen Drang hatte, viel von sich preiszugeben.
„Mit alten Leuten? Und das gefällt dir?"
„Nicht wirklich. Ist nicht gerade der Bringer."
„Verstehe. Du suchst etwas, was dich erfüllt."
„Könnte man so sagen."

„Unsere Kampagne heißt *Lies!* Wir wollen, dass sich die Leute mit dem Koran auseinandersetzen und die Worte des Propheten kennen lernen."

„Weil Deutsche nix wissen von Mohammed", fügte Hasan hinzu.

„Bleibt mir nur mit Eurer Religion vom Hals", wehrte Jay ab.

„Mit Mohammed beginnst du ein neues Leben. Schritt für Schritt wirst du ein neuer Mensch."

Nun schaltete sich Omar ein.

„Probiert mal von dem Tabak. Der beste Limetten-Tabak der Welt."

Jay und Glenn griffen gleichzeitig nach den Mundstücken. Es schmeckte wirklich nach Limetten und das Wasser im Porzellanbauch gurgelte wie das Sprudelbecken im Westbad. Ein weiches, kühles Aroma durchströmte sie.

„Und was machst *du*, Glenn?"

Glenn rollte mit den Augen und war nicht ansprechbar. Jay fühlte einen leichten Schwindel. Er war es nicht gewöhnt, Tabak zu rauchen, und vielleicht saugte er ja auch zu hektisch an dem Tentakel.

„Naja, Glenn handelt mit ..."

„Import-Export?"

„Genau das wollte ich sagen."

Die Trommel wirbelte und allmählich drehte sich der ganze Shisha-Raum um ihn herum. Jay hatte sogar den Eindruck, dass die Gewänder der Araber flatterten.

„Und ihr?"

„Wir sind Akhi und dienen Allah. Wir haben eine Botschaft für alle, denen die verdorbene Gesellschaft im Westen zu platt ist."

„Was macht ihr so?"

„Du trittst in ein neues Leben und wirst wieder Mensch."

Die Arme der Brüder verhakten sich.

„Du fragst, was wir wollen?"

Ihre Augen funkelten. „Das Paradies – was sonst?"

„Ich meine … was ist euer Ziel?" Jay hatte einen trockenen Mund und konnte kaum noch sprechen.
Omar lachte, blickte zur Decke. Er breitete die Arme aus.
„Natürlich, ja, das Paradies. Aber wir können das Leben schon jetzt genießen. Wer sich uns anschließt, lebt im Luxus, fährt schnelle Autos und hat viele Frauen."
„Klingt gut", meinte Glenn, der wieder zu seiner Sprache gefunden hatte. Eine seltsame Euphorie ergriff Jay, eine unaufgeregte Erregung. Er stellte sich vor, wie er mit dem Mazda durch die Wüste flitzte, von Paris bis nach Dakar, 7915 Kilometer weit. Er fühlte sich in einem Traum, der anknüpfte an etwas, das lange zurücklag.
„Was muss man tun, um bei euch aufgenommen zu werden?"
„Du kämpfst für den Dschihad. Das ist alles."
Jay stand auf einem Karussell und streckte die Arme aus, um das Gleichgewicht nicht zu verlieren. Die Arme der Akhis verhakten sich mit seinen Armen, dann stießen sie die Köpfe in den Himmel, während das Karussell wild kreiselte, und dann kreischten sie und riefen wie außer Rand und Band geratene Kinder: „Dschihad! Dschihad! Wir kämpfen im Dschihad!"

Ergebnisse, Borowiak!

Der Mechaniker der PTU schob einen surrenden Metallstift in den Zylinder, ruckelte nach beiden Seiten. Wenige Sekunden später sprang der Riegel auf. Der Mann verabschiedete sich ohne Interesse an dem Fall oder einer Person. Sie drangen in das Appartement, gekleidet in leichte Plastikanzüge, Folien über die Schuhe gestreift, die Hände in blauen Gummihandschuhen. Es war eine durchaus feine Adresse: Jugendstilhaus, Goethepark. Stuck im Briefkastenbereich, eindrucksvoller Treppenaufgang, mächtige ursprünglich zweitürige Pforten mit bogenförmigen Glaseinsätzen. Die Nachbarin behauptete, jemand sei vor ihnen da gewesen. Sie sprach von einer aufgemotzten Dame aus Osteuropa, der sie manchmal, zuletzt am Donnerstag, im Hausflur begegnet sei. Die Diele mündete ins Wohnzimmer. Vor ihnen lagerte eine Kommode, deren Schubladen herausgezogen, deren Inhalt, Telefonbücher, Visitenkarten, Schreibutensilien, Tischdecken und so weiter über den Läufer vergossen waren. Die Polster aufgeschlitzt, die Mülleimer an Ort und Stelle entleert, Geschirr und Glas zersplittert am Boden, boten die miteinander verbundenen Wohnungsteile einen Anblick der Verwüstung. Pflanzen hatte man aus den Kübeln gerissen, Schränke komplett zerlegt. Ben stolperte über eine querliegende Lautsprecherbox ins Arbeitszimmer. Er untersuchte die durch Staub und Abdrücke gekennzeichnete Fläche: ein ordinäres, 40 x 60 cm großes Rechteck, auf dem seine Hoffnungen geruht hatten. Ein Geschäftsmann ohne PC? Kein Zufall. Jemand musste fixer gewesen sein. Das erschütterte sein Selbstverständnis, zumal die Auseinandersetzung mit dem Chef drohte oder gar mit Dr. Gauss, der über allem thronte wie ein Pharao und von den Beschäftigten auch so genannt wurde. Ben konnte nichts, aber auch gar nichts vorweisen. Gedankenschwer sank er auf den Drehstuhl. Hinter ihm blitzte die Kamera des Spurensicherers. „Wie schaut es denn hier aus?" rief der Kollege aus dem Schlafzimmer. Was suchte die Person? Geld, Wertsachen, Firmengeheimnisse, ein Testament? Ben fragte sich, welches Foto ursprünglich in dem leeren Rahmen klemmte, der die Tischplatte zierte. „Ein Normalverdiener schleppt Bilder seiner Angehörigen, seines Einfamilienhäuschens, seiner Haustiere mit sich herum", dachte er, „ein Manager wie Liedl die Fotos seiner Autos und Geliebten". Da häufte sich eine Menge Schreibkram auf dem Boden, Rechnungen von Stadtwerken und Telekom. Nun ja, er würde die Einzelverbindungen für April anfordern und überprüfen – wenn er dafür Zeit fände. Apropos: Er blickte auf die Uhr. Zwei Stunden. Unermüdlich rückte der Sekundenzeiger über das Ziffernblatt. Neben dem Schreiben eines Reisebüros, das die bestellten Reiseunterlagen zur Abholung bereit seien, erspähte er ein unscheinbares Papierchen, grün, mit schwarzem Aufdruck und grünem Kreuz. „Ein hübsches Papierchen zum Einwickeln von Eukalyptus Bonbons", dachte er. „Der Mörder liebt Eukalyptus."

Wer hatte Zutritt zu dieser Wohnung? Gab es ein Adressbuch? Negativ. Eine Postkarte des verschollenen Sohnes, abgestempelt am 26. April in Bratislava, fand sich im Abfall unterhalb des Schreibtisches, in vier Teile zerrissen. Die Experten würden die Gegenstände auf Fingerabdrücke untersuchen. Ob sich jemand mit dem Wust an Informationen befasste, falls man ihn von dem Fall abzöge?

In der Cafeteria des LKA blickte er sich um, als sei er das letzte Mal zu Gast: der imitierte Parkettboden mit den im Gegenlicht sichtbaren Kratzern, die Tischplatten ebenfalls aus hellem Holzimitat, übersät mit den immer gleichen braunen Ringen der Kaffeetassen, neben dem Teller für das Wechselgeld die gläserne Schale mit den in weißes Papier eingewickelten Zuckerwürfeln, im Hintergrund das fahrbare Metallgestell für die Tabletts. Das Büro des Vorgesetzten war im vierten Stock. Die

Mitarbeiter, die in den Aufzug stiegen, grüßten freundlich. Zwei Sekretärinnen tuschelten, als er den Rücken kehrte.

Wolkenstein richtete sich im Sessel auf, sobald er das geräumige Eckzimmer betrat. Ben lief zu dem freien Stuhl. Wie ein monolithischer Block ragten Schreibtisch und Mensch aus dem Boden. An den Wänden hingen museal und breitwandig Bilder, unter den Füßen spürte er einen weichen Teppich, der wenig Halt bot. Neben ihm wartete, mit starrer Miene, der zuständige Abteilungsleiter. In der altmodischen Brille des Chefs spiegelte sich die Neonröhre.

„Sie sind bei uns als Trainee angestellt", begann Wolkenstein leise, fast unhörbar. „Ein Privileg, das es ansonsten nicht gibt beim LKA. Sie verdanken es ihren Examensnoten und einer Empfehlung des Innenministeriums, wo man sie vorher beschäftigt hat." Er hustete künstlich, um die Spannung zu steigern. „Ein Versuch, den ich als misslungen betrachte. Sie haben durch eigenwilliges Verhalten die Arbeit der Abteilung gefährdet. Es ist möglich, dass die gesamte Behörde in Verruf gerät."

Ein Moment drückender Stille entstand. Je länger er wurde, desto stärker suggerierte er ein Schuldeingeständnis. Ben, der sich extra in den Anzug gezwängt und einen Kälberstrick gebunden hatte, musste sich verteidigen. Über dem geschlossenen Kragenknopf regte sich der Adamsapfel. Aus den Augenwinkeln belauerte er Schwinghammer, der ungeduldig auf dem Stuhl neben ihm rückte.

„Ich habe es als besondere Chance empfunden, für das LKA 1 arbeiten zu können. Deshalb überrascht mich ihre negative Einstellung zu dem Traineeprogramm, das Präsident Dr. Gauss ins Leben gerufen hat. Herr Schwinghammer, der Leiter der Abteilung, hatte mich persönlich beauftragt, den Tod eines Berliner Bürgers zu untersuchen. Mein Auftrag ..."

„Ihr Auftrag war der eines Beobachters", schnitt ihm der Angesprochene das Wort ab. „Niemand hat Sie angewiesen, eine Verfolgungsjagd zu inszenieren, ganz zu schweigen von den

PKW's, die Sie gerammt haben. Und davon, dass Ihnen das Equipment gestohlen wurde, das allein zweitausend Euro kostet!" Erregt fuhr er sich durch die schneeweißen Haare. Dieser Mann konnte Ben nur als Wasserträger akzeptieren. Alles andere war für ihn Provokation.

„Sie sind für höhere polizeiliche Aufgaben bestimmt", sagte Wolkenstein mit einem sarkastischen Lächeln, das Ben nicht leiden konnte. „Oder, um es klarer auszudrücken: für den Schreibtisch. Wie kamen Sie darauf, eigenmächtig eine Observierung durchzuführen?"

Sein hageres Gesicht war ausdruckslos. Ben ertappte sich dabei, dass er den Chef geradezu unverfroren anstarrte – als studierte er ein Relikt aus dem Paläolithikum. Ist er wirklich so blöd oder ist das einfach nur Langeweile und Routine?

„Ich bin mir nicht bewusst, einen Fehler begangen zu haben. Wie ich in meinem Bericht darlege, deutet alles darauf hin, dass Dr. Liedl ermordet wurde.

„Sind Sie nicht sicher?" fragte Wolkenstein. Er saß mit gebeugtem Kopf da, als wollte er sich in der spiegelblank geputzten Schreibtischplatte betrachten. Ben räusperte sich.

„Ich bin mir sicher. Ich habe mich nur versprochen." Er biss sich unmerklich auf die Lippen.

„Autopsie?" Der Chef zog die buschigen Augenbrauen hoch. Er drehte sich zum Fenster und öffnete den rechten Flügel. In die abgestandene, stickige Luft des Büros mischte sich eine feuchte Brise.

„In der Charité konnte man in seinem Blut Rohypnol nachweisen.

„Barbiturat?"

„Ein Benzodiazepin, dass ihm kurz vor dem Tod gespritzt wurde. Da Sie keinerlei Anstalten machten, eine SoKo zu bilden ..."

Klar, ein Reizwort für Wolkenstein, der Knochen, den man dem Hund hinwirft. Postwendend antwortete er: „Es ist allgemein bekannt, was ich von der Effektivität von Sonderkommissionen halte! Reine Zeit- und Geldverschwendung!"

„Richtig. Also musste ich davon ausgehen, dass ich den Fall untersuchen soll."

„Absoluter Trugschluss" schaltete sich Schwinghammer ein, der sich von jedem Vorwurf reinwaschen wollte. „Sie haben ohne Befugnis gehandelt und sogar Polizeioberrat Becker beauftragt, der, unter uns gesagt, als Sicherheitsrisiko gilt. Wo ist er eigentlich?"

„Krank."

„So? Was fehlt ihm denn?"

„Eine Zerrung der Adduktoren glaube ich." Ben räusperte sich und holte tief Luft. „Um auf das Thema zurück zu kommen - wozu hat Dr. Gauss ein Ausbildungsprogramm ins Leben gerufen, wenn die Kompetenzen des Trainees laufend in Frage gestellt werden?"

Die Frage blieb in der Luft hängen. Wolkenstein blickte aus dem Fenster, gewohnt, Untergebene warten zu lassen.

„Wussten Sie eigentlich, dass eine 18köpfige Sonderkommission des OK die Moschee überwacht?"

„Nein, wie sollte ich", sagte Ben. „Schließlich kenne ich ihre Meinung über die Effizienz solcher Einsatzgruppen."

Wolkenstein warf ihm einen vernichtenden Blick zu. „Durch ihre Einzelaktion haben Sie die Arbeit von Wochen zunichte gemacht!"

Das Licht der Neonröhre übergoss den Plafond mit blendendem Weiß, verschlang Ecken und Kanten und vermittelte Ben das Gefühl, im Raum zu schweben.

„Wissen Sie, wie lange es dauert, verdeckte Ermittler in den inneren Zirkel einer Moschee einzuschleusen?" hakte Schwinghammer nach.

„Entschuldigen Sie", entgegnete Ben aufbrausend, „aber Sie können mich nicht für jeden Fehler verantwortlich machen, nur weil ich neu bin. Faktisch gesehen ging es um einen Kurier, der wie ich annehme, öfters Drogen ..."

„Wie Sie annehmen?" wiederholte Wolkenstein in unverändert gleichgültigem Ton.

„Wir haben Kokain gefunden, und das rechtfertigt die Maßnahme!"

„Wo sind die Beweise, dass die sichergestellten Drogen von diesem Mann stammen?" fragte Schwinghammer. War er anfangs sauer über den materiellen Schaden, der auf seinem Budget lastete, so schien es ihm jetzt ein prinzipielles Bedürfnis, den Grünschnabel scheitern zu lassen.

„Die SoKo hat den Araber überwacht, weil er mit islamistischen Aktivitäten in Verbindung gebracht wird" erklärte Wolkenstein, noch immer fossilienhaft versteinert.

„Ein Drogenhändler?"

„Nicht nur, dass Sie uns die Operation vermasselt haben, Borowiak." Der Chef angelte mit einem Griff eine Mappe. „Ich habe ihnen vor einiger Zeit den Auftrag gegeben, Material für die Pressekonferenz zusammenzustellen. Was Sie abgeliefert haben ist unbrauchbar."

Amerikaner nannten das *friendly fire*, wenn die eigenen Leute aus allen Rohren beschossen wurden - es schien, dass man für jedes Dilemma, selbst für Fragen der Öffentlichkeitsarbeit, einen Sündenbock brauchte.

„Soll man verschweigen, dass die Ausländerkriminalität steigt und die Struktur des organisierten Verbrechens international wird? Jeder Berliner weiß, dass immer mehr Autos nach Osteuropa verschoben werden. Dass die Russen-Mafia den Rauschgifthandel kontrolliert, dass sie Frauen über die Grenzen bringt und zur Prostitution zwingt. Oder dass immer mehr Ausländer für Kapitalverbrechen und Einbrüche verantwortlich sind!"

„Wollen Sie Ressentiments schüren? Eine Lawine ausländerfeindlicher Gewalt lostreten? In diesem Zusammenhang wundert mich nicht, dass sich der Botschafter der Vereinigten Arabischen Emirate beschwert hat."

„Von den Emirates?"

Ben war verblüfft. Ein neuer, gravierender Punkt, den sie gegen ihn vorbringen konnten.
„Dort sitzt die Stiftung, die besagte AL NUR Moschee finanziert. Was Sie vielleicht nicht wissen" - wieder folgte eine Kunstpause, die Wolkensteins Überlegenheit demonstrieren sollte – „Zuschüsse in Höhe von zweihunderttausend Euro fließen auch seitens des Senates. Solange man mit Ausländern Geschäfte macht, muss man sich tolerant zeigen!" Er zeigte sein süffisantes Lächeln und blickte über ihn hinweg: „Wir bewegen uns in den Höhen der Politik und nicht auf Stammtischniveau."
„Heißt das, dass ich Verdächtige nicht verfolgen darf?"
„Ihnen fehlt das Fingerspitzengefühl, das man beim langsamen Aufstieg in der Hierarchie erlernt."
„Außerdem", meldete sich Schwinghammer zu Wort „liegt eine Anzeige wegen Hausfriedensbruches vor! Natürlich erwartet man, dass Köpfe rollen!"
Ben verstand, dass ihn die beiden abschießen wollten. Mit seinem ungeduldigen Vorpreschen hatte er sie in eine taktisch günstige Position gebracht.
„Warum gehen Sie so behutsam mit Leuten um, die uns ins Mittelalter bomben wollen?"
„Deutschland steht, was den Umgang mit Minderheiten betrifft, unter verschärfter Beobachtung." Die Stimme des Chefs klang spöttisch, fast heiter. „Wir müssen unbedingt eine multikulturelle Gesellschaft werden."
„Auch wenn sich die Muslime überhaupt nicht in eine laizistische und demokratische Struktur einfügen wollen?"
„Wir werden keinen Krieg vom Zaun brechen. Religionskriege können nicht gewonnen werden."
„Wie hätte ich mich als Trainee ihrer Meinung nach verhalten sollen?"
„Niemand behauptet, dass Sie nichts tun. Im Gegenteil: Sie tun zuviel! Das meiste erledigt sich von selbst: durch stoische Missachtung. Durch geduldiges Aussitzen! Man muss nur

rechtzeitig am Platz sein, um die Lösung für sich zu reklamieren!"

Wieder dieses sarkastische Lächeln. Wolkenstein beanspruchte die unbestrittene Führung, fußend auf der Tradition des Amtes und dem Dienstalter, mehr noch, er benahm sich, als ob er von Geburt an für seine Stellung auserkoren sei. „Muss man sich heutzutage nicht durch Leistung legitimieren?" fragte sich Borowiak. Ihm schien, als ob am anderen Ende der Hierarchie feudale Verhältnisse herrschten und man sich dort jede Freiheit nahm. Auch die Freiheit, alte Werte zynisch zu interpretieren.

„Wie stehen wir vor dem BKA da?" hob Wolkenstein wieder an. „Weder kann ich Ergebnisse im Fall Dr. Liedl vorweisen. Noch habe ich Greifbares, Statistiken, die den Erfolg unserer Arbeit belegen. Und der Sohn von Liedl ist nach wie vor vermisst!" Er räusperte sich. „Die Presse wittert einen Skandal", schloss der Chef im Ton einer Urteilsverkündung. „Mir bleibt keine Wahl: ich muss Sie beurlauben."

Vor dem Schreibtisch sitzend, den Blick starr auf die Pressemappe gerichtet, die er kaum sah, ließ sich Ben nach einer Weile des Schweigens wieder hören.

„Sie wollen mich in die Wüste schicken. Das ... ist nicht fair", antwortete er. „Ich werde um meinen Job kämpfen!"

„Wussten Sie eigentlich, dass es verboten ist, private Telefongespräche zu führen?" hob Wolkenstein wieder an, in seinem merkwürdig lauernden Tonfall.

Einen Augenblick lang fühlte Ben sich nackt in dem dunkelblauen Zweireiher, den er für das Gespräch gewählt hatte. Als ob seine Innenseite, mit allen Gedanken und Erinnerungen, die daran hafteten, nach außen zeigte, und keinerlei Schutz hatte gegenüber den gnadenlosen Blicken des Chefs.

„Wir haben Aufzeichnungen ihrer privat geführten Gespräche. Ich will ihnen die Peinlichkeit ersparen, sie vorzuspielen. Jedenfalls denke ich, Sie sollten einer sofortigen Beurlaubung zustimmen."

Wolkenstein reichte ihm verbindlich die Hand und brachte ihn zum Ausgang. „Ihr Schicksal hängt am seidenen Faden. Ob Sie entlassen werden oder nicht kommt jetzt auf Dr. Gauss an."

SMS von Peter Tischler an Jay, 9. Mai.
Endlich geschafft. Tolle Tussi kennen gelernt. Genau der Typ Frau, auf den ich stehe: heiß und sexy!

SMS von Tatjana an Jaroslav, 10. Mai
Nur ruhig Blut. Der Fisch zappelt schon.

SMS von Peter Tischler an den Bruder, 11. Mai
Sie rumzukriegen ist schwieriger, als ich mir dachte. Ob sie Verdacht geschöpft hat?

SMS von Tatjana an Jaroslav, 12. Mai
Stell dir vor, er hat angebissen. Möchte mit mir nach Griechenland - Kohle locker machen für eine Boutique!

Funkspruch der Küstenstation Neufundland, 14. Mai
Achtung! Arktische Strömung aus Richtung Grönland. Haben drei große Eisberge östlich gesichtet!

Funkspruch von Commodore Warrick, 14. Mai
Was haben die verdammten Biester hier zu suchen? Habe Befehl gegeben, Kurs zu halten!

Anspannen. Entspannen.

Er trat auf das Sprungbrett und sah aufs Meer hinaus. Gegen die im Sonnenlicht gleißende Oberfläche leuchtete das tiefere Wasser kobaltblau. Durch die Wellen glitt ein Katamaran Richtung Irland. An der Reling lehnten ein paar Gestalten in orangenem Ölzeug. Von hier sahen die Fahrzeuge aus wie Wasserläufer. „Schön, einmal die Welt von oben zu sehen", dachte er. Liegestühle, lässig hingestreckte Körper in den Whirlpools, wieselnde Kellner in schwarzen Livreen, die glitzernde Tabletts mit Erfrischungsgetränken balancierten, buntes Volk, das sich hip auf der Freifläche trimmte oder auf dem Sonnendeck flackte. Licht blitzte auf den Kammlinien des Schwimmbades wie transparentes Gewebe. Am Horizont erkannte er Vögel, die mit den Flügelspitzen beinahe den Spiegel berührten. Jauchzend näherte sich ihm ein Schwarm Möwen, schimmernd weiß unter dem blaugrauen Gewölk. Es gefiel ihm, wie sie sich regungslos mit gespreizten Flügeln von den Luftströmungen tragen ließen. Er federte kurz, fühlte den Fahrtwind. Dann stürzte er mit ausgebreiteten Armen vom Turm, tauchte pfeilgerade in das Bassin und schoss wie ein Hecht durchs Becken.
„Schade, dass es relativ kühl ist", äußerte ein dunkelhäutiger Mann, als er den Hocker an der Regatta-Bar erklomm und am Cocktail schlürfte.
„No problem" verkündete Peter. „Der Pool ist beheizt." Innerlich wieherte er. Der Passagier, den er öfters in seiner Nähe entdeckt hatte, bot einen drolligen Anblick: dunkler, altmodisch geschnittener Anzug, dabei war er vielleicht Mitte vierzig. Helle Krawatte, dunkelgrauer Sommermantel, akkurat über den Arm geschlagen. Alle Umstehenden waren in Trainingsjacken und Pullover gekleidet. Anstelle der sonst üblichen schwarzen Halbschuhe steckten die Füße in Flip Flops.

„Uriges Kostüm, was Sie auftragen!"
Durch die getönten Gläser stachen rubinrote Augen, entzündet offenbar. An der Stirn hatte der Kauz eine Schramme. Die Oberlippe schien dicker zu sein als die Unterlippe. Er roch nach einer parfümierten Zigarette.
„Probieren Sie zur Abwechslung was Lockeres. Geblümte Badeshorts würde ich empfehlen."
„In unserem Land schätzt man das nicht." Der Angesprochene klang humorlos. „Es ist nicht Sitte", beharrte er angewidert.
„Warum so muffelig? Für das 13. Deck sieht die Garderobenordnung *casual* vor. Sie wissen, was das ist? Festliche Anlässe formal, Speiselokale *informal*, beispielsweise Sakko und Krawatte ..."
„Danke, ich kann selbst lesen", antwortete er grimmig. „Wie heißen Sie?"
„Gestatten: Arnulf Liedl!"
Peter leerte den Honolulu-Cup mit gurgelnden und saugenden Geräuschen.
„Ihre Flip Flops sind echt scharf!"
„Ich lade Sie ein zu einer Runde Backgammon im Pavillon. Das Spiel ist 5000 Jahre alt, aber erst durch die Kreuzzüge nach Europa gekommen", salbaderte der Katechet in einwandfreiem Deutsch. Er machte einen unangenehmen Eindruck. Irgendwie verkrampft.
„Geil diese Drinks. Aber ich muss zu meinem Muschikätzchen!"
„Zu was, bitteschön?"
„Zu meinem – na, Sie wissen schon". Er machte ein eindeutiges Zeichen mit den Fingern.
Der Mann reagierte pikiert. „Vielleicht treffen wir uns beim Abendessen im Britannia Restaurant?"
„Verzeihen Sie, alter Junge. Wir haben eine Juniorsuite und speisen in privater Runde. Vielleicht ein andermal."
Von Irland her sah man ein Flugzeug aufsteigen, langsam in den weißen Sonnendunst gleiten, plötzlich als scherenschnitt-

artige Kontur wieder hervortreten und mit einem Mal ganz verschwinden. Er schlug sich das Badetuch um den Hals und zischte ab.
„Genießen Sie das Leben. Fliegen Sie!"
Er zockelte, barfuss und in tropfender Badehose, mit dem Aufzug drei Etagen tiefer, zusammen mit Herrschaften in Smoking und Abendkleid. Belustigt liefen sie hinter ihm her, bis er, kurz nach dem Waschsalon, ins Zimmer Nr. 1019 eintrat.
Sie gab ihm ein Küsschen, das nach Minze schmeckte.
Die Suite war sehr schön. Die Fenster gingen auf einen Balkon und zeigten einen grau-blauen Ausschnitt, reizarm und wohltuend.
„Ganz hübsch" lobte Tatjana beim Einzug. Sie freute sich einige Minuten über die luxuriöse Badewanne, die verschwenderische Ausstattung von Schlaf- und Wohnbereich. Dann pickte sie das Schminkzeug aus dem Teddybären, den sie, zierlich und winzig, auf dem Rücken trug, schminkte sich ausgiebig und, kaum war das Schiff in South Hampton ausgelaufen und schipperten sie durch die Inselbuchten des Solent, nötigte ihn, in den Boutiquen zu shoppen. Sie ließ sich rigoros alles schenken, was der First Class Basar hergab, Schmuck, Düfte, Kleider, Schuhe, vor allem Schuhe, denn sie wollte ihre Sammlung von 121 Paaren erweitern. Jetzt schnurrte das Kätzchen, zufrieden auf den komfortablen Holzmöbeln räkelnd.
„Hör mal, Tatjana!", rief er zu ihr hinaus: „Da geht's um den Untergang der Titanic: ´Kein Übungsmanöver, kein Spiel, kein Scherz, keine Tombola mit anschließender Preisverleihung. Vor den Booten stehen die Offiziere mit vorgehaltener Waffe. Zurück die Männer! Nur Frauen und Kinder! Der Kampf um das nackte Leben hat begonnen, der Kampf um einen Platz im Boot. Männer im Frack, Frauen in zerfetzten Balltoiletten - Raubtiere mit manikürten Krallen. Und dazu spielt die Musik englische und amerikanische Marinemärsche. Keiner der Geretteten wird diese Melodien jemals vergessen können.´"
„Was liest du?"

„Hat mir der Steuerberater geliehen. Das Büchlein ist spaßig."
Links war die Sonne am Sinken. Sie ersoff langsam im Meer und sah unnatürlich groß aus.
„Jetzt möchte ich schrecklich gern duschen", sagte Tatjana.
„Tu das. Soll ich mich schon umziehen?"
„Willst du nicht warten?" Sie knöpfte den Chiffon auf, als ob es in diesen Breiten selbstverständlich wäre. Er unterhielt sich mit ihr und suchte geflissentlich, die Nippel zu übersehen.
Der Duft von Blumenseife perforierte die Tür. Zuerst duschte Tatjana kalt. Durch die Entlüftungsschlitze stieg bald feuchter Dunst auf. Wechselbad der Gefühle. Würde sie sich für ihn interessieren, wenn er nicht der Erbe war? Wusste sie tatsächlich nicht, dass Suhrkamp vermisst wurde, dass der alte Liedl tot war, verunglückt gewissermaßen?
Er las weiter, so laut, dass sie es im Bad hören konnte und rollte theatralisch das „r": „Erbarmungslos ergießt sich die Wasserflut durch das Schiff. Reißt Türen und Wände ein, steigt und steigt unaufhaltsam, dringt in den Laderaum, brandet über Kopf und Kisten und Ballen, steigt weiter von Raum zu Raum, durch Spalten und Ritzen heult die entweichende Luft. Das Meer schlägt gegen die Decke, presst, drückt und schiebt. Der darüber liegende Raum ist die Postzentrale. Das Wasser faucht durch die Dielenritzen, bis der Boden mit berstendem Knall zerfetzt. Sieben Millionen Briefe wirbeln hoch, sieben Millionen Grüße an Haifische, Tümmler und Garnelen." Er griff nach den Cocktailhäppchen, die standardmäßig in die Suite geliefert wurden. „Klingt das nicht wahnsinnig pathetisch?"
Tatjana kam aus dem Bad, eingehüllt in ein langes weißes Badetuch. „Weißt du, was ich jetzt möchte?"
„Was denn?"
„Mit dir schlafen."
„Daran habe ich allerdings auch schon gedacht." Tatsächlich hatte Peter seit Blackgang an nichts anderes gedacht. Er legte die Arme um den schlanken Körper im Frottiertuch, küsste sie. Es schmeckte süß - nach Zahnpasta, um die Wahrheit zu sagen.

Mehr noch als die Zunge interessierten ihn ihre Brüste. Sie waren aufreizend sexy, in der Größe genau richtig. Die Nippel wie die Lamellen von Winterreifen, das faszinierte ihn. Trotzdem, er fand ihre Aufforderung überraschend, nachdem sie gestern wie Fremde nebeneinander genächtigt hatten. Ihre Bewegungen derb, mechanisch, routiniert – alles andere als eine tastende Annäherung. Sie schien die Sorte Frau, die sich tagsüber den Mäzen und nachts den Zuhälter wünscht.

Er schob sich behutsam über sie und merkte bald, dass seine Erregung nicht ausreichte: es ging nicht. Er fuhr fort, ihren Hals zu liebkosen, aber es langweilte sie. Sie berührte seine Partikel mit dieser praktischen, kräftigen Hand, zu fest, zu fordernd vielleicht. Er hätte sie um gewisse Dinge bitten müssen, aber das wollte er erst recht nicht. Zuletzt kippte er auf die Seite, ihr zugewandt in fragiler Umarmung, doch nichts geschah oder würde geschehen, das wusste er jetzt. Peinlich. Und komisch. Nie zuvor war ihm das passiert, aber schließlich war es Jahre her, dass Arnulf Liedl Sex hatte. Er tröstete sich; nie zuvor hatte er den Suhrkamp überzeugender gespielt.

Es prickelte ihn zu fragen: War der Alte gut im Bett?" Dann formulierte er: „Wie ist mein Dad so beim Sex?"

„Eifersüchtig?"

Er reagierte nicht. Merkwürdig, dass sie genau die richtige Frage stellte. Etwas deprimiert setzte er sich auf den Bettrand.

„Was ist los mit dir?"

„Entschuldige. Ein Freund ist kürzlich ... verunglückt. Sein Tod spukt mir im Kopf herum."

„Was ist passiert?"

„Man hat ihn erstochen aufgefunden."

„Warst du auf seiner Beäärdigung?"

„Die musste ich nolens volens organisieren."

„Und, was du hast dabei ge*fieh*lt?"

Nun, da er davon angefangen hatte, sah er den mageren, sehnigen Hals neben sich, den gekrümmten knochigen Körper, ausgestreckt auf das rot und blassgelb eingefärbte Laken, das Antlitz fahl und eingefallen zwischen den Kissen, die aufgerissenen Augen, Mücken vor dem blutgefüllten Schlund.

Er kreiselte abwechselnd die linke und die rechte Hand in der Luft, als ob er die Bilder verscheuchen wollte.

„Was soll ich sagen? Wenn jemand gestern noch lebt und heute über den Jordan ist ..."

„Du denkst, man soll das Leben genießen?"

„Nein, nein, meine ich überhaupt nicht. Alles ist so ein Spiel, ontologisch betrachtet, easy und gleichzeitig grauenhaft ..."

Sie hatte keine Ahnung, was die Faxen bedeuteten. Es interessierte sie nicht die Bohne.

„Rein hypothetisch: diese Möglichkeit, dass man fliegen kann ..."

Sie gähnte.

„Beziehungsweise abstürzen."

Wahrscheinlich wusste er es selbst nicht. Er beruhigte sich, so nah am Ziel. Alles was man braucht ist ein bisschen Kreativität.

Tatjana sah reizend aus: die Hände hinter dem Kopf verschränkt, die Brüste wie ein Zwillingsgeschütz zur Zimmerdecke gereckt. Unter dem Laken spreizte sie die Beine, während er bedürftig am Glimmstengel sog. Ob es dies war, worum es im Leben ging? Seine Linke krabbelte unter die Decke und drang mit zwei Fingern in die pelzige Kuhle zwischen den Schenkeln. Das fühlte sich phantastisch an. So lag er und rauchte mit dem Gefühl, Besitz zu ergreifen von der fremden Existenz, in die er geschlüpft war.

Es klopfte an der Suite. „Herein" rief er, ohne sich zu rühren.

„Der Smoking, den ich habe bestellt", johlte sie putzmunter.

„Wie fürsorglich", dachte er und korrigierte gleich: „Quatsch! Sie liebt Klamotten, sie liebt alles, was stylisch und teuer ist."

„Hängen Sie die Anzug dort", kommandierte sie, ohne ihre Paradiesäpfel zu verhüllen. „Aber vorsichtig!" Ob alle Osteuropäerinnen so schamlos waren? Der Kellner bekam Stielaugen, stand wie hypnotisiert, bis er in der rechten Hand einige Dol-

lars spürte. Einer dieser gutgebauten spanischen Schönlinge, die so indiskret sind. Dabei waren die meisten Angestellten Filipinos. Komplimente beförderten ihn endlich hinaus.
Sie zeigte ihm ramponierte, abgeschürfte Stellen an den Gelenken. „Ehrlich gesagt: Dein Alter war schään grob. Wollte immer mit Handschellen!"
Sie hatte gesagt war grob! Wollte! Das Präteritum entsprach der zeitlichen Rückschau! Er schloss die Augen. Allerdings nur kurz, denn plötzlich setzte sich Tatjana auf ihn. Sie stützte sich mit den Händen auf seine Brust und begann, beide Gesäßmuskeln anzuspannen. Anspannen. Entspannen.

Großer Gott! Wahnsinn!

Sie speisten im Princess Grill, einem Restaurant im Art Deco-Stil der 20er Jahre, zusammen mit einem älteren amerikanischem Ehepaar, das zufällig Vanderbilt hieß, aber mit der grässlichen Familien-Sippe nichts zu schaffen haben wollte. Sie betrieben das Ölgeschäft nur noch nebenbei, als Hobby. Der alte Goldstein gesellte sich hinzu, dessen Frau sich heute, wie er entschuldigend erklärte, nicht wohl fühle. Entzückende Herrschaften - wer hätte das gedacht! Sie machten ihn mit dem berühmten Musikkritiker aus Boston bekannt. Der gesprächige Marcus Lance empfahl allen das klassische Konzert am Freitag, da sei man ganz unter sich und da würde ja auch die Nichte spielen, Mirella Goldstein, das Wunderkind. Sie diskutierten eine Zeit lang, ob Genie im Blut liege. „Genie ist Fleiß", habe Goethe einmal formuliert, meinte Brinkli, der Schweizer. Andererseits Lance: das Paradigma der Familie Mendelssohn. Der Großvater, Moses Mendelssohn, sei durch das Tor nach Berlin gekommen, das Juden und Schweinen vorbehalten war, habe heimlich, auf autodidaktischem Weg, vier Sprachen erlernt, sich gleichzeitig der Mathematik, der Logik, der Philosophie gewidmet, bis er zum geachteten, preußischen Staattheoretiker aufgerückt sei. Die Söhne Abraham und Josef hätten die gleichnamige Privatbank gegründet, der Enkel Felix Mendelssohn Bartholdy wiederum habe durch Kompositionen, oftmals geschmäht wegen ihrer Sentimentalität und Glätte, globalen Ruhm erlangt. Also doch erblich bedingt?

„Wenn mein Vater, der genealogisch-diachron betrachtet aus ärmlichen Verhältnissen kommt, heute das Garagentor öffnet", renommierte Peter, erstmals ohne die markante Schildmütze, „dann ist man gerührt. Da blitzt so ein alter Golf GTI, als sei er nagelneu. Es sind tatsächlich alle benötigten Utensilien vorhanden, vom Staubsauger bis zum Dampfstrahler: Poliermaschine, Hartwachs, diverse Cockpitsprays, antistatische Putztücher, Poliermittel aller Art, auch Chromschutzmittel. Sogar Sagrotan steht im Regal."

An der sich ausbreitenden Stille, den fragenden Blicken, dem Räuspern war ersichtlich, dass er sich verplappert hatte. „Kreativität!" rief er. „Das ist doch der Dreh- und Achsenpunkt! Gerade in der temporären Zeit, in der wir den Motor neu einstellen müssen. Von den Ahnen lernte ich, neugierig, innovativ – kurzum: ein Liedl zu sein!"

Dann sprach man in verkleinerter geselliger Runde mit dem Steuerberater aus der Schweiz - Chalet am Genfer See, BMW 5er Reihe - über die Möglichkeit, Schwarzgeld unterzubringen.

„Wir könnten durchaus ein paar Millionen in einen ihrer Filme investieren, Arnie", schlug Vanderbilt vor. „Deklariert als Filmfördermittel", ergänzte Brinkli. „Steuerlich absetzbar. Wenn ihr nächstes Projekt Erfolg hat, zahlen Sie einen Teil der Summe zurück!"

„Richtig. Man sollte die Kosten der Vermögensverwaltung nicht unterschätzen!"

Ein feines Klirren ging durch die Sektgläser. Der Fuß von Tatjana.

„Haben Sie diesen Stoß verspürt?" fragte Vanderbilt.

Natürlich, das übliche Gerede über die Titanic. So war es in der Highsociety. Man kokettierte gern mit dem Untergang.

Anspannen. Entspannen.

Ein paar Kinder liefen draußen auf der steuerbordseitigen Aussichtsplattform, wo das Cunard Banner flatterte. Die Luft war ausgesprochen frisch und sollte im Laufe der Nacht noch viel kühler werden.
„Was passiert, wenn dein Vater eines Tages stirbt?" fragte sie unverblümt.
„Ich verklopfe Blackgang und kauf `ne schicke Villa auf den Kykladen. Was hältst du von einer Boutique auf Mykonos?"
Anspannen. Entspannen.

Zwei Kellnerinnen in weißen Blusen und blaugestreiften Seidenwesten standen starr, die Arme verschränkt, hinter der Theke am Boardwalk Cafe. Er hätte sich auch einen Harem vorstellen können.

Es war eine wunderschöne Nacht.

Krompachy

Manchmal gärt etwas in alle Ewigkeit, für Millennien und Äonen von Jahren. Je länger so eine Geschichte gärt, umso leichter gerät sie in Vergessenheit. Manchmal dämmern Dinge vor sich hin, an die niemand denkt, und durch Zufall wird der Deckel gelupft. Sauerstoff kommt hinein, Licht, die Gärung wird unterbrochen. Oder wieder und auf neue Weise in Gang gesetzt und manchmal gerät dann erst recht eine Geschichte in Bewegung, die vorher als erledigt und abgeschlossen galt. Wie viele Vorgänge, die sich täglich, ja sekündlich um uns herum ereignen, gilt die Sauerkrautgärung als naturgegeben, das heißt sie wird als selbstverständlich hingenommen. Bekannt ist sie seit Anbruch des Ackerbauzeitalters, doch man hat versäumt, einmal zu untersuchen, wie sie sich auf eine Leiche ausprägt. Ihre Wirkweise ist zunächst keineswegs eindeutig, da sich unter Luftabschluss unterschiedliche Mikroben vermehren und zu unheilvollen Allianzen verbinden. Ameisensäure und Bernsteinsäure jucken und brennen auf der Haut, fressen sich durch Schleimhäute und ätzen, falls vorhanden, durch die Wundmale eines geöffneten Leibes. Alles deutet auf radikalen Zerfall, Verwesung, Untergang. Dann aber, wenn der Sauerstoff aufgezehrt ist, erfolgt die Rettung, so paradox das klingen mag: der Lactobacillus vermehrt sich auf Kosten konkurrierender Mikroben, die Fäulnisbakterien sterben ab und das Sauerkraut entfaltet seine konservierende und heilende Macht.
Suhrkamp lag in traumlosem Schlaf, beschützt durch hartes, abgehangenes Büttenholz, eingebettet in vitaminhaltiges Kraut, anschmiegsam und blondhaarig, und kümmerte sich nicht im Geringsten um diese schwierigen und zugegeben theoretischen Überlegungen. Er befand sich recht selig in seiner Nährlauge, in der immer mehr Mineralien angelagert wurden. Kalzium und Phosphor, die wichtigsten Baustoffe für das Skelett, Kali-

um, das von enormer Bedeutung ist für die Zellfunktion und das mit dem ebenfalls in Opulenz vorhandenen Natrium den Flüssigkeitshaushalt regelt. Es mag sich unwahrscheinlich anhören, aber das Sauerkraut bietet restlos alle Inhaltsstoffe, deren der Organismus bedarf und man könnte jedes beliebige Lebensmittel der Welt damit ersetzen. Ein Verzeichnis seiner Vitamine, Nährstoffe und Spurenelemente anzulegen mit der Absicht einer vollzähligen Enumeration würde gesamte Arbeitszeit unserer besten Wissenschafler erfordern, sie gliche schon fast einer Blaupause für das menschliche Leben. Dennoch, die größten Optimisten, so technologiebesessen und fortschrittsgläubig sie auch seien, müssen zugeben, dass es für das Leben letztlich einen Grund braucht, einen höheren Entschluss, den eine gequälte und von der Gesellschaft enttäuschte Seele aufzubringen nicht immer in der Lage ist.

Was würde ihn jemals wecken aus seinem tiefen Schlummer, wenn nicht der Geruch von offenem Feuer, klatschende Hände und Musik, die man vor 700 Jahren ins alte Europa gebracht hatte und dort ein ähnliches Schattendasein führt wie der Erbe in seiner Tonne, zeitlos, unmodern und irgendwie tot. Er ließ sich rollen, heben, senken, stapeln, man konnte über ihn verhandeln, ihn lagern und neben dem billigsten Gemüse zur Schau stellen, das erschütterte ihn so wenig wie die dreckigen Kinder, die sich in dem ärmlichen Laden in Krompachy herumtrieben und zur Sippe der Làcàtus gehörten, aus Rumänien stammend, die regelmäßig auf dem Pferdemarkt in Trebišov anzutreffen ist. Nichts war so erregend wie wenn sie mit in Mist und Hundekot gewälzten Fingern nach seinem Kraut griffen, um seine Nähe zu spüren, wenn sie kleine Schauder erlebten, sobald die Hand im feuchten, glitschigen Nass versickerte. Dunkelhäutige Frauen mit Kopftüchern beugten sich über ihn, Scherzworte auf den Lippen, sie lobten ihn wegen seines herzhaften Geschmackes, nur leider sei er ein wenig teuer. Nichts brachte ihn aus seiner Gemütsruhe, auch wenn ihm die Mischpoche zunehmend die Haare vom Kopf fraß. Und dann war es so weit. Kaum spitzte er ein wenig aus dem Dunkel, kaum hob er seine schläfrigen Augen, entstand ein Höllenlärm in der provisorischen Siedlung, die an den steilen Felshang geklebt ist wie eine Vogelkolonie. Die Zigeuner hatten sie aus Abfällen errichtet, aus Plastikplanen und verrostetem Blech, alten Brettern, modernden Balken. Wie ein Wunder hielt das alles zusammen und wurde nicht vom Wind weggeblasen. Das war wirklich ein Kuriosum, ein Triumph über die Gesetze der Schwerkraft. Als sie ihn aus dem winzigen Laden hoben, übersah er das Tal der Hornad bis weit in die Hohe Tatra, wohin er ja nach dem Willen der Tischler-Brüder reisen sollte. Doch der Ältestenrat entschied anders. Sie schickten einen Mann hinunter in die Stadt, wo das Hüttenwerk Ruß und Abgas produzierte, und als der Bürgermeister kam mit einem Polizisten und einem Händler, verlangten sie die Rücknahme der Ware und ein frisches, vollständig gefülltes Fass mit Sauerkraut.

Natürlich schrillte sofort das Telefon in der Inspektion Poprad. In der Wache der von den Kommunisten einmal als modernistisch gepriesenen Plattenbaustadt vergnügte man sich durchaus gerne mit Kartenspiel, schnarchte, schmatzte, schwitzte, genehmigte sich das eine oder andere Gläschen Wodka schon am Vormittag. Von daher war man gestärkt und sofort bereit, auszurücken. Man alarmierte die Sanitäter, so ziemlich das letzte, das Suhrkamp brauchen konnte, und fuhr unter grandiosem Getöse, Geheule und Gehupe durch das Zipser Land, als ob man es aus tausendjährigem Schlaf reißen wollte. Was Cràciun Chetan, der verantwortliche Major, in der Kolonie vorfand, war eine Holzhütte mit zertrümmerten Fenstern, umgeben von Unrat, der den felsigen Grund ringsum vollständig bedeckte: breiige Zeitungen, vermoderte Holzstücke, Plastiktüten und die eine oder andere Notdurft. Und da kauerte der Tote zwischen den mit Flechten überwachsenen Felsen, spähte hinab ins Tal, ohne den Kopf zu regen, gleichgültig für die Schönheit der ausgebreiteten Landschaft. Noch standen die Stümpfe wie Wurzeln in der Presslake, salzhaltigem Wasser, seit jeher Ursprung des Lebens, noch umgarnte ihn mütterlich das Kraut, das alles Notwendige enthielt, ihn zu alimentieren. Aber die Fruchtblase war endgültig geplatzt, der Schädel schmerzlich exponiert. Kenner des eingeleiteten Verfahrens mussten damit rechnen, dass die anaerobe Bakterienbildung abrupt endete, sich erneut brennende, juckende und ätzende Säuren wie eitrige Geschwüre auf die Haut legten, und eine alles zerstörende, absolut finale Gärung einsetzte. Doch der Major scherte sich nicht die Bohne um anderer Leute Befindlichkeiten. Er schlug sich seitlich ins Gestrüpp, wo harte Dornensträucher wucherten und durch die Öffnungen der Hütte kletterten. Cràciun Cetan, kaum hatte er seinen Urin abgeschlagen, kaum die Toilette mit einem vor Erleichterung vibrierenden Seufzer gekrönt, warf einen Blick ins Magazin, in dem man den blinden Passagier enttarnt hatte: der Fußboden roter, glattpolierter Zement, kühl unter den nackten Füßen der Kinder. Sie spielten in einem imaginären Raum, außerhalb der Zeit, so wie ihre Eltern und ihr nomadisierendes Volk nicht konkret und zuordenbar irgendwo lebten. Sie nützten den unbewachten Augenblick, in dem weiter unten im Lager Aufruhr herrschte, ließen Kartoffeln und Tomaten kullern, zerbrachen Eier, stäubten sich ein, hemmungslos mit dem Mehl aus herumstehenden Säcken werfend, bis das Team aus Poprad nachrückte, begleitet von einem Tross schaulustiger Bewohner. Sogar der Kakus der Kolonie, frisch rasiert, in einem abgeschabten, schwarzen Mantel, der ihm etwas Militärisches verlieh, war anwesend und schaute zu, wie man Suhrkamp auf die Bahre legte, wie man nach langer Diskussion die abgetrennten Beinscheiben mit etwas Kraut auf einer zweiten, einer Reservetrage anrichtete, und wie dann die ganze Mannschaft das Fass und seinen ehemaligen Bewohner den steilen Pfad zwischen die Felsen hinab transportierte.

Derart exhumiert und dem Prosektor in Poprad übergeben, pflegte Suhrkamp den Schlaf, in dem er seit 20 Tagen und Nächten verweilte, in einem stählernen Schacht fortzusetzen, als sei das, was sich um ihn herum abspielte, drittklassiges Bauerntheater, ein Traum ohne jede Bedeutung.

Da gab es noch jemand, der sich in einem Traum glaubte und verwundert die Augen rieb – 700 Kilometer nordwestlich, am Rande des Victoriaparks, mitten in Berlin.
Nachts war Ben vom Rütteln des Windes aufgewacht. Regenböen klatschten gegen die Scheiben. Unten, auf dem Kühler seines Taunus, hatten sich handtellergroße Lachen gebildet. Er dachte an den Kater, dessen Tod ihn plötzlich berührte, genauso wie der Vorwurf, dass er seine Familie einer fragwürdigen Karriere geopfert habe. Lange hielt er, wie er es als Kind getan hatte, die Wange an die kalte Scheibe gepresst und sah auf die Straße hinab. Außer den flimmernden Lichtern der Straßenbeleuchtung war nichts augenfällig.
Er wickelte sich in eine muffige Decke, die er auf dem Boden seines Kleiderschrankes fand, lehnte den Rücken gegen die Wand und blieb den Rest der Nacht so sitzen. Verspannt, ohne sich bewegen zu wollen, während die Wärme langsam aus dem Körper wich. Der Schweiß, auf dem die Unterwäsche klebte, verdunstete und er wurde sich des schneidenden Windes draußen vor dem Fenster bewusst.

Grimassenschlacht

„Rien ne va plus" rief der Croupier. Die Gespräche verstummten. Nur das Rollen der Kugel füllte den Saal. Auf dem grünen Tisch lagen mindestens zehntausend Dollar. Unerbittlich wie ein Komet zog die Kugel ihre Bahn. Dutzende Augenpaare verfolgten ihren Lauf. Von der Lobby strömten Leute in das Empire Casino und reckten die Hälse über die Köpfe der eingefleischten Spieler, die wie in Trance auf den sausenden Ball starrten. Nicht einmal im Petersdom in Rom herrschte eine solche Andacht wie hier am Roulette. Hoffnung mischte sich mit Bangen, Jubel mit Verzweiflung. Am liebsten hätte er sich vor das eingefasste Spielfeld gekniet und inbrünstig gefleht: „Heilige Mutter Gottes, lass die achtzehn kommen!" Wie ein Planet, der um die Sonne kreist, so umrundete der Ball das Zentrum. Langsam, mit erlahmender Fliehkraft, löste er sich von der Bande. Taumelnd stürzte er seiner letzten Bestimmung entgegen, fiel, prallte wieder empor, sprang, schlug auf: Fünfzehn. Der Croupier harkte die Chips vom Tuch, routiniert wie üblich. Niemand hatte auf diese Zahl gesetzt. Die Atmosphäre im Casino entspannte sich, wie immer, wenn eine Entscheidung gefallen, ein Schicksal besiegelt ist. Nur einer der Akteure behielt den tragischen Ausdruck bei, als schmerze ihn der Verlust. „Wieder Bank hat gewonnen - immer selbe Kacke" pöbelte Tatjana im rückenfreien Abendkleid. Peter präsentierte sich im nagelneuen Smoking. Gefällig, so ein Teil, und trotzdem: er fühlte sich seltsam steif, als stecke er im Körper eines Toten.
„Faites vos jeux."
„Was sagt er?"
Da war Bewegung auf dem grünen Feld wie in einer Hafenkneipe, wenn der Wirt das letzte Bier des Abends ausschenkt. Neuer Einsatz. Vage Hoffnung. Alle Blicke ruhten auf dem

Generalstabstisch des Glücks. Zehner, Hunderter, Tausender wurden wie Armeen aufgestellt, zurückgezogen, fiebrig und zu allem bereit. Er wurde unsicher, überlegte. Die Arbeitszeit von Tagen und Wochen wurde in die Schlacht geworfen. Alles oder nichts.

„Setz endlich", flüsterte ihm Tatjana ins Ohr. Der Pferdeschwanz streifte ihn. Betörend der Duft ihres Parfums. Und dann – er wagte nicht hinzusehen – spürte er ihre Hand. Sie tastete sich über seinen Schoß, öffnete den Schlitz, schlüpfte kundig durch die Öffnungen der Boxershorts und schlängelte sich hinab in die Wärme seiner Partikel. Die Berührung traf ihn wie ein elektrischer Schlag. Seine Züge hellten sich auf, er strahlte den Croupier wonniglich an und, als der irritiert das Ritual unterbrach, zwinkerte er ihm aufmunternd zu. Ein Geschenk des Himmels, dass er diese Frau getroffen hatte, und gern wollte er glauben, dass es zufällig geschah. Kaum hatten sie den Beischlaf vollzogen, dressierte ihre geübte Hand die intimsten Muskeln. Das Zwinkern, das den Spielleiter aus dem Rhythmus brachte, wurde direkter, zutraulicher, wechselte mit dem Hochziehen der Backen und anderem rabiatem Minenspiel. Indes, zärtlich umgriffen ihn die Finger, befreiten ihn aus dem enger werdenden Käfig. Wie gelähmt stand er, vermochte sich kaum zu rühren. Seine Hand tastete nach dem Tischrand, an den er lehnte, von einer Schwäche erfasst, die in die Knie reichte. Er blickte dem Angestellten lächelnd in die Augen, während ihn die Finger verzauberten. Der Mund stand offen und ließ ein wenig Speichel sehen. Und dann, als ballten sich Krämpfe, wanderte der Mund von links nach rechts, zitterten die Lippen anarchisch. Niemand nahm Notiz - bis auf den schmächtigen Mann im Zentrum, der noch nie solch flatternde Grimassen beobachtet hatte, so leidenschaftlich und mitgenommen die Gäste auch sein mochten. Grimassen, die sich zu tumultuarischem Schauer steigerten. Alle starrten auf den Tisch, wo der sonst so professionelle Angestellte verwundert die Kugel ausbrachte – linkisch und unkonzentriert. Die Augen

des Spielers wurden größer, die Brauen hoben und senkten sich nervös, und dann mischten sich in hektischer Folge Bewegungen aller Gesichtspartien, brachten wilde und fratzenhafte Gestalten hervor, die den Verantwortlichen am Roulette erschaudern ließen. Er korrigierte, warf erneut. Die Hand rutschte über zum Zerreißen gespannte Haut, die Kugel hüpfte; die Fläche rieb über geschwollene Adern, die Kugel drehte sich; die Finger massierten strotzende Samenstränge, das Geschoss prallte gegen die Bande. Und während er mit geisterhaftem Ausdruck explodierte, sprang die Kugel auf die 21. Er hatte alles verloren.
Für einen Moment wollte er in das Grün des Spielertisches versinken. Die 21 verschob sich nach innen, räumlich werdend wie ein Würfel, der sich löste und mit ihm als einzigem Insassen wie ein Raumschiff im Weltall trieb.
„Jemand muss verlieren, damit ein anderer gewinnt!"
Wie durch einen Nebel erblickte er den altmodischen Herren, den dunkelgrauen Mantel akkurat über den Arm gefaltet. Dem Blickwinkel nach zu urteilen hatte er alles mit angesehen. Eng an den Tisch gepresst bedeckte Peter die Blöße. Mit ungläubigem Lächeln bemerkte er, wie Tatjana eifrig Chips einstrich.
„Hast du gegen mich gespielt?" fragte er verwirrt.
„Ich habe auf schwarz gesetzt."
„Na fein" blökte er. Ihn reute es, das letzte Bargeld so großzügig verteilt zu haben. „Dann habe ich nur die Hälfte versiebt."
Es fühlte sich an, als sei das Gehirn eine ausgetrocknete Erbsenschote.
„Du hast 5000 Dollar verloren, mein Schatz", zwitscherte sie vergnügt, als ob nichts zwischen ihnen vorgefallen wäre. „Das hier ist *mein* Gewinn."
Die Nebel verzogen sich. In der Blumenvase vor ihm schwammen winzige Zierfische, die er bis dahin nicht bemerkt hatte. Dann blickte er in ihre harte, unerbittliche Visage. Vergessen die Numerologie der Zahlen, die Kabbalistik heimlicher Fetische, die Rituale und Gebetsformeln, mit denen er das

Glück beschwören wollte. Eine gehörige Prise Verachtung verbarg sich in ihren Worten und die Vulgarität dessen, der sich über den Geschädigten mokiert. Zu allem Überdruss pflückte sie das weiße Tuch aus der Brusttasche, wischte die Hand daran sauber und stopfte die Staffage mit burschikosem Schlag zurück ins Revers. Eine kaum zu überbietende Arroganz, so empfand er, drückte sich in dieser Geste aus, gepaart mit Raffgier. Wie gönnerisch hatte er ihr die Jetons überlassen, sie galant in die besseren Kreise eingeführt. Und sie? Anstatt dankbar zu sein, verleitete sie ihn, den Einsatz auf eine einzige Zahl zu konzentrieren - was bei nüchternem Verstand niemand unternommen hätte! Ohne seine schlechte Laune zu registrieren, nötigte sie ihm das Prada-Täschchen auf, das er ihr kredenzt hatte. Sie lief zum Schalter, um das gestapelte Plastik einzulösen.

„Beim Glücksspiel ist es wie in der Liebe – es gewinnen die schönen Frauen."

Brinkli, der gerne weise Sprüche abließ, merkte, dass der sonst redselige Regisseur angeschlagen war; jetzt wollte er ihn in die Champagner-Bar einladen, die schräg über der Lobby lag.

„Oder haben Sie Lust auf eine Runde Black Jack?" fragte der Schweizer im beigen Flanell, charmant lächelnd.

„Tutti completti. Bin bedient für heute."

Er dachte daran, dass er den Kreditrahmen des Erben bis zum Anschlag ausgereizt hatte. Brinkli scheute sich nicht, eine Gabe Kokain zu offerieren. Während sie in der säulenverzierten Halle warteten, in der noble Paare flanierten, röhrte es aus Peters Täschchen. Jede zweite Dame an Bord schleppte ein dekadentes Accessoire herum. Nur: als Mann fiel er damit sogar auf. Lauter werdend, warnender, kompromittierender röhrte das rosarote Handy. Eine SMS.

„Und? Unangenehme Nachrichten?"

Peter verriet das gequälteste Mienenspiel – ganz unfreiwillig und nebenbei ein grimassierender Künstler.

„Nein, gewiss nicht. Meine Produktionsfirma benötigt eine Finanzierung."
Tatsächlich entzifferte er auf dem Display:

> ARNULF LIEDL TOT AUFGEFUNDEN –
> BERICHT IN DEN DEUTSCHEN MEDIEN!
> DU MUSST DEN FALSCHEN ERBEN
> AUSSCHALTEN – JARO

„Rien ne va plus" tönte es aus dem Casino.
Er versenkte das Mobil verstohlen im Jackett, während Tatjana bündelweise Dollarnoten in der Tasche stapelte. „Natürlich müssen wir auf den Gewinn anstoßen", sagte er heuchlerisch, als sie die mehr stöckige Lobby nach oben stiegen, vorbei an riesenhaften Gemälden. Leider fühle er gerade eine gewisse Übelkeit, er hoffe, nicht malade zu werden und wolle sich vor dem Abendessen unbedingt etwas hinlegen. Ja, der unruhige Seegang des nördlichen Atlantiks. Überhaupt sei es auf Deck unangenehm kühl geworden.
Wenngleich er Tatjana mit dem klettenhaften Brinkli nicht gerne alleine ließ, fühlte er sich besser, sobald er die Suite betreten, das Telefonkabel durchschnitten, die Antenne aus der Dose gerissen hatte. Er lief zur Reling des Balkons, griff in die Jackentasche und verfolgte, wie beide Teile, das rosarote und das weiße Plastik der Dose, abwärts segelten, knapp am Promenadendeck vorbei, und unterhalb des schlanker werdenden Bootskörpers in der Tiefe verschwanden.
Noch in Smoking und Krawatte lief er nach draußen. Nichts hielt ihn in der Enge der Kabine, sie hinderte ihn am Denken. Obskures Kürzel: „Jaro."- wer mochte das sein? Einen kurzen Moment dachte er darüber nach, ob sein Bruder Jay mit dieser Frau in Verbindung stand und gemeinschaftlich mit ihr den Mord an dem alten Liedl in Kežmarok ausgeführt haben konnte. Allerdings gab es noch ein anderes gravierendes Problem. Unter den 1400 Angestellten an Bord würde es natürlich einen

Sicherheitsdienst geben, Feuerwehrmänner und Polizisten, private Detektive, Wachleute, Bodyguards und Spione, deren Netzwerke er ebenso fürchten musste wie die raffinierte Polin, die ihn eliminieren sollte.

Er entschied sich für die Treppe im Heck, um niemandem zu begegnen. Achtern, auf dem Promenadendeck, hörte er das Gerede über die Eisberge, die in der Nähe trieben. Südströmung des Grönländischen Meeres. Lachen. Ferngläser wurden herumgereicht, Anekdoten ausgetauscht. Unwahrscheinlich, dass sie in das Feld gerieten. Nein, sie ist doch hochgerüstet, diese Queen Mary2, ausgestattet mit modernsten Navigationsinstrumenten. Vollgepfropft mit Technologie! Dennoch, die aufgereihten Klötze drohten am Horizont und verwehrten der zivilisierten Welt den Weg nach Norden. Er nahm einen Liegestuhl in der Nähe der Rettungsboote und schielte durch das Geländer. Möwen glitten dicht an ihm vorüber, er sah, wie der Wind ihr Gefieder blähte. Wo Licht durch einen schmalen Riss in der Wolkendecke drang, leuchtete das Meer grellweiß. Jetzt weitete sich dieses Leuchten, das aus dem Inneren des Meeres zu kommen schien, rasch aus und verblasste dabei zu bleichem Schimmer.

„Haben Sie Nachrichten gesehen?" erschreckte ihn Lance. Er nannte ihn *Seemannsbruder* und wollte ein Fläschchen Moet mit ihm trinken. Peter lehnte ab.

„Man empfängt hier das Satellitenprogramm. Deutsche Nachrichten, amerikanische Nachrichten, japanische Musiksender."

Er wartete gespannt. Ob es am Ende alle Kreuzfahrer schon wussten: dass Arnulf Liedl ermordet war, dass man ihn, mit abgesägten Gliedern, in einem angegarten, halb verwesten Zustand angetroffen hatte, übersät mit Stichwunden, das menschliche Antlitz zersetzt durch die fürchterliche Gewalt des Krautes, überzogen von Parasiten, von Schwären, von zehrenden Bakterienkolonien? Wenn der Mord bekannt wurde: wie wollte er sich da retten?

„Keine Ahnung", echote er abgewandt und scheinbar gedankenlos aufs Meer schauend.
„Baschar al-Assad hat bei einem Angriff 180 Flüchtlinge, vor allem Frauen und Kinder, umgebracht."
„Ach so", erwiderte Peter gleichgültig. „Geht ja schon die ganze Zeit so in Palästina."
„Gleichzeitig haben die Taliban 41 Mitglieder eines Hochzeitsbanketts ausgelöscht. Dazu die Bombenattentate in der Türkei."
„Ziemlich sinnlos, sich mit diesen ... globalen Fragen zu beschäftigen." Er merkte, dass seine Stimme wenig enthusiastisch klang.
„Sagen Sie mal, ist ihnen kalt?"
„Iwo. Hab meine Decke."
„Sie strahlen nicht gerade vor Glück!?"
„Richten Sie den anderen aus, dass ich mich seekrank fühle und nicht ins Princess komme."
„Schade um das tolle Diner. Hoffentlich kehrt der Appetit zurück."
Endlich zog der Laban ab. Peter las die von Chefkoch Jean-Marie Zimmermann signierte Speisekarte, die ihm Lance überlassen hatte.

Diner First Class – 14. Mai
Restaurant Princess Grill

Caviar Beluga
Escargote au beurre d'oil
Tartare de homard
Consommé Tapioca

Etuvée de Saint-Jaques aux endives
Lobster American Style
Baked Salmon with Horseradish Sauce

> Filet mignon de porc á la creme
> Madras Chicken Curry
>
> Tiramisu á la pistache
> Panna cotta á la vanille
> Almond Rice
> Tropical Fruits

Er musste jetzt Magen und Nerven schonen. Zunächst würde er einfach liegen bleiben und abwarten. Weiß die Eisflächen. Jungfräulich. Selbst bei solch grauem Wetter behielt das unterseeische Eis seinen leuchtenden Türkiston. Er sah, den Kopf auf das Geländer gestützt, auf die Berge hinüber. Das Wasser war nachtblau. Er wurde Zeuge, wie in ungeheurer Langsamkeit ein Eisbrocken abbrach und ins Wasser stürzte. Wie ein riesiger, behäbiger Dämon schaukelte und wendete sich der Koloss, um das Gleichgewicht wieder herzustellen. Und dann blickte er in die blauen Augen mit den grauen Flecken. So versonnen war er, dass er nicht sofort merkte, wer vor ihm stand.
„In diesem mörderischen Blau", dachte er, „kannst du kein Mitleid entdecken. Dieses Blau kennt nur sich selbst." Tatjana zog die Lippen nach, die so entschlossen wirkten wie zuvor. Die Backenknochen slawisch breit, der Unterkiefer schmal, das war exakt die Frau, die er in Blackgang kennen gelernt hatte. Für sie hatte sich nichts verändert.
„Hast du eine Zigarette?"
Sie stellte sich, die Arme verschränkt, dicht an das Geländer und er reichte ihr die Schachtel hinauf. Er sah die Beine so nahe vor sich, dass er unter dem offenen Mantel eine weißliche Narbe am Oberschenkel identifizierte.
„Warst du schon einmal in Bratislava?" fragte er.
„Sollte ich?"
„Oder kennst du einen Sauerkrauthändler, einen gewissen Kapusta?" Sie schüttelte den Kopf.

„Sonst jemanden von dort?"
Wieder blickte er auf ihre kräftigen Hände, die das Päckchen Zigaretten öffneten und dem dunkelroten, mit kyrillischer Schrift versehenen Streichholzheftchen ein Zündholz entnahmen.
„Mein lieber Arnulf", flötete sie in einfühlsamer Tonlage. „Im Spielsalon habe ich eine SMS empfangen."
Ein Bluff, davon war er überzeugt.
„Die fahnden nach dir!"
Sie machte eine eindrucksvolle Pause. Das Zündholz flammte auf.
„Ich habe telefoniert, um sicher zu gehen. Der Rechtsanwalt deines Vaters hat mir mitgeteilt ... dein Vater ist gestorben."
Hatte sie tatsächlich angerufen? Er dachte an das Plastikteil, das irgendwo im Atlantik schwamm. Um Zeit zu gewinnen simulierte er maßloses Erstaunen, gerade so wie vorhin im Casino. Entgeistert starrte er sie an. „Das ist doch nicht möglich." Kurzes, bitteres Lachen. „Mein Vater - tot?" Leichtes Beben der Mundwinkel. Nun musste er agieren. Lamentieren. Telefonieren. Er lief unruhig vor den Rettungsbooten auf und ab, lieferte sich eine beispiellose Grimassenschlacht auf den Planken, die das Schiff bedeuten. Ein schwermütiger Hamlet, der tiefst bedrückt an Selbstmord denkt! Ein heldenhafter Hiob, den ein grausamer Pantokrator quält. Oh, wie grämte er sich, wälzte er stirnrunzelnd Verzweiflung. Und nun, wie bei einem Casting, wählte er eine Blankonummer, tat, als spreche er mit dem Rechtsanwalt: „Was, verbrannt? Berichten Sie, wie konnte das geschehen? Höre ich recht? Kein Unfall sondern Brandstiftung? Tragisch, ja, allerdings! Was unternimmt die Polizei? Die schlafen doch, diese Hampelmänner. Wer soll das sein - "Jaro"? Diesen Namen habe ich noch nie gehört! Am Montag, verstehen Sie, pronto! Da fliege ich mit Tatjana nach Berlin."
Ein letzter theatralischer Blick, dann brach er ab.
„Wie heißt der Rechtsanwalt?" fragte sie, von dem Scharmützel gänzlich unbeeindruckt.

„Kranzbühler" erwiderte er ohne Nachdenken. „Kranzbühler ist der Rechtsbeistand meines Vaters.
„Bist du sicher?"
„Absolut."
Sie schwieg.
„Dieses Misstrauen - was soll das? Habe ich dir nicht gerade einige Tausend Dollar überlassen?"
„Ich habe die Kohle ehrlich verdient!"
„Du hast sie erschwindelt!"
„Das Geld gehört mir."
„Ich will nicht, dass dir etwas zustößt, Liebes. Oder „Jaro." - egal was er Böses getan hat."
Er belauerte, wie sie die Farbe wechselte.
„Ich weiß nicht, was du meinst", giftete sie. „Du musst dich klarer ausdrücken."
Sie fixierte ihn, dass er die grauen Schatten in den Augen erkannte.
„Niemandem soll ein Haar gekrümmt werden", sagte er langsam und betont. „Ob er hier an Bord ist oder nicht."
Tatjana lachte höhnisch und bleckte die Beißerchen.
„Denkst du, ich weiß nicht Bescheid über dich? Ein mieser Schauspieler bist du! Heuchler! Hochstapler!"
Sie zog ab. Eine begabte Darstellerin, die jeder Bühne gewachsen war. Gerne hätte er ihre Pneus gestreichelt. Oder sich in bewährter Weise wienern lassen. Aber irgendwie wurde nichts mehr daraus.

Ganz der Vater!

„Fürchte dich nicht vor dem langsamen Vorwärtsgehen, fürchte dich nur vor dem Stehen bleiben." Das musste heute auf dem Kalender stehen, der für alle Wechselfälle des Lebens eine Weisheit parat hielt. Früher hatte Ben es genossen, beim Aufwachen auf die Großstadtgeräusche zu lauschen. Die Müllabfuhr, das Kindergeschrei. Die Trambahn, die in den Schienen kreischt. Hundegebell aus dem Park, dann wieder ein Flugzeug. Die Geräusche an diesem Morgen klangen ungewohnt und er hasste sie. Erst pochte und klopfte es. Dann drang aus dem Nebenzimmer das Geräusch einer Bohrmaschine.
Ben trat vor das Waschbecken. Der lange, beinahe waagrechte Sprung konservierte ein Missgeschick, das Isa im vorigen Jahr passiert war. Bevor er den Hahn aufdrehte, warf er einen Blick in den Spiegel. Manchmal, wenn er geträumt hatte von Zahnschmerzen, Prüfungen oder in einen Abgrund zu stürzen, schwenkte er ungläubig den Kopf, entdeckte unvertraute Perspektiven, die ihn wie einen fernen Bekannten, einen alten Mann, eine gänzlich fremde Person aussehen ließen. Während er sich trocknete, blickte er hinaus auf den Flur, wo jemand „Guten Morgen" gesagt hatte – der Untermieter, der am Montag eingezogen war.
Der neue Bewohner dümpelte in der Küche, vor sich eine Bierdose und einen Suppenteller, den er als Aschenbecher benutzte. Er starrte auf die Tischplatte und saugte an seiner Zigarette. Von Zeit zu Zeit schüttelte ihn trockener Husten. Im Gegenlicht wirkte er fast hager, obwohl sein Leib schwammig und aufgetrieben war. Hinter den dicken Brillengläsern konnte man die Augen kaum lokalisieren. Das Aggregat des Kühlschrankes surrte, als das Schweigen drückend wurde.

Kreuzberg, 13. Mai, 11.45 Uhr
„Hallo Ben. Bist du in Ordnung?"
Anne meldete sich am Telefon. Sie habe notgedrungen, weil sich niemand mit dem Fall beschäftige, einen in den Büros herumirrenden Herren vernommen, der von Amts wegen einbestellt worden sei. Ledertasche unterm Arm, beiger, sauberer Regenmantel, wenig Haar. Laut Visitenkarte der Rechtsbeistand der Centricon, Liedls persönlicher Berater. Dieser Herr Michalke habe protestiert gegen die Vorladung, vor allem dagegen, dass sich die Polizei in anwaltliche Angelegenheiten einmische; so vehement habe er protestiert, dass sie es nicht übers Herz gebracht habe, ihn unverrichteter Dinge nach Hause zu schicken.
„Wer erbt?"
„Der Sohn. Tatjana muss enttäuscht sein. Liedl hat ihr angeblich eine größere Summe versprochen."
„Wann hat sie es erfahren?"
„Am Donnerstag."
„An diesem Tag hat man Tatjana am Goethepark gesehen. Ob sie dort allein gewesen ist?"
„Du denkst an den Zuhälter?"
„Jaroslav - der Kerl, dem Liedl das Auto versprochen hat."
„Hör mal Ben."
„Ja?"
„Du klingst so matt. Überhaupt nicht neugierig."
Sie wisse einiges über Tatjana Klinkosch. Geboren in Bielsko-Biala, an der Grenze zur Slowakei. Hauptschule. Mit 16 Jahren sei sie zur Tante nach Katowice, wo sie zwei Jahre gekellnert habe. Sie habe einen Deutschen kennen gelernt und sei zu ihm nach Berlin gekommen.
„Pass auf, jetzt kommt es: Ihre kriminelle Karriere begann, als sie sich Geld für eine Schuhboutique borgte und einen astreinen Bankrott hinlegte. Ein Jahr später fischte sie die Grenzpolizei in Frankfurt an der Oder. Offenbar schmuggelte sie Am-

phetamine. Sechs Monate Bautzen. Abschiebung. Später wurde sie auf dem Straßenstrich in Berlin gesehen."
„Sie hat jedenfalls keine Lücken im Lebenslauf."
„Lass dich nicht hängen."
„Soll ich einen Luftsprung machen?"
„Du bist zu ehrgeizig."
„Der Job hat mich am Leben gehalten."
Es sei durchaus möglich, dass Tatjana mit dem Alten in der Hütte gewesen ist. Ihr Heimatort sei von Keźmarok eine halbe Autostunde entfernt. Und die Lackspuren? Sie stammten von einem Mercedes E-Klasse. Weiß. Älteres Modell. Aber das habe Schwinghammer null interessiert. Er spucke Gift und Galle wegen des Eklats mit der Moschee. Verwunderlich, dass eine Stiftung solchen Einfluss ausüben könne. Ob sie das für ihn recherchieren solle?
„Tu was du nicht lassen kannst", murrte Ben.
Er lief in sein Zimmer, blätterte in liegengebliebenen Zeitungen. Die kurzen, nur einzelne Menschen betreffende Berichte überflog er, oder vielmehr, sie banden seine Aufmerksamkeit. Für ihn waren die Zeitungen eine Zerstreuung, mit der er von der eigenen Misere ablenken wollte. Er dachte über die Figuren nach, denen er im Laufe der Zeit beim LKA begegnet war, doch sie zerfielen wie Hirngespinste. Dass die Personen in der Behörde so rasch wechselten, gab ihnen etwas Nebelhaftes und ließ ihre Existenz ebenso sinnlos anmuten wie sie wohl tatsächlich war.
Sinnierend lag er auf der gehäkelten Überdecke. Vom Regal blinkte ein silberner, mit biblischen Gravuren verzierter Becher. Er besaß ein wabenartig ineinandergreifendes Buckeldekor; darüber weitete sich die Kuppa mit zwölf gewölbten Facetten. Der Pokal rührte aus alter Zeit, keiner wusste, wie er in seinen Besitz gelangt war. „Art deco, der ultimative Ausdruck schlechten Geschmacks" dachte er, einmal mehr bereit, über die krämerische Beschränktheit seiner Familie zu räsonieren. Dicht unter dem Fenster kreischte die Tram. Der Schatten,

über dem früher ein Bild hing, erinnerte ihn daran, dass er mittlerweile mit einem Fremden wohnte, eine Vorstellung, die ihn quälte. Simon gab Laute von sich, die keiner Syntax zuzuordnen waren, Urlaute mundartlicher Prägung, die er hektisch ausstieß, als ob er das eben Verlautete gleich wieder verschlingen und ungeschehen machen wolle. Ben erschien das Zimmer eine Zelle, in der er isoliert fristete. Wurde er, was trotzdem geschah, in ein Gespräch verwickelt, hörte er sich selbst verwundert zu. Ohne sich zu verstellen erkannte er sich in seinen Äußerungen nicht wieder.

Großbeerenstraße, 13.15 Uhr
In der nächsten Straße lag eine Schule, ein dunkler, wenn es regnete fast schwarz glänzender Backsteinbau. Und es regnete - das Wasser hing in langen, dünnen Fäden vom Himmel. Einige Schulkinder, verhängt durch Ölkleidung, kamen entgegen. An der Ecke schlüpfte er in eine Brasserie, kreuzbergtypisch alternativ, Multikulti und von südländischem Flair. Er entschied sich für einen Whisky. Nicht, dass er sich unbedingt betrinken wollte; er versuchte lediglich, nicht anwesend zu sein. Wie ein angezählter Boxer hing er in den Seilen, blies den Rauch nach oben und begaffte ein Paar vor dem Tresen. Die Haare auf dem Handrücken des Mannes, das Kratzen und Scheuern seiner Barthaare an den Wangen der Frau. Die Zunge des Mannes zwischen ihren rotgeschminkten Lippen. Der Eindruck, dass die Frau nicht aus Hingabe die Augen schloss, sondern widerwillig. Die sonderbare Hoffnung auf eine Begegnung hielt ihn davon ab, nach Hause zurückzukehren. Es war einer dieser Tage, in denen er auf einen lebensentscheidenden Zufall hoffte.
Angetrunken drückte er sich hinter das Steuer des knallroten Ford Taunus, und siehe, auf wunderbare Weise verlor sich der Regen hinter Wolfsburg, kaum hatte er das Gaspedal betreten. Neben dem glänzenden Asphalt, der sich schnurgerade zog, breiteten sich Wiesen von dräuendem Grün. In surrealem Gelb

stachen die Rapsfelder ab. Die Künstlichkeit der Landschaft, erzeugt durch staatliche Fördermittel, verstärkte sich durch die monoton gereihten Windräder. Wie verzweifelt musste man sein, um in einer solchen Ödnis zu leben. Wenn der Wagen nicht so absolut schlank und pfeilschnell durch die Landschaft geflogen wäre, hätte er gewiss früher angerufen. Warum regte sich Isa auf? Es blieben ja noch dreißig Kilometer.

Restaurant Nordsee, Aurich, 17.00 Uhr
„Du bist doch nur an deiner Karriere interessiert."
„Warum komme ich, wenn Jamina im Schullandheim ist? Wegen dir!"
„Du bist so komisch", höhnte sie.
„Warum lachst du dann nicht?"
Die Bedienung stellte zwei Gläser mit Mineralwasser auf den Tisch.
„Du hast unheimlich harte Augen. Doch, doch. du bist sehr egoistisch, sehr hart."
Isa hatte niedliche Brüste, die völlig unnötig von einem Büstenhalter in Stellung gebracht wurden. Während er die Wölbung unter ihrer Bluse betrachtete, verstrich die Zeit für eine Antwort.
„Weißt du, was ich glaube?" fragte sie.
„Keine Ahnung."
„Du hast Angst vor dir selber. Vor deinen Gefühlen!"
„Was verstehst du von meinen Gefühlen?"
„Jedenfalls mehr als du."
„Warum musst du ständig von Gefühlen reden?"
„Man merkt, dass es in deiner Familie nur Männer gibt - diese Wurstigkeit ist es, die ich so hasse."
„Bin ich wurstig, weil ich nicht alles schönrede?"
„Lass meine Haare in Ruhe."
„Du hast schöne Haare."
„Warum hast du das jetzt gesagt?"
„Um was zu sagen."

Eine Pause entstand. Er hatte Lust, sie zu berühren. Stattdessen nippte er am Glas und verfiel in düsteres Schweigen.

„Muss man denn immer reden?" fragte sie. „Du machst es einem außerordentlich schwer."

„Was denn?"

„Muss man denn alles erklären? Weshalb stellt ihr euch eigentlich so an?"

„Wer?"

„Ihr Männer! Ihr habt eine unheimlich komplizierte Art euch auszudrücken."

„Ich habe keinen Ton von mir gegeben!"

„Du bist zynisch - genau wie dein Vater Du bist nur hergefahren, um mir Vorwürfe zu machen!"

„Kann ich bei dir übernachten?"

„Nein."

Wenn der Ford nicht so absolut schlank und pfeilschnell durch die Landschaft geflogen wäre, wäre alles anders gekommen. Denn jetzt gab sie bitteschön zu bedenken, dass sie keinerlei materielle Absicherung habe, solange sie nicht offiziell geschieden seien. Ein Kind mit ihm zu haben sei ein kapitaler, ein fürchterlicher Fehler. Und eine ungeregelte Beziehung läge nicht in ihrem Interesse. Nein, auch sporadische Kontakte lehne sie kategorisch ab. Ihr geschlechtliches Verlangen sei bei weitem nicht so ausgeprägt wie er sich das ausmalen würde. Sie habe das Geschlechtliche stets als problematisch empfunden und wolle sich nicht mehr bedrängen lassen. Notgedrungen habe sie in dieses Treffen eingewilligt, weil sie durch die Tochter mit ihm verbunden und er zur Zahlung von Alimenten verpflichtet sei. Zumindest könne sie ihm jetzt klipp und klar auseinandersetzen, dass sie nichts mit ihm zu schaffen haben wolle. Im Gegenteil. Sie habe sich dazu durchgerungen, die Scheidung einzureichen. Schon aus Respekt solle er künftig auf Kontakt verzichten. Sie müsse leider auch sofort aufbrechen, da sie sich nur für eine Stunde entschuldigt habe. Er solle auf keinen Fall einen weiteren Versuch wagen, ihr neues

Leben zu zerstören. Im Übrigen finde sie es unglaublich, dass er tatsächlich gedacht habe, sie würde mit ihm schlafen, er solle einmal darüber nachdenken, was er ihr eigentlich zumute.

Wilhelmshaven, 22.30 Uhr
Vom Parkplatz sah er in schnellen Schnittfolgen den Widerschein der Fernseher hinter den Gardinen. Die Realität war zu einer Kulisse erstarrt, die Menschen agierten wie in einem Puppenspiel. Seine Gefühle, Sehnsüchte, Pläne - sie gehorchten denselben hölzernen Schemen: er wünschte sich Sex, eine Minibar und ein Zimmer mit Aussicht auf den Hafen.
Der Einstellungstopp staatlicher Stellen erschwerte den Wechsel zu einer Behörde, die Art seines Abganges machte ihn unmöglich. Es blieb die kleinkarierte Beutelschneiderei des Anwaltes, der am Hungertuch nagt. Grandiose Projekte, bei Gott, hatte er viele, getrieben von der Angst, in der Paragraphenreiterei des Mittelmaßes zu versinken, und so war er als Seiteneinsteiger ins LKA gelangt, vorpreschend, vorlaut, blauäugig und couragiert, ein Harlekin in einem altertümlichen Hofstaat. Er war überzeugter denn je, in ein Ränkespiel geraten zu sein.
Ein Anruf schreckte ihn auf. Zu seiner Überraschung vernahm er die joviale Stimme von Dr. Gauss.
„Mensch Borowiak! Was für ein Glück! Wir haben einen weiteren Toten. Wie der Vater, so der Sohn!"
Ben überlegte, inwiefern der zweite Mord die Situation ändern könnte. Der Leithammel des LKA war nicht anders als eine ewig lächelnde Sphinx: schwer auszurechnen. Womöglich hatten Journalisten auf der Pressekonferenz nachgefragt und die Troika Gauss-Wolkenstein-Schwinghammer in Schwulitäten gebracht.
Er halte diese Idee für forciert, dass es eine Verbindung zwischen Kežmarok und Berlin gebe, meinte fidel der Präsident, der sicher keine einzige Akte gewälzt hatte. Es wäre von Anfang an sinnvoller gewesen, meinte er mit der ganzen Autorität seines Amtes, den Mörder in der Slowakei zu suchen. Der Fall

sei dort kurz vor der Aufklärung, Ben solle morgen vor Ort sein, und die Lösung schleunigst für sich reklamieren. „Exodus, Herr Borowiak. Ihre Chance, sich zu rehabilitieren!"

Das Ende der Schuhbibliothek

Ob es an diesen flachen Schuhen liegt, an ihrer langgezogenen Schnauze? Wo sie doch hochhackige Pumps bevorzugt? Während Tatjana auf ihre Schuhspitzen schaut, die über das Promenadendeck schleifen, denkt sie, dass es von Anfang an kein intelligent ausgetüftelter Plan war und vielmehr alles aus Launen und spontanen Einfällen heraus geschehen ist. Der Coup, mit dem sie den alten Liedl um sein Geld erleichtern wollten, scheint komplett zu scheitern. Plötzlich war der Sohn des Ermordeten im Landhaus aufgetaucht und beanspruchte die Tickets für die Schiffsreise. Obwohl sie als Geliebte des Alten auftreten wollte, hatte sich Tatjana vom Sohn umgarnen lassen und mit ihm geschlafen. Wenn Luxus und Glanz auf sie abstrahlten, würde sie alles Mögliche riskieren, nur hatte sie sich diesmal mit Jaroslav überworfen, ihrem Zuhälter. Jetzt stellte sich heraus, dass dieser sogenannte Sohn ein anderer ist. Dem Ausweis nach, den sie in der Kabine entdeckt hat, heißt er Peter Tischler und lebt in München. Wie er in das englische Landhaus in Blackgang gekommen war, bleibt unklar. Aber egal. Mit einigen Fangfragen hat sie herausgefunden, dass er kaum etwas über den Alten wusste; nicht dass er Vegetarier war, und nicht, dass er das Landhaus erst kürzlich erworben und aufwändig restauriert hat. Und der Rechtsanwalt des Alten heißt Michalke und nicht Kranzbühler.

Das Gespräch auf dem Sonnendeck des Luxuskreuzers lässt sie nervös werden, jetzt weiß sie definitiv, dass dieser Arnulf ein Betrüger ist. Weiß er von Jaroslav, mit dem sie nach Blackgang gefahren war und die Reise nach New York geplant hatte? Sicherlich ist Jaroslav nach dem Streit abgefahren, doch im Stillen hofft sie, er würde irgendwo auf der Queen Mary stehen und ihr signalisieren, dass er sie beschützen könne. Die große, wasserdichte Uhr am Pool zeigt 16.45. „Nein, es gibt niemanden an Bord, der mir helfen kann", sagt sie zu sich. „Du musst tapfer sein." Kaum verlässt sie das Deck sehnt sie sich nach den grauen, hochhackigen Schuhen aus Eidechsenleder, die gemütlicher sind. Vorne und hinten offen geben sie ihr dieses jugendliche und beschwingte Gefühl, das sie als Teenager hatte. Sogar bei der Arbeit im Cafe, wo praktischere Puschen vonnöten gewesen wären, hatte sie ihre Lieblinge getragen und gelegentlich, wenn sie mit einem Begleiter die Disko in Katowice besuchte. Was Schuhe anbelangt, ist sie abergläubisch. Dieses Paar, das gerade über die Türschwelle ins Innere steigt, bringt ihr kein Glück, so schmuck es aussieht. Es ist nicht ungewöhnlich, dass neue Exemplare drücken, ob diese aber ein Anrecht haben, in ihre mobile Bibliothek aufgenommen zu werden, daran zweifelt sie. Sie zu wechseln scheint ihr nur logisch. Und dann wird sie mit Jaroslav telefonieren – irgendetwas wird ihm schon einfallen.

Die weißen Schnabelschnauzen gleiten wie Mokassins über den gummierten Boden. Seine Schuhe dahinter, verdeckt zwischen Straßentretern, Knüpfstiefeln, holländischen Loafers und einem Tennisset, ziehen zögerlich mit, folgen ihren Schritten, drehen sich kurz zur Seite, beschleunigen, um aufzuholen, schlendern unauffällig weiter in den mit Teppich ausgelegten Innenraum. Auf der Treppe gesellen sich vielerlei Produkte der Schuhmacherkunst zu ihnen. So ist ein reges Auf und Ab der Pumps zu registrieren, der Schnallen-, Schnür- und Schlüpfschuhe, darunter olivgrüne Westernstiefel, Birkenstocklatschen, schwarze und braune Halbschuhe. Die Choreographie reizvoll wie ein Ballett, das mit Etüden des Kommens und Gehens reüssiert.

Die Lederkreation schnäbelt mit Plateausandalen, dann strebt sie scheinbar in den SPA-Bereich, zu Sauna, Dampfbad, Fitnesscenter. Zu ihr gesellen sich schlüpfrige Schwestern, Pantinen proletarischer Herkunft, Holzklepper, Sisal-Espandrillos, pinkfarbene Sandaletten, nagelbeschlagene Wildlederclogs, Badeschlappen, Pantoffel mit imitierten Goldborsten, doch die

Schnäbler steuern zum Lift. Auf marmoriertem Tableau präsentieren sich dort spiegelnde Lackschuhe, dekadente Kroko-Stiefeletten, Nobilitäten mit flammenden Spangen und Broschen von feinstem italienischen Design, als sei der Aufzug nichts anderes als eine prunkvolle Soiree. Einzeln oder in Rudeln verlassen die Eitlen und Schönen das Fest, zuletzt, im neunten Stock, die stummelstöckigen Röhren. Die Armbanduhr zeigt 16 Uhr 55. Während sie leichthin über den Berber streichen, kann man von Seiten des Treppenaufgangs schwarz glänzende, schmal zulaufende Herrenschuhe ausmachen mit grauen, flügelähnlichen Lederaufsätzen an Spitze und Schnürschaft – angeberisch, aber smart. Sie verharren, wippen ein wenig nach links und rechts, schaukeln ungeduldig auf dem Absatz. Dann schießen sie los, steuern auf den Waschsalon. Sie verbergen sich in der Nische, die über den Flur nicht eingesehen werden kann. Kaum verschwindet das Schnabelpaar von der Bildfläche, sprintet die Garnitur hinter der Ecke hervor, stoppt vor der zufallenden Tür, um dort unruhig auf und ab zu wandern. Ein schnappendes Geräusch ertönt: die Tür ist verriegelt.

Sie befreit sich von dem drückenden Leder, entledigt sich der Söcklinge, in denen Schweiß hängt - nur so, im schonenden Umgang mit der Fußbekleidung, kann sie eine Schuhbibliothek aufbauen, die einen Querschnitt bietet durch die Neuerscheinungen der letzten Jahre: Raritäten stehen Exemplare alltäglichen Gebrauchs gegenüber, Schund begegnet der kunstfertigsten Schöpfung. Für Reisezwecke selektiert sie einen Handapparat nach strengen Kriterien, eine Auswahl, die höchsten handwerklichen und ästhetischen Ansprüchen genügt. Die Intimität mit ihren Lieblingen kann sie jederzeit auf andere Gedanken bringen. Als sie die Slingpumps aus Echsenleder betrachtet, entscheidet sie, unverzüglich zu baden, damit die nervöse Spannung von ihr abfällt. Am liebsten hätte sie eine Massage im Wellnesscenter. Aber zuerst muss sie mit Jaroslav telefonieren. Während das Wasser in die Badewanne rauscht, sucht sie nach dem Handy. Hat sie es versehentlich zu den Kosmetikartikeln geräumt? Sie kramt in der kleinen Umhängetasche in der Form eines Teddybären, holt zufällig die Bürste hervor, und weil die eingeübte Mechanik es will, öffnet sie den Pferdeschwanz, beginnt sich zu kämmen. Der Lärmpegel verhindert, dass sie sein Eintreten bemerkt.

Ein Bonbonpapierchen fällt zu Boden, grün, mit schwarzem Kreuz.

Lange genug hat er gewartet, das Buch studiert und dabei die Hilfe des Himmels erfleht. Die Kanüle in der rechten Hand nähert er sich von hinten der halbnackten Frau, die er in den letzten Tagen bis zum Überdruss beobachtet hat. In seinem Kopf nennt er sie Hure, Verräterin, Betrügerin. Nun kommen ihm frühere Erfahrungen zugute, Kenntnisse technischer Art. Letztlich hält er jede Aufgabe für lösbar, sobald die rechte Gesinnung hergestellt ist. Probeweise spritzt er aus der Nadel einen Tropfen Flüssigkeit, die wie eine Träne am Handgelenk herabläuft. Langsam rückt er näher an die Frau, die in einem kitschigen Kinder-Täschchen wühlt. Sie wird ihm zurückerstatten müssen, was ihm gehört; so dass er sein Versprechen einhalten kann. Eine Sache der Ehre und eine Pflicht unter Brüdern.

Wenn Tatjana jetzt zur Seite blickt, dann wegen der Fußbekleidung, die den Pirschenden verrät. Erst schaut sie auf die Schuhe, dann schreit sie gellend, als sie den Mann und seine Absicht erkennt. Vielleicht zögert er eine Sekunde, weil sie ihm den Oberköper zuwendet. Er sieht ihre nackten Brüste vor sich, prall wie gefüllte Schweinsblasen, mit rötlich aufgesetzten Nippeln, ein Bild, vor dem er sich gerne geschützt hätte. Sie schleudert die Tasche nach ihm, bereit, zu kämpfen, doch es geht rasend schnell. Mit einem Sprung steht er vor ihr, schlägt mit dem Rücken der linken Hand über ihr Gesicht, dass sie gegen den Sessel fällt. Schon spürt sie den Eisenstachel, als sie gegen seinen Griff rebelliert. Nochmals rappelt sie sich hoch, hebt schützend die Arme gegen den Angreifer mit den Plastikfingern, da verschwimmt das Bild. Sie fühlt, wie ihr die Kontrolle über den Körper entschwindet, ganz so, als ob er in die Flauschigkeit des Teppichs versinken will. Ihr Bewusstsein trübt sich ein. Sie verliert es nicht, was weitaus schlimmer ist.

Der Mann geht planmäßig zu Werke, verstaut seelenruhig die Spritze im Jackett, versorgt die Kratzwunde am Unterarm mit einem Pflaster, das er parat hält. Er hasst es, wenn ein Missgeschick wie dieses passiert. Er verriegelt die Suite, schaut kurz ins Bad. Dann hievt er den Körper hoch, legt das Bündel über die Schulter. Im Bad lässt er es in die Wanne plumpsen.
„Autsch", spottet er, als sie stöhnt, „ist wohl ein bisschen heiß?"
„Ha" haucht sie, kaum in der Lage, Lippen, Zunge oder Kiefer zu rühren.
„Eine Verbrühung ist das geringere Übel, verglichen mit dem Tod."
„Ha, ha" haucht sie in zunehmender Konfusion. Die Badewanne ist zu zwei Dritteln gefüllt. Mehr Wasser quillt aus dem goldverzinkten Hahn schräg vor ihr. Sie begreift, dass sie ertrinken soll, will sich aufbäumen, kommt aber nicht gegen die Lähmung an. Sie jault wie ein Hund mit falsettartiger Stimme, so dass er vorsorglich die Tür beizieht.
„Du hast etwas, was mir gehört" sagt er mit hartem Akzent. Er spricht ruhig und eindringlich zu ihr, während mehr und mehr Wasser nachläuft. Der Pegel reicht ihr unter den Hals, sie fühlt wie er klettert, denn sie ist geistig klar.
„Wenn du jetzt nicht sprichst, wirst du es nie wieder tun."
Ihre Augen kreisen wild, japsend sondert sie unverständliche Laute ab, so dass er sein Ohr zu ihr herabbeugt wie ein gütiger Vater.
„Niemand wird dir helfen. Du bist mutterseelenallein."

Sie keucht, schnappt nach Luft.

„Man wird keine Toxide in deinem Blut finden", fährt er ungerührt fort. „Es wird aussehen wie ein Unfall." Sie ist perplex. Ausgerechnet dieser Mensch bedroht ihr Leben. Verwunderung. Die seltsam bleiche Frau döst, treibt in der Strömung des Augenblicks. Ihr Haar löst sich und schwebt im Wasser. Die Gedankenlosigkeit währt Sekunden, dann überrollt sie eine Woge.

„Oh Gott, ich werde ertrinken", denkt sie.

Sie prustet und versucht, die erste Ladung auszuspucken, die in den Mund dringt. Da schwingt eine Erinnerung mit an ihren ersten Freier, unangenehme sexuelle Erlebnisse werden wach.

„Plötzliche Sauerstoffverarmung. Die Ärzte nennen es Cardio-respiratorische Insuffizienz."

Da ist noch ein Funken Leben, als es in ihre Lunge dringt. Mit aller Kraft stemmt sie den Kopf nach hinten, Millimeter, Zentimeter, doch perlend rückt das Wasser nach, so dass sich ihr Körper nicht mehr erholt. Der Pegel erreicht die Nase. Die Augen, weitaufgerissen, rutschen unter die Oberfläche, weil der Kopf flach in der Wanne liegt. Sie sieht den Mann durch den fließenden Spiegel.

Das jähe, ungehinderte Einschießen des Wassers durch die Öffnungen führt zu einem Schock, der ihr erstmals das Bewusstsein raubt. Sphärenhaft gewahrt sie die schwarze Gestalt über sich, verschwommen, schwankend. Eine kühle Strömung erfasst sie, spült sie in ein Durcheinander steif werdender Gliedmaßen und schon starrer Körperteile, die Lunge saugt sich voll wie ein Schwamm. In ihr Dunkelheit, Schlamm, heraufziehende Kälte. Eine Drohung taucht auf, wuchernde Pflanzen, welche die Schwimmende umschlingen, Gleichaltrige, die zum Jux den Kopf unter Wasser drücken, Wellen der Ostsee schwappen über das Kind. Lachen, da ist es wieder, unbeschwert, mit dem sie in Katowice durch die Straßen streift, in den Schuhen aus Echsenleder, die Bilder heller, als ihr Hirn die Ohnmacht spürt.

Er schließt den Wasserhahn und wartet, bis die letzte Luftblase aufgestiegen ist. Dann durchsucht er akribisch Vasen, Fächer, Stellagen, Matratzen, Papierkörbe, Gepäck. Seine Gestalt spiegelt sich in den Glasaugen des Teddybären, der achtlos weggeworfen auf dem Teppich liegt.

Nichts kräuselt die Oberfläche, als Peter nach dem fiebrigen Anfall wieder zu sich kommt. Die Tür ist unverschlossen. Er sieht die aus der Bibliothek gefallenen, zur Pyramide gehäuften Lieblinge: Plateausandalen mit zehn Zentimeter Korksohle, daneben High Heels, Knöchelspangenschuhe türkis, knallrote Lackschuhe mit schwarzen Stilettoabsätzen und andere Schreckensvisionen eines engagierten Orthopäden. Er hat ihren Fimmel ausgeforscht, in der Art der Männer jedoch darauf verzichtet, Erklärungen zu suchen. Ihm genügt die Feststellung, dass sie durch geknallt ist. Überrascht entdeckt er sie im Bad, den Körper in linker, schwebender Seitenlage, einen Schaumpilz an der Nase. Wasser rinnt durch den Überlauf, als er hineingreift, um den Puls zu fühlen. Die Arme ziehen an, ein Zeichen für die einsetzende Leichenstarre. An den Händen hat sich Waschhaut gebildet. Die oberen Lider sind herabgesunken, so dass man denkt, sie könnte eingeschlafen sein. Als er gegen die Wange schlägt, reagiert sie nicht. Die Kiefermuskulatur sperrt. Die Lippen livide, das Gesicht blass. „Verdammtes Malheur" denkt er, einen Arm unter den Rücken der Frau geklemmt, „warum passiert das ausgerechnet mir?" Er weiß, dass es kein Unfall sein kann und kein Selbstmord, und da ihm niemand diese zufällige Häufung von Leichen abnehmen wird, lastet ein grässlicher Verdacht auf ihm. Bevor er überhaupt die Gedanken ordnen, die Lage analysieren kann, läutet es. Einmal, zweimal. Dann Totenstille. Er lässt die Leiche ins Wasser sinken, verbirgt sich, kaum dass er zu atmen wagt, in der Nische. Entsetzt beobachtet er, wie der Türknopf in der Fassung gedreht wird. Die Uhr zeigt 19.15 Uhr. Aber das kann nicht sein, dass sie ihn jetzt schon holen. Geräuschlos tastet er nach dem feststehenden Messer, das er unter das Futter der Sporttasche geschoben hat. Seine Hände fühlen sich schwach; er spürt, wie sie mit jedem Herzschlag tauber und gefühlloser werden, fürchtet gar, das Messer fallen zu lassen. Sie sollen ihn nicht kriegen, nicht kampflos, nicht lebend. Es knirscht. Er ist auf die herumliegenden Scherben der Karaffe getreten. Der Knauf dreht sich erneut; offensichtlich hat er hinter sich die Tür abgeriegelt. Den nächsten Vorgang kann man kaum deuten, es sei denn als Manifestierung völliger Konfusion. Er läuft zur Pyramide, kniet vor ihr nieder, und, als wolle er ihren Tick übernehmen und nun Tatjana beerben, beginnt er, die Lieblinge paarweise in die Bibliothek zu sortieren: Pumps aus schwarzem Leinen, Plastik-Sandalen mit Blockabsätzen, himbeerfarbene College-Schuhe mit Bommeln und Lederverzierungen. Der Versuch, Ordnung herzustellen, währt nicht lange, er verharrt. Ein düsterer Gedanke steigt in ihm auf – dass er verrückt sei und nicht die Kraft habe, nachzudenken, während die Zeit unbarmherzig voranschreitet. Die Pumps in der Hand wird ihm schlagartig bewusst, dass er sich mit Nebensächlichkeiten befasse, während er etwas ganz anderes tun, einen Plan schmieden müsse. Ich will die Spuren beseitigen; muss sie beseitigen! In Windeseile stopft er regellos alles, was an Tatjana erinnert, in Koffer und Taschen, und selbst vor den femininen, zur Suite gehörigen Stickereien macht er nicht halt. Plötzlich hört er ein Geräusch, erstarrt zu Stein, als sei das ein böser Traum; man träumt, dass man verfolgt wird, dass die Verfolger schon nahe sind und einen töten wollen, während man selbst wie angewurzelt an Ort und Stelle steht und nicht weglaufen kann. Und richtig, er hört Schritte. 19 Uhr 21. Das Gespräch kommt hierher. Sogleich überfallen ihn periodisch wiederkehrend Kälteschauer. Einzelne Kleider, sollten sie noch herumliegen, werden in keinem Fall verdächtig sein, will mir scheinen; so will mir scheinen! wiederholt er, während er in der Mitte des Zimmers stehend mit schmerzlich angespannter Aufmerksamkeit Umschau hält, auf dem Boden und überall

ringsum, ob er nicht noch etwas vergessen habe. Es läutet. Da, der Teddybär, er nimmt ihn, feuert ihn hinaus über die Balkonbrüstung. Erneutes Läuten. Das Täschchen, weg damit, über die Reling. Es sind zwei Personen, die miteinander sprechen und lachend und lärmend den Knauf drehen und mit aller Kraft pochen und rütteln. Jetzt zur Schuhbibliothek, in der das kulturelle Erbe der Menschheit gipfeln mag oder auch nur ihre schillerndsten Marotten: weg damit. Ja, der Tod kam unvorbereitet und manchmal auch kurz vor einer Gala-Veranstaltung. Die Vorstellung, dass alles, das Gedächtnis, sogar das primitivste Denkvermögen, ihn jetzt im Stich lassen könnten, bereitet ihm unerträgliche Qualen.
Er öffnet. Tatsächlich, es sind Lance und Vanderbilt. „Was wollen sie nur?" denkt er und starrt sie aus dem Türspalt an, das Messer hinter dem Rücken, bereit, jeden aufzuschlitzen, der auch nur Anstalten macht, einzutreten. Während sie miteinander reden, unterdrückt er das Bedürfnis, sie anzuschreien.
„Wo ist ihre Freundin?"
„In der Badewanne", antwortet er wahrheitsgemäß. „Sie fühlt sich schlecht."
Als er die Suite verlässt, merkt er, dass sein Schlüssel fehlt. Er hat ihn vorhin schon vermisst - ein Plastikkärtchen mit Löchern, das in der Jacke des Smokings steckte. Der Ausweis von Peter Tischler ist verschwunden. Und Tatjanas Schlüssel hat er gerade ins Meer geworfen.

Latz mit Soße

Dass Jay die Sache mit dem Käfer machte, hieß nicht, dass er ein übler Kerl war oder irgendwie pervers. Sein Bruder war das eigentliche Schwein. Peter hatte ihm eine SMS geschrieben, und manchmal versetzen einen kleine Dinge in unerträgliche Spannung. Andere Zeitgenossen erlauben sich andere Provokationen, natürlich, das Leben ist kein Zuckerschlecken, vor allem für alte Knacker im Seniorenheim, und schließlich stand sogar das Geschäftchen auf dem Spiel, das Jay nebenher aufzog. Der Dicke war ein regelrechter Künstler, wenn es darum ging, die Welt und ihre Probleme zu ignorieren, aber heute kotzten ihn die 15 Gehminuten an. Die Alten vom Luise-Kesselbach-Platz waren ihm nicht gewogen. Immer mäkelten sie an ihm herum oder beschwerten sich. Und nach dem geilen Fahrspaß empfand er es als demütigend, zu Fuß zur Arbeit zu müssen. Zwei Stunden vergingen, in denen er die Herrschaften ankleidete und mit dem Rollstuhl kutschierte. Dann seilte er sich in die Reha ab, die modernste Abteilung am Platz. Dort gab es einen Fitnessraum mit nagelneuen Geräten, zwischen denen Jay in aller Ruhe Anzeigenblätter studierte. Dann brach die Mittagszeit herein. Für ihn hieß das im Pflegedeutsch „Essen eingeben", eine volle Stunde lang in verschiedenen Zimmern Nahrung reinstopfen und Sabber vom Tisch wischen.
Jay bog um die Ecke, ein viereckiges Styropor in der Hand. Aus der rechten Hosentasche baumelte ein 50 cm langer Schlüsselanhänger, auf dem das Wort *Feuerwehr* stand, elektrisierend rot auf weißem Grund. Das Stoffband, angeblich von einem echten Feuerwehrmann, hatte er dem zweiten Azubi abgekauft. Wenn Jay mit seinem schwammigen Körper auf dem Flur ruderte, nahm er so viel Platz ein, dass die fragilen Oldtimer einen Bogen um ihn machten. Miesepetrig und mit Fanmeile-Kappe wirkte er wenig vertrauenswürdig. Jay blieb

stehen als ginge ihm die Luft aus und prustete lauernd. Dann öffnete er den Flügel eines vermauerten Fensters, das zur katholischen Kirche ging; sie war nachträglich umbaut und ins Altenheim integriert worden. Ein Gesteck aus Sonnenblumen zeigte, dass es Frühjahr war. Mit langen Fingern zog er Schachteln und Döschen aus diversen Taschen und tüftelte sie hinter die Bastelarbeiten. In dieser Nische frönte er dem Hobby. Denn ohne Hobby, verdammt noch mal, gehörst der Katz. Als er das Fenster schloss, fiel sein Blick auf die neuen, weiß leuchtenden Superga, die sich quietschend in Bewegung setzten. Auf einem Plastikschild stand die Raumnummer und daneben Alfons Zeller. Der Mann lag aufgebettet in der rechten hinteren Ecke und blickte finster auf die Gummipflanze. Links neben dem Fernseher wartete der Rollstuhl.

„So Meister Zeller, jetzt gibt's Haba-Haba."

Jay platzierte das Styropor auf dem fahrbaren Krankentisch und pflanzte sich auf den Stuhl. Legte die Füße auf das untere Ende des Bettes. Mit Alfons pflegte er einen ganz persönlichen Umgang, denn der Alte litt an Demenz. Jay griff in die ausgebeulte Tasche und naschte einen Zuckergummi, den Kinder als „Maus" bezeichnen. Er hatte was über für Mäuse. Ohne einen Vorrat an Mäusen würde er das Gebäude am Luise-Kesselplatz niemals betreten.

„Von wegen fifty-fifty" nörgelte er. Sein Bruder hatte ihn mit 948 Piepen abgespeist. Unbeteiligt hatte er getan, wie ein Vögelchen, so emotionslos, als ob ihn die Kreditkarte nicht interessierte. Schützte vor, dass sie zu heiß sei, viel zu gefährlich für den jüngeren Bruder, und jetzt machte dieses Arschloch eine Schiffsreise nach New York. Er hatte Jay verladen. Frustriert und wütend starrte der Dicke auf den Boden. Ausgerechnet in diesem Augenblick kletterte die Kakerlake aus der Holzverkleidung, die später noch einen kleinen Auftritt haben würde. Das geschah nicht regulär, denn das Altenheim gehört zu den besten in München, zur Creme de la Creme. Feinsäuberlich wurde in der Nobelherberge alles unters Bett gekehrt und bewegte sich nicht. Das Insekt hatte einen platten Körper, ziemlich glatte, der Länge nach verbogene Flügel, einen runden Körperumriss. Die Körperfarbe war kohlrabenschwarz, die Beine mochten einen Stich heller sein. Schaben galten als ungemein fruchtbar. In ihrem einjährigen Leben brachte es die amerikanische Kakerlake auf 1500 direkte Nachkommen, das wusste Jay, und wenn er eine solche Kakerlakenarmee befehligen könnte wie ein Napoleon, dann würde er sie seinem Bruder auf den Hals hetzen. Flink waren sie, echte Runner. Dass er instinktiv auf das lichtscheue Gesindel reagierte beweist doch, dass er selbst nicht dazu gehörte. Blitzschnell trat er zu. Nur wegen der neuen Turnschuhe bereute er die menschliche Regung und zog den Glibber von der Sohle.

„Nimmt sich Urlaub, der feine Herr", schimpfte er. „Von meinem Geld!"

Den Chitinpanzer schleuderte er unter den Rollwagen. Oho! Zeller hatte neue Medikamente. Beiläufig pflückte er die Tropfenflasche, danach die Schachtel *Tebonin forte* vom Tisch. Die mochte Jay liebend gern, weil man Ginkopräparate leicht verticken konnte. Auch *Rivastigmin* eignete sich, wie überhaupt alles, wo Antidementiva drauf stand. Denn Deutschland vergreiste. Als er die Schachtel verstaute, gewahrte er den Blick des Patienten. „Verdammt noch mal, da leiht man sich `n Flitzer, ganz für sich privat, schon ist man wieder pleite. Der eigene Bruder! Haut einfach ab mit der Kreditkarte."

Jay schaute durchs Fenster auf die Krankenanfahrt, in die heulend ein Sanitäter einbog. Lebensgroße Gipsstatuen versinnbildlichten die gütigen Nonnen von St. Josef.

„Ein Mazda RX, tiefergelegt, mit doppelstöckigem Spoiler. Die Turbine hat 230 PS. Ich finde ja, dass ein Sportwagen rot sein muss. Was meinst du?"

Jay griff zur Fernbedienung und mampfte einen aufgeschäumten Zuckergummi. Eine Quizsendung auf RTL 2 erschien. Die Moderatorin, nur mit einem Bikini bekleidet, sagte gerade: „In

den Erdnüssen ist ein Gesicht versteckt. Wenn Sie es gefunden haben, dann rufen Sie gleich an. 20.000 Euro warten auf Sie."
„Supereinfach" rief Jay schnorchelnd. „Die Lösung ist D4. Hast du ′n Telefon?"
Er nahm den Apparat.
„Oh Mann, ist das geil" quietschte die Moderatorin aufgeregt. „20.000 Euro sind im Jackpot. Ich habe zu meinem Chef gesagt, das ist zu leicht. Wer da nicht anruft ist ja behindert!"
Jay tippte die Nummer, die am Bildschirmrand eingeblendet war. Als er in der Warteschleife hing tauchte das Gesicht des Heimleiters auf. Ein großer, kränklich aussehender Mann, mit Schatten unter den Augen, einem kahlen, von einer dunklen Haarkrone umgebenen Schädel. Über den beigen Rollkragenpullover hatte er ein Jackett gezogen. Ohne Vorwarnung posaunte er: „Tischler, kommen Sie sofort in mein Büro."
Jay erwiderte: „Moment mal! Alfons hat mich gebeten, für ihn anzurufen."
„Das wäre mir neu", fauchte Gebhard. „Soviel ich weiß hat Herr Zeller seit Monaten kein Wort gesprochen."
Wie zur Bestätigung röchelte der alte Herr.
„Oh ja, total behindert" quäkte die Moderatorin in schrillem Tonfall. „Mir wird jetzt schon ganz heiß, wenn ich an das viele Geld denke."
Mit kurzem Seitenblick drohte Gebhard: „Sie kommen in mein Büro. Nicht in fünf Minuten - sondern sofort." Damit dampfte er ab.
„Wenn Sie anrufen und mir jetzt die Lösung mitteilen, dann lege ich zu den 20.000 Euro noch meinen Büstenhalter dazu", jubelte die Moderatorin.
Jay hatte die Nase gestrichen voll. Der Anblick des Spießers verstimmte ihn schon an normalen Tagen. Er schaltete den Kasten ab.
„Dann eben nicht" knurrte er. „Wollte nur, dass du ein bisschen Spaß hast."

Jay ließ die Tür offen. Er kannte diese Art von Strafpredigt, die ihn erwartete. Gebhard war ein verstockter Katholik, er würde etwas Offizielles labern und an sein Mitgefühl appellieren. Jay juckte es in den Fingern, wenn sich der Heuchler so aufspielte. Unwillig trottete er den Gang hinunter und schwenkte nach rechts. Am Fenster schob er das Tebonin in die Bastelecke; es brachte glatt 70 Euro unter Bedürftigen; aber Domepezil war neu in der Sammlung. Halblaut buchstabierte er: D-o-m-e-p-e-z-i-l. Da hieß es, junge Leute würden sich nicht interessieren, Pisa-Studie und so, aber Jay war richtig heiß drauf, Domepezil zu googlen. Der Dicke passierte die Aula und das Portal der Kirche, in dem blitzende Rollis mit ihren Fahrern aufgereiht waren wie die Luxuskarossen vor dem Vier Jahreszeiten. Dann schlich er in den Verwaltungstrakt.
Gebhard hatte sich hinter seinen Schreibtisch geklemmt und tat als ob er Akten studiere. Schräg hinter ihm hing eine medizinische Karte mit Skelett. Links ein halboffener Arzneimittelschrank, den sich Jay gerne zur Brust genommen hätte, und eine schwarze Liege. Das Büro des Heimleiters war nicht größer als die anderen Zimmer und wurde zu Untersuchungen benutzt. Es vermittelte ein freudloses und nüchternes Weltverständnis. Insbesondere das abgebildete Skelett hatte nichts Tröstliches.
„Sie haben drei Tage unentschuldigt gefehlt. Wieso?" eröffnete Gebhard. Auf seinem Schreibtisch lag der Diskurs über den Freitod, ein dramatisch zugespitzter Bleistift, ein Kalender, sonst nichts.
„Tja" sagte Jay scheinbar bekümmert. „Probleme. Also Alexander, das ist der Mann von meiner Tante ..."
„Ja?" fragte Gebhard ungeduldig.
„Der hat 'n Schnupfen..., ich meine Grippe", sagte Jay und starrte an Gebhard vorbei. Eine Skala neben dem Knochenmann zeigte an: 7 Halswirbel, 12 Brustwirbel, 5 Lendenwirbel, Kreuzbein und Steißbein. Der Heimleiter mit seiner randlosen Brille erinnerte an den Biologielehrer.

„Was denken Sie, Tischler, wie viele Leute hier kurz vor dem Sterben sind und gepflegt werden müssen? Was bedeutet für Sie bitte Pflegedienst, wenn unsere Bewohner nach Lust und Laune versorgt werden?" Er saß so aufrecht als hätte er einen Stock verschluckt

„Oh ja, Deutschland ist eine Servicewüste!" meinte Jay flapsig.

„Ich rede von ihnen und nicht von Deutschland!" donnerte Gebhard.

Jay hatte partout keinen Bock auf eine blöde Diskussion. Ohne zu wissen, was er eigentlich wollte, begann er: „Sehen Sie, mein Bruder..." und brach ab.

„Was hat ihr Bruder damit zu tun, dass ihr Onkel einen Schnupfen hat?" brauste Gebhard auf. „Das wird mir allmählich zu bunt! Zufällig habe ich erfahren, was Sie heute früh zu dem anderen Pfleger gesagt haben. Es war laut genug, dass man es im Frisiersalon hören konnte!"

„Was?" fragte Jay, nun selber gespannt, was er vorhin gesagt hatte.

„Dass Sie eine Spritztour gemacht haben", rief Gebhard erbost.

„Am Wochenende natürlich", log Jay und fügte grinsend hinzu: „Ich spritze nur am Wochenende."

Die Zote brachte den Heimleiter außer Rand und Band. „So?" polterte er. „Wie lange geht für Sie das Wochenende? Heute ist bereits Donnerstag!"

„Mein Bruder ist schuld", faselte Jay, den Blick auf die wurmartige Gestalt an der Wand geheftet. „Sehen Sie diese Figur da?" sagte er zusammenhanglos.

„Das Skelett?" fragte Gebhard irritiert. „Was ist damit?"

„Schaut aus wie Vogelgrippe" meinte Jay. „Jeden Wirbel kann man einzeln sehen."

Der Heimleiter schwieg. Unter den kleinen wässrig blauen Augen bildeten die Tränensäcke dicke Wülste. Er massierte sie mit dem Mittelfinger und überlegte, ob dieser Heranwachsende mit Migrationshintergrund alle Tassen beisammen hatte.

„Was haben Sie die letzten drei Tage getrieben?" fragte er und richtete den Blick auf ihn wie ein Pauker. Statt abzuwarten fuhr er fort: „Nicht nur, dass seit einiger Zeit Medikamente verschwinden. Die Patienten klagen, dass sie nicht betreut werden."
Jay maulte: „Das möchte ich aber wissen, wer da schlecht über mich redet."
„Wenn Sie so weitermachen, kann ich nichts mehr für Sie tun. Dann wird Ihnen die Ausbildung nicht anerkannt." Gebhard riss es aus seinem Sitz. „Ihnen scheint nicht klar, dass Sie mit einem Fuß im Knast stehen!"
Jay wagte nicht, nach oben zu schauen. Stur fixierte er den unteren Rand der Karte mit den 26 Knochen des Fußskelettes. „Wenn ich den erwische, der mich hier anschwärzt", drohte er dunkel.
Gebhards Backen röteten sich. Mit seinen 55 Jahren sah er aus wie ein Schlaganfall Patient. „Jetzt reißen Sie sich endlich zusammen!" tobte er. „Allein wie Sie rumlaufen. Habe ich ihnen nicht schon zigmal gesagt, wir tragen in Sankt Josef keine Baseball-Kappen?!"
Empört klatschte Jay mit der Hand auf den Tisch und erhob sich ebenfalls. „Ist doch kein Kopftuch, Mann! Mein Bruder sagt, es gibt kein Kappenverbot für Altenheime."
„Ist mir scheißegal, was ihr Bruder sagt. Ich bin der Direktor hier und verbiete das Tragen von Kappen."
Jay rebellierte: „Dann müssen Sie auch Schwesternhäubchen verbieten. Ist 'n religiöses Symbol."
Gebhard war jetzt auf 180. „Einen Teufel muss ich. Gehen Sie an die Arbeit. Dass ist das letzte Mal, dass ich Sie ermahne!"
„Jawohl, Herr Direktor", gab Jay zurück, mit ironischem Tremor und einem letzten Blick auf die entfleischte Gestalt. So würde Suhrkamp jetzt aussehen, wenn man ihn aus dem Kraut zöge, ein gedrungenes Häuflein Knochen.
Jay walzte über den Flur zur Kirche, aus der seine Flüche zurück hallten. „Jawohl, Herr Direktor! Küss mir den Arsch, Herr

Direktor! Verdammter Wichser! Wenn ich dem erwische, der mich verpfeift."

Schimpfend erreichte er das Zimmer. „Soll er doch krepieren wie Suhrkamp. Ist mir doch egal." Um sich zu beruhigen fraß er eine Zuckermaus. „Essen eingeben. Von mir aus. Aber mit der Freundlichkeit ist es vorbei. Ein für allemal!"

Jay boxte den Krankentisch in Position. Böse brabbelnd fixierte er das Lätzchen. „Kein Geld, kein Service", schimpfte er. „Sollen die doch Neger importieren für den Job."

Da fühlte er etwas Feuchtes am Oberschenkel, und das brachte ihn noch mehr in Rage. „Pfui Teufel, Zeller, du hast gepinkelt. Denk nicht, dass ich dir die Wäsche wechsele. Wie oft habe ich gesagt, du sollst Bescheid geben."

Jay warf den Styropor-Deckel auf den Boden und trat ihn unter das Bett.

„Ich weiß eine hübsche Strafe. Damit du es dir merkst."

Trotz seiner Wut hatte er die Schabe erspäht, die unterhalb des Rollwagens kroch. Er packte den Korpus mit den schaukelnden Antennen und setzte ihn auf den Reis. Der Alte wirkte entgeistert.

„Ich dachte, die sei tot. Die will einfach nicht sterben, genau wie du", sagte Jay und schaufelte die Kakerlake auf den Löffel." Alfons wimmerte.

„Na los, friss schon", rief Jay und hielt ihm den Löffel vors Gesicht. Die dünnen Fühler waren etwa ein Drittel so lang wie der ganze Körper. Auf dem weißen Reis konnte man sehen, wie sie nach allen Richtungen tasteten.

Zeller biss jetzt wacker die Lippen zusammen und drehte den Kopf, heftig durch die Nase atmend. Jay folgte mit dem Löffel. Der Käfer buckelte sich direkt vor seiner Habichtnase. Und jetzt hob er die Flügel und präsentierte die Rückendrüsen, als rüste er sich für eine Paarung.

„Wie wär's, lieber Alfons, mit Haba-Haba?" sagte Jay böse, ein breites Grinsen aufsetzend.

Der Alte blickte ihm in die Augen und öffnete vertrauensvoll den Schlund. Etwas Reis tröpfelte nach unten. Dann verschwand der Käfer zwischen den Lippen. Zeller manschte den Bissen mit großen Bewegungen des Unterkiefers. Er pausierte, dann kaute er weiter. Wie eine Schildkröte ein Salatblatt. Jay wartete darauf, das Knacken des Chitinpanzers zu hören, aber nichts dergleichen. Nach einer Weile stoppte der Kiefer. Als ob er nachdenken oder sich erinnern wolle, öffnete Alfons wieder. Da sah Jay, dass die Kakerlake zwischen Zunge und Reisbatzen turnte.
„Na, ist das gut?"
Jay wollte schon Rindfleischsoße nachfüttern, als Alfons röchelte und den Matsch auf den Tisch spuckte.
„Du denkst, das ist was? Hast du schon mal einen richtigen Toten gesehen?"
Jay knallte den Löffel ins Eck. „Dass ich die Leiche weggeräumt habe, war ein Versehen. Mit dem Mord habe ich nichts zu tun. Peter hat ihn kalt gemacht. Okay, ich habe die Knochen ins Kraut geworfen, aber das ist alles."
Jay griff erregt die Schale mit dem Essen und kippte sie in den Abfall. „Der Typ ist schizo. Tut was und vergisst es im nächsten Augenblick. Spricht mit sich selbst und hört Stimmen."
Jays verzerrtes Gesicht näherte sich Zeller. Aus größter Nähe brüllte er ihn an. „Als der studieren anfing, wusste ich, dass es nichts wird. Armer Irrer." Zeller wimmerte wie ein Kind. Der Dicke ließ sich nicht stoppen. "Verdacht haben die auch schon geschöpft. Magda und Alexander. Wer reist schon ab um halb fünf morgens? Sie haben mich gefragt, wo Suhrkamp ist. Wieso fragen die mich? Ausgerechnet mich!"
Jay wendete sich ab. „Ich habe ihn nicht alle gemacht. Peter hat ihn ermordet."
Jay warf einen Zuckergummi ein. Allmählich beruhigte er sich.
„Mein Bruder wollte nicht zur Polizei. Er denkt, dass er clever ist und mich austricksen kann. Peter ist krank, unheilbar krank."

Jay saß auf dem Stuhl und mampfte. Da richtete der Alte den Oberkörper auf. Laut und klar sagte er: „Um Gottes Willen Tischler, Sie müssen zur Polizei gehen. Sonst melde ich es der Heimleitung!"

Besuch im Ghetto

Die Frühmaschine landete um 9.42 Uhr. Ben wartete in einer Traube Taubstummer, inmitten wuchernder Gebärden. Um 10.08 Uhr stoppte ein schwarz-roter Lada vor dem Hauptportal des Bratislava Airport. Am Steuer erkannte er einen Schnauzbart, rechts vorne Kommissar Josef Čertik. Die Personen auf der Rückbank rutschten, damit er zusteigen konnte. Sobald er seine Körperteile in die Büchse gezwängt hatte, rasten sie mit aufgeblendeten Schweinwerfern davon. „Wozu die Eile?" wunderte er sich. Deutlich nahm er den angestauten Knoblauchdunst wahr, der einen Toten aufgeweckt hätte. An ihn gepresst saß Juliana Kováčová mit inzwischen henna rot getönten Haaren, daneben ein Beauftragter der Regierung.
„Wollen Sie etwas trinken?" fragte die Nachbarin. „Wir haben Kaffee."
„In der Thermoskanne hinter ihnen", erklärte der Beauftragte auf Deutsch. „Die Plastikbecher finden Sie in der blauen Tasche."
Jan Bázlik, der eine ärmellose Lammfelljacke trug, schaltete die Sirene an. Ben griff die Kanne, drehte sich, schenkte ein, leerte mit einem Schluck den Becher, reichte den Behälter weiter, Miniaturen, die zu Zirkusstücken gerieten. Die Sirene heulte markerschütternd. Die Experten der Kriminalistik genossen es, mit hoheitlicher Wichtigkeit über das Flughafengelände zu brausen.
„Wie hat man ihn gefunden?" fragte er.
„Mit abgehackten Gliedern. Der Torso steckte in einem Fass" sagte Čertik.
„In einem Lager, nicht weit von Krompachy", meldete sich der Beamte. Nun klärte sich seine Anwesenheit. Daniel Parík war am Büro für Minderheiten und Menschenrechte beschäftigt.

„Die Kollegen aus Poprad haben uns ein Foto übermittelt." Der Kommissar, kerzengerade in seinem Sitz, überreichte ihm den Computer-Ausdruck. „Wie beurteilen Sie die Qualität?"
„Hervorragender Drucker. Ich wünschte, wir hätten Vergleichbares in Berlin."
„Steht ein amerikanischer Name drauf - wird aber in Bratislava produziert."
Čertik fuhr sich mit unverhohlenem Stolz durch die Mähne. Erst jetzt gelang es Ben, einen Blick auf das Bild zu werfen. Das Physiognomie Suhrkamps zeigte sich gewissermaßen verdünnt. Viel Flüssigkeit war ausgetreten, das Fleisch ins Körperinnere gesickert, was die Augen reliefartig hervortreten ließ. Die Nasenflügel erschienen eingefallen, die Züge verkniffen, lederartig, zäh. Aber keinesfalls zersetzt! Er lag auf der Bahre des Arztes mit einem in Müdigkeit erfrorenen Gesicht, das die Anstrengungen einer langen Reise spiegelt.
„Keinesfalls zersetzt!" betonte Čertik.
Nein, keinesfalls, fielen die anderen ein. „Als ob er noch leben würde."
„Da sehen Sie die Kraft unseres slowakischen Krautes", meinte Kováčová. In diesem Punkt waren sich alle einig. Widerspruch unmöglich - es hätte die nationale Ehre beleidigt.
„Schaut dem Vermissten verdammt ähnlich" pflichtete Ben bei.
Die mit Betonplatten gebaute E75 wurde hinter Zilina ländlich. In den Dörfern entlang der Straße herrschte ausgesprochen viel Verkehr, eine lange, mit Milchkannen beladene Karawane aus Lastwagen bremste Bázlik, der dicht auffuhr, hupte, und an den unübersichtlichsten Stellen überholte. Niedrige Birken säumten die Straße.
„Haben Sie heute nicht geschlafen?" fragte Čertik. Mit schwarzen Ringen unter den Augen hing Ben vornüber gebeugt wie ein vom Sturm gebeutelter Baum.
„Ich bin um sechs Uhr aufgebrochen, um rechtzeitig am Hamburger Flughafen zu sein."

„Arbeiten Sie nicht mehr in Berlin?"
„Doch, doch. Im Außendienst."
„Haben Sie im Mordfall Liedl ermittelt?"
„Nicht direkt." Ben war das Gespräch außerordentlich peinlich, doch der Alte ließ nicht locker.
„Welche Spuren haben Sie bislang verfolgt?"
„Ich habe zwei Hauptverdächtige: die Geliebte und ihr Zuhälter: sie dachten, die Frau würde erben."
Die Autokolonne hinter einem Traktor wurde dichter und länger und er hatte plötzlich die Vorstellung von dem gemächlichen Tuckern des Traktorenmotors, das viel lauter und deutlicher war als der übrige Verkehrslärm, ginge eine ganz und gar unbeirrbare Zielstrebigkeit aus.
„Wenn Sie allerdings Hinweise darauf haben, dass Vater und Sohn von Zigeunern ermordet wurden ..."
„Das würde ihre Ergebnisse über den Haufen werfen, nicht wahr?" Die Genugtuung ließ seine Augen funkeln und formvollendet merkte er an: „Werter Herr Borowiak - war nicht ich es, der zu Anfang von einem Raubmord sprach?"
„Wenn der Gerichtsmediziner nachweist, dass die Liedls zur selben Zeit starben..."
„Die örtliche Nähe zwischen den Fundorten lässt sich nicht leugnen: Krompachy ist 40 Kilometer entfernt."
„Dazu kommt, dass die Stimmung unter den Zigeunern nicht gut ist", schaltete sich der Beamte ein. „Sie haben äußerst aggressiv auf die staatlichen Maßnahmen reagiert."
„Was meinen Sie?"
„Man hat ihnen die Sozialhilfe gekürzt und etliche nach Rumänien abgeschoben" erläuterte Kováčová, die - eingequetscht zwischen den Männern - sichtlich litt und nach Sauerstoff rang „Seit zwei Wochen gibt es regelrecht Aufstände in der Provinz."
„Und in Deutschland gibt es eine Invasion von Bettlern", sagte Ben, froh, dass er nicht länger das Thema war.

„Das ist keine Diskriminierung gegenüber Roma und Sinti", erklärte Parík sachlich. „Die Einschnitte treffen unterschiedslos jeden. Wir müssen alle den Gürtel enger schnallen."
„Die Tsiganologen behaupten, es bedeute die Vernichtung alternativer Lebensweisen. Der ärgste Anschlag seit Hitler."
„Das Gegenteil ist der Fall. Unsere Prognosen sind, dass die Zigeuner in dreißig Jahren die Mehrheit stellen, sie werden den Staat annektieren, ohne Aufsehen, ohne revolutionäres Geschrei, nur durch ihre Geburtenrate, so wie sie auch in Rumänien, Ungarn, Bulgarien und Serbien das Ruder in die Hand nehmen werden."
„Die Frage ist einzig, ob sie mit den Morden zu tun haben", präzisierte der Kommissar.
„In Trebišov kam es zu Plünderungen, in Spišská Nova Ves haben sie Polizeiposten überfallen und alles kurz und klein geschlagen", rumorte Kováčová.
„Eine marodierende Bande", behauptete Bázlik.
„Unlogisch an ihrer Theorie ist, dass sich die Wut gegen Ausländer richtet."
„Zigeuner sind ungebildet."
Nun mischte sich Čertik ein, der die Kontrahenten mäßigen wollte. Er schob die gereizte Stimmung auf die warme und verbrauchte Luft. „Die haben den jungen Liedl für einen Slowaken gehalten." Er kramte den Ausdruck aus der Aktentasche. „Wie ein Deutscher schaut der nicht gerade aus."
„So strahlen Heilige auf den Ikonen orthodoxer Kirchen" meinte Parík. „Aber niemals Slowaken!"
Hinter dem Städtchen Ružomberok befanden sie sich auf einem Teilstück der Autobahn. Die Tachonadel vibrierte, sie wanderte auf 80, fiel zitternd zurück, hüpfte auf 70, und blieb dort hängen, als sie wegen eines Lastwagens die Geschwindigkeit drosseln mussten. Bázlik hupte wie üblich, doch der andere wollte nicht hören; man sah nur das ansteigende magentafarbene Heck. Nun hupte er aufgeregt, gestikulierte wild aus dem Fenster, als hätte er Paprika gegessen, bis der

LKW dröhnend auf die rechte Spur wich. Er gab Gas, die Maschine heulte auf. Die Reifen trommelten nervös auf den Beton und klackerten, sobald sie über eine Grasnarbe fuhren. Möglicherweise war die Lenkung nicht ausgewuchtet.

„Jedenfalls ist es heikel, im Ghetto zu ermitteln", kollerte der Mann, der sein Gemüt so wenig beherrschte wie das Fahrzeug. Heißblütig wie alle Slowaken hörte er nicht auf zu schimpfen. Er stamme von Prievidza, wo man nicht gut auf das Gesindel zu sprechen sei.

„Man muss nicht gleich die Zigeuner beschuldigen", wendete Parík ein.

„Es sind Strolche. Ohne Begriff von Zeit und Geschichte, ohne Ziel und Ordnung."

„Sie beugen sich nicht dem Wahnsinn! Dem Götzen von Entwicklung und Fortschritt, an den die Hausbesitzer so verzweifelt glauben. Der Zigeuner ist der letzte freie Mensch."

„Frei, zu stehlen und zu morden?"

„Dafür gibt es keinerlei Beweis."

„Die Lackspuren, die wir am Tatort ermittelten, rühren von einem Mercedes der E-Klasse."

„Eine von 163 Spuren!"

„Der Bauer konnte sich an das Fahrzeug erinnern. Und daran, dass er Zigeuner in Keźmarok bemerkt hat."

In der Ferne kam eine Ausfahrt in Sicht. Der Fahrer bremste, als er das Zeichen Východ erblickte, und lenkte auf die von Pappeln gesäumte Landstraße. Ringsum breitete sich das durch Bergrücken gezeichnete Land. Der Himmel wirkte so einförmig, seine Farbe so unbestimmt, dass man nicht sagen konnte, ob er wolkig war. Sobald sie Spisska Nova Ves passiert hatten, zerschnitt der Fluss wie ein gewundenes schwarzes Band das Tal. Man gewahrte das alte Bergbau- und Eisenhüttenstädtchen.

„Ist das Krompachy?" fragte Ben.

„Ja. Aber die Zigeuner wohnen da drüben."

Sie zweigten ab auf eine Schotterstraße, die bergauf führte. Die Sonne, schwer lokalisierbar, verbreitete schwüle Hitze. Sie fuhren an zwei, drei weit entfernten Scheunen vorüber, bis sie über das Tal der Hornad blickten. Sie durchquerten ein Waldstück. Von der Seite des Lagers stiegen Rauchsäulen auf, man identifizierte Elendsquartiere zwischen den Felsen. Der Lada holperte über Steine, rollte vorbei an zerrupften Zelten, Matratzen, Wrackteilen von Autos und Fahrrädern, Wassertümpeln, Wohnwägen. Ein fast unglaubliches Treiben spielte sich in dem Ghetto ab. Mütter stillten, Hunde paarten sich, Kinder mit strähnigen Haaren und fleckigen Kleidchen befriedigten ihre Bedürfnisse. Es stank nach Mist, es stank nach Urin, es stank nach fauligem Holz und Kinderscheiße, es stank nach verdorbenem Kohl, verbranntem Fleisch, nach Hammelfett und Küchenabfällen. Inmitten des Lagers gab es eine Attraktion, der die Bewohner zustrebten. Frauen in Kopftüchern und Schürzen schoben sich zu Pulks und trotteten mit langen, schleppenden Röcken vor dem Fahrzeug her, Schals in flammenden Farben über die Schulter geworfen, Gold und Silberschmuck um Hals und Handgelenke gestreift. Angezogen wie Gecken liefen Männer in dichten Reihen zum Dorfplatz, wo eine Kapelle spielte: feuerrot die Hemden, papageiengrün die Strümpfe, mit Taschentüchern gelb und türkisch gemustert. Sie kamen an einen Sandplatz, zerwühlt, zerfurcht, übersät mit Müll, gefüllt mit gaffenden Gestalten - ein unüberschaubares Gewoge von Mensch und Tier.

„Um hier fündig zu werden, müssten wir die ganze Brut ausräuchern", knurrte Bázlik, kurbelte das Fenster herunter. „Jeden Taliban einzeln festnehmen, jeden einzeln verhören." Rasante, rhythmische Schläge der Taruk waren zu hören, gefühlsbetont und leidenschaftlich fiedelte die Geige, die Läufe orientalisch verziert. Der Bogen fetzte über die Saiten, während sie nach dem Eigentümer des weißen Mercedes, E-Klasse fragten, sie seien von der Polizei und untersuchten den Fall der aufgefundenen Sauerkraut-Leiche.

Dann geschah etwas, mit dem keiner gerechnet hatte. Wie üblich sammelte einer der Musiker Trinkgeld mit dem Mund. Er drehte sich wie eine kopflose Fliege von Gast zu Gast, Kleingeld erwartend, steuerte durch das Publikum auf den Lada, verdrehte die Augen zu einer unglaublichen Fratze und streckte das aufgerissene Maul durchs Fenster. Ausdünstungen erreichten sie von Schweiß, von Schnaps, von verrotteten Zähnen. Bázlik jedoch, der sich schnell echauffierte, packte die Fratze mit der linken Hand, schleifte den armseligen Wicht meterweit mit, durch das verduzte Volk fahrend, und stieß die Visage so wuchtig von sich, dass der Hungerleider Geld speiend zu Boden ging. Eine dumpfe Stimmung machte sich breit. Für einen Moment wich die Bande zurück aus Ehrfurcht und bassem Erstaunen. Aber im selben Augenblick spürten die Insassen, dass das Zurückweichen mehr wie ein Anlaufnehmen war, dass ihre Ehrfurcht rasch in Wut umschlug, ihr Erstaunen in Aggression. Kaum hatte das Wort *Police* die Runde gemacht, wurden sie von Betrunkenen angepflaumt, streckten Kinder die Zunge, nahmen Steine auf und drohten. Sie hatten einen Kreis gebildet, zwanzig, dreißig, vierzig Leute und zogen diesen Kreis enger und enger, sie begannen zu drücken, zu schieben, zu drängeln. Der Kommissar hielt wie ein Bannschild den Ausweis empor: „Police. Police." Doch es half nichts gegen die anrennende Brut. Sie verriegelten die Türen, drehten die Scheiben hoch, an denen immer mehr Hände klebten. Fäuste donnerten an die Fenster, halb noch aus Unwillen, halb aus Wut. Bázlik hupte, als sei er auf der Autobahn, doch die anderen fühlten sich bereits gefährdet, gefangen, warnten, wähnten sich in einer zuschnappenden Falle, als das Pack bereits Rammböcke in Stellung brachte, Unrat katapultierte. Bierdosen und Flaschen hagelten auf die Windschutzscheibe; dann, mit einem Knall zeigten sich Splitter, die radial ausgriffen und zu Tausenden den Blick trübten „Bringen Sie uns raus", schrie Ben. Kováčová kreischte hysterisch.

„Ruhig Blut!" brüllte Parik, „die sind harmlos", als auch schon Halbwüchsige, Steinschleudern in der Hand, auf die Kühlerhaube sprangen, bolzen schwere Kerle aufs Dach kletterten, Riesenradau verursachend, um auf den Eingeschlossenen herum zu trampeln, sie zu demoralisieren, ihnen zusehends durch Dellen, Mulden und Vertiefungen den schützenden Raum zu nehmen. Ben befürchtete gar, dass der ganze Aufbau nachgeben, dass er plötzlich auf sie stürzen könnte.

Keiner hätte gedacht, dass es schlimmer kommen könnte. Der Pulk geifernder Gesellen grapschte von allen Seiten nach dem kleinen, dem lächerlichen, dem winzigen Mobil, das ein Spielzeug war angesichts der Riesenkräfte, die besinnungslose Wut und Massenhysterie entfesselten, schaukelte es beliebig nach vorne und hinten, schaukelte es seitlich wie eine Barke aus Pappmaché, wobei sich flugs die Absicht herauskristallisierte, es umzuwerfen. Bei jedem Rütteln fielen die Insassen übereinander, kippten auf die abschüssige Seite, bei jedem Ruck wurden Finger, Arme, Beine verletzt, Ohren schlugen an Köpfe, Köpfe an Scheiben, Zähne schmerzten, Nasen bluteten. Die kläglich schluchzende Kováčová umfing Ben mit den Armen, krallte sich regelrecht in sein Fleisch, presste die tränennasse Wange an seine Schulter. Der Mob lärmte, wollte es den Gadžos zeigen, die Taruk feuerte die Wütenden an, mit knallharten, aufpeitschenden Schlägen, zu denen schoben sich, quetschten sich, pressten sich Leiber. wirbelten, quirrlten, rollten die Schläge, knackten die Knochen, knarzte die Federung, schrillten die Schreie der Maltraitierten. Der Rauch des Feuers drehte, raubte ihnen die Sicht, beißender Qualm drang durch Luftlöcher und Lüftungsschlitze, dass den Gefangenen schwarz wurde vor Augen. Hilflos fühlte Ben die enorme Schräglage, die sein Leben eingenommen hatte. In der höllischen Not, in der er sich befand, als die Erde schwankte und krachte, hörte er zum ersten Mal, in brillanter Schönheit, glasklar und überdeutlich, den flitzenden, den vibrierenden, den ach so jubilierenden Bogen.

O holde Eintracht

„Warum werden Menschen von dem klassischen Konzert, der in Töne übersetzten Freude, der von einem Streichorchester ausgedrückten Pein und Verzweiflung, dem artistisch dargebotenen Sterben so sehr berührt? Wieso gelingt die Verzauberung durch die Violine auch noch in einem flottierenden Auditorium, einem künstlichen, höchst artifiziellen Ambiente?" Lance blickte sie Beifall heischend an, während der Fahrstuhl nach unten zockelte, um sofort weiter zu plappern. „Warum sind wir verblüfft, erstaunt, verärgert oder begeistert, wenn wir so ein masterpiece von Joseph Fiocco hören oder von Maurice Ravel, die in verschiedenen, von der unseren doch so weit entfernten Epochen lebten? Muss man, wie ich, an der University of Colorado Musik studiert haben, muss man arrivierter Kritiker sein, um solche Schönheit zu ermessen?" In allen Lebensfragen pragmatisch zog Vanderbilt ein billiges Plastik aus dem Jackett und kämmte sich vor dem imperial dekorierten Spiegel, so dass es Peter oblag, dem Schwätzer in rhetorischen Pausen Aufmerksamkeit zu schenken.
„Wir genießen ein Glück, das – um Richard Wagners Elsa aus dem Lohengrin zu zitieren – so viele nicht kennen."
Peter fühlte in seinem Inneren ein furchtbares Durcheinander und hatte Angst, die Beherrschung zu verlieren. Er wollte sich an etwas festklammern und an irgendetwas denken, an etwas ganz am Rande Liegendes, doch das fruchtete nicht. Er lechzte danach, aus den Zügen des Mannes etwas herauszulesen, ihn zu durchschauen, aber es gelang nicht. Lance war noch relativ jung, vielleicht dreiunddreißig Jahre alt, er fragte sich, warum der gut aussehende, mit näselndem Akzent monologisierende Mensch ausgerechnet ihn bedrängte. Wenn ein Amerikaner Sprachen polyglott beherrschte, vom Wortschatz bis zur Syn-

tax, so dachte er, dann weil er sich jahrelang in der Schwulenszene von Berlin oder Paris vergnügt hat.

„Und Lorenzo, im Kaufmann von Venedig, bemerkt und warnt, man möge keinem Menschen trauen, den nicht die Eintracht süßer Töne rührt."

Die Portieren des Royal Court Theaters, im vorderen Drittel des Ozeanriesen bei den Shopping-Arkaden, sind ebenso wie Teppiche, Sessel und Bordüren des Saals rot ausgekleidet. Zugänge und abwärts führende Stufen verwandelten sich mit dem Strom der Gäste in einen Laufsteg. Die Damen inszenierten sich mit übertriebenen Tülldraperien, ausladenden Hüten, mit Seeräuber-Korsagen und robenartigen Seidengardinen. Wie er die steifen Gehröcke und Dinnerjacketts der Herren sah, fragte er sich einmal mehr, warum er Teil dieser gockelhaften Gesellschaft sein wollte - wo er sich in Markthallen am wohlsten fühlte, in denen man derb gekleidet mit bloßen Fingern aß.

Freskenartig bemalt erschien Mrs. Vanderbilt, angetan mit einer Stola, die das Cocktailkleid aufs schönste ergänzte - gerade noch rechtzeitig sei es von den an Bord befindlichen Haute Couture Schneidern angeliefert worden. „Wo ist denn nur Mister Brinkli? Nicht hier? Dabei hat er Sie den ganzen Nachmittag gesucht!" Im Gespräch mit der älteren Goldstein-Tochter, die mit helmartiger Frisur und paillettenbesetztem Glitzerstoff reüssierte, äußerte sie, dass nur perfekt pedikürte Füße das Recht hätten, in Riemchensandalen „einem Kunstgenuss wie diesem" entgegen zu schreiten.

In der Reihe vor ihnen fiel ein Jüngling auf mit weithin sichtbarem Verband um den Arm. „Giorgio Spinelli, der Hoffnungsträger des italienischen Bratschenspiels", raunte Lance, der sich neben ihn setzte, mit diskreter Bewegung der Augenbrauen. Der Künstler sei befangen in einer übersteigerten Empfindlichkeit, in einem Schockzustand. Der Ärmste, so laberte Lance, der sich Peters Ohren auf Flüsterdistanz, ja auf Kussdistanz näherte, der Ärmste habe einen bedauerlichen Unfall erlitten bei einem Picknick, das der Impressario für ihn und

handverlesene Kritiker veranstaltet habe. Nach dem Verzehr der Delikatessen sei der Meister auf der ungereinigten Wiese ausgerutscht und „ausgerechnet auf die linke Hand gefallen, die Spielhand. Für den minderen Sachverstand eines Arztes nur eine Prellung. Ja, ja. Aber stell dir einmal den Verdienstausfall vor!" meinte Lance, indem er Peter die Hand auf die Schulter legte. „Sein Nervenkostüm, ich sage dir, das ist total angeschlagen."
Plötzlich packte Peter wieder das Verlangen, alles liegen und stehen zu lassen und fortzueilen. Er lachte sogar über sich selbst, als ihn gleich darauf noch ein anderer beunruhigender Gedanke überfiel: es schien ihm auf einmal, als würde Tatjana noch leben, als würde sie nochmals zu Bewusstsein kommen. Sie konnte sich, da die Suite nicht verriegelt war, auf den Flur hinaus schleifen, nass und nackt ihn gegenüber Passanten und Sicherheitsdienst einer Straftat bezichtigen. Die aufbrechende Furcht war ihm ein Ekel. Die gespreizten Gesten der Damen waren ihm ein Ekel. Das Geraschel von Tüll und Draperien, die wichtigtuerischen Fachsimpeleien der Männer, alles miteinander war ihm ein Ekel. Er war so erfüllt von Ekel, Ekel vor der Welt und sich selbst, dass er unruhig auf dem Sessel rückte. Wie sehr hatte er das Geraune, Gedrängel und Gerangel um die Plätze satt, das Räuspern und Wispern, und als sich der Pianist vorstellte, der mit seinen lockigen Engelshaaren und dem ausgeschlagenen blütenweißen Hemd nicht anders aussah als ein Oberkellner, da wollte er aufspringen und zum Ausgang rennen.
„Das ganze Fachpublikum ist anwesend", schwadronierte Lance, ihn fortwährend mit enzyklopädischem Wissen behelligend, und wies auf betagte Honoratioren, von denen sich ein gewisser Professor Kaganovich aufrichtete und gravitätisch aufs Podium trat, um in Leben und Werk von Joseph Fiocco einzuführen.
Die Programmzettel markierten ein biographisches Datum, die Lebenszeit des Komponisten von 1703 bis 1741. Obwohl er

dies nun einerseits verstand und richtig zuordnen konnte, war Peter andererseits so verwirrt, dass er dachte „von 17 Uhr 03 bis 17 Uhr 41, da ist der Mord geschehen, aber für diese Zeit habe ich ein Alibi; ja ganz bestimmt habe ich mich auf dem Promenadendeck aufgehalten." Er überlegte, ob er selbst der Mörder sein könnte; sein Bruder hatte ihn ja auch des Mordes an Suhrkamp beschuldigt, er konnte sich auch damals nicht so genau an den Hergang erinnern; aber vielleicht hatte er Aussetzer - das Gefühl begleitete ihn schattenhaft und schon lange, dass etwas mit ihm nicht stimmen konnte. Und dann kippte sein Gedankengang und er stellte diese Wirklichkeit um ihn herum in Frage, denn alles war scheinhaft und inszeniert. Jetzt zum Beispiel erschien ein Mädchen im rosa Seidenkleidchen, das sein Haar in zwei Zöpfen trug, geziert mit rosa Schleifchen, und geigte munter drauf los. Während ihm die Ansage des Conferenciers noch im Gedächtnis haftete, verwirrten sich seine Gedanken und er dachte, „ich muss die Leiche in Allegro verschwinden lassen". Peter blickte sich um, sah in die Augen des alten Isaak Goldstein, der ihn eingeladen hatte, auch die perlenbehängte Gattin schaute ihn forschend an. Er riss sich zusammen und überlegte, dass es reichlich schräg und irgendwie falsch klang, was das Wunderkind preisgab, nickte aber anerkennend seinen Gastgebern zu, ungeduldig darauf wartend, dass das Gefiedel zu Ende gehe. Da tauchte unmittelbar vor seinen Augen der Körper Suhrkamps auf, so als ob das Fass seltsam leicht durch eine Drift vom Meeresboden an die Oberfläche getragen würde, er sah es aufsteigen mit geöffnetem Deckel, Sauerkraut bedeckte wie Seetang den kahlen Schädel, die Augen öffneten sich, aber mit diesem sehnsüchtig gebrochenen Schimmer im Blick, den Suhrkamp am Ende hatte, die Lippen bewegten sich, so dass Luftblasen nach oben blubberten, als sagte er: ich komme wieder, ich komme wieder. Gepeinigt rutschte Peter hin und her, während der Geigenbogen des Wunderkindes weiterhin über die Saiten strich und Töne aus dem Instrument presste, die mit den Luftblasen nach oben stiegen und ihn verzögert und gedämpft erreichten. Ungläubig schüttelte er den Kopf, um seine Präsenz im Saal wiederzufinden, da überkam ihn eine heiße, widerliche und bizarre Wut gegenüber seinem Schöpfer, der ihn von einer Misere in die nächste bugsierte, während er andere immerwährend bevorteilte, so wie dieses puppenhafte Mädchen, das schon im Alter von acht Jahren bewundert wurde und jede Menge Geld verdiente. Die Wut wuchs weiter in ihm, der Wunsch vergrößerte sich, auf die Bühne zu stürzen, mit bloßen Händen diesen schlanken Kinderhals zu umfassen und so lange zu würgen, bis alle Anwesenden, angefangen von den arroganten Goldstein-Eltern bis hin zu dem reichen Pack in den Logen, eingesehen hätten, dass ihm, Peter Tischler, Unrecht widerfahren war ein Leben lang.

„Da sieh mal, ich wusste es: eine Geige von Gaiano." Diesmal spürte er die weiche, warme Hand von Lance auf seinem Knie. Sie zog sich Gott sei Dank, als der Bogen neuerdings krächzte und kratzte, zurück. Bei den folgenden durchaus schwungvollen Passagen zitterten die Köpfe der Honoratioren vor ihm, als hätten sie Parkinson, zeigten ein ganz und gar überflüssiges Tappen mit Händen und Füßen, zumal die Töne seiner Meinung nach eine viertel Note zu hoch ansetzten. Nicht dass er vielleicht überreizt war, aber es verlieh dem Klang des Instrumentes etwas Schrilles, das ihn schier zum Wahnsinn trieb. Er blickte sich um. Nun schien es, als hätte die Dame hinter ihm einen schwarzen Flaum unter der Nase, einen Oberlippenbart. Ihre Arme dünkten ihm, vielleicht aufgrund des Lichteinfalls, unten knochig, oben muskulös, an der Linken baumelte eine dominante Handtasche. Der Verschluss: ein golden leuchtender Skarabäus. Auch die übergroßen Füße, durch einen extra Spot beleuchtet, fielen ihm auf, da sie ausgerechnet in Riemchensandalen steckten und weiland garstige, gelblich verfärbte Fußnägel demonstrierten.

Wenn ich diese Tat begangen habe wegen des Geldes, und nicht in einem Anfall von Irrsinn, warum habe ich dann nicht sofort die Handtasche durchstöbert und das Geld kassiert? Nun, gestand er sich, das habe er ja auch getan, nur ein wenig später, als er ihre Kleider ins Wasser warf, zusammen mit der Schuhbibliothek. War dies allein schon ein stichhaltiges Argument gegen ihn, ein Beweis, dass er der Täter war?

Traue keinem Menschen, den nicht die Eintracht süßer Töne rührt!

Er schlief nicht, nein. Er befand sich in einer Art rasendem Dämmerzustand. Teile der Leichenbilder mischten sich, Suhrkamp schob sich über Tatjana, als lägen die Toten vereint beieinander. Bruchstücke des Erlebten mischten sich mit fiebrigen und traumhaften Einbildungen. Er sah die beiden im blutrot sich färbenden Wasser, tollend in missionarischer Stellung und koitalem Genuss, während sich dem Zimmer 1019 ein Kellner näherte. Er trug die Livree des Pianisten und eine Flasche Sekt auf dem Servierteller, klopfte, und stieß auf die unverschlossene Tür. Nein, es war nicht der Pianist. Jeder x-Beliebige konnte es sein; es war nur eine Frage der Zeit, bis man die Leiche entdeckte. Und was geschah dann mit ihm? Würde man ihn vor aller Augen verhaften, hier im Royal Court Theater, ihn demütigen, fesseln und prügeln? Das düstere Gefühl endloser Einsamkeit und Entfremdung brandete unversehens an sein Herz. Wieder erreichten ihn Töne, Fragmente vertikal aufsteigender Melodiebögen von hoher Prägnanz, dissonant und scharf, als ob sie einen Längsschnitt durch die Ohren planten.
Dann, o Taumel der Tremoli, war ihm, als schlüge man einen Nagel ins Gehirn. Ein obskurer Gedanke drängte sich ihm auf; sogleich aufzustehen, ans Mikrofon zu treten und dem Publikum zu erzählen, was in seinem Appartement geschehen war; gemeinsam mit Professor Kaganovich und dem Impresario, der durch einen Zwirbelbart beeindruckte, das Badezimmer zu begehen, die Leiche in Augenschein zu nehmen, und alles zu gestehen. Diese Absicht war so stark, dass er schon aufstand,

um sie wahr zu machen, doch gleich darauf sprang auch Lance auf, alle seine Nachbarn erhoben sich, um zu klatschen. Das verzückte Publikum entblödete sich nicht zu rufen: prächtig, diese sachverständige Emotionalität, wundervoll, diese ausgereifte Technik, fantastisch, diese Emphase. Der Applaus toste auf und er nutzte den Wechsel im Programm, seinem Nachbarn mitzuteilen, er fühle sich seekrank, er werde im Waschraum eine Tablette zu sich nehmen. Der schwarz befrackte Conferencier kündigte jetzt das Stück „Tzigane" von Maurice Ravel an, und ein anderer Virtuose schritt erhobenen Hauptes zum Pult, stimmte die Saiten ein, ein Bursche mit schwarzem gegelten Haar, dessen Gebärden von großem Ernst und Entschlusskraft zeugten. Kaum setzte er an zu einem ersten, aufwühlendem Anstrich, fegte kalter Wind die Notenblätter von Ständer und Stützleiste, ließ sie in Wirbeln nach oben kreisen. Peter hatte sich durch die in Ovationen ausgebrochene Menge gekämpft – zu diesem Zeitpunkt stieß er die doppeltürige Pforte im Bühnenbereich auf. In unerträglicher Spannung ließ er das Auditorium hinter sich, raste zehn Treppen hoch auf das zweitoberste Deck, ohne dass sich die verrückten Ausbrüche des Violinisten in seinen grotesk geweiteten Gehörgängen verloren. Ächzend, beißend, schmachtend und im Diskant fetzte der Bogen, schliff die Töne herauf, herab, trillernd und tremolierend, und nun, da er im höchsten Flur weilte, schienen diese Saiten zu flüstern wie Stimmen, diabolisch heiser, um gleich darauf in Schluchzen auszubrechen, in dramatisches Anschwellen der Dynamik, hektische Läufe vom Zaun brechend, und anschließend, o Glissando der Nerven, wieder abzustürzen in weinerliche Klage, in das tiefste, deprimierteste Schweigen. Er war fast ohne Besinnung; je weiter er ging, desto schlimmer wurde es. Er entsann sich jedoch, wie er plötzlich, als er in die zwölfte Etage gelangt war, darüber erschrak, dass hier so wenig Leute waren, und dass er einen besonderen Grund gehabt hatte, wie ein Irrer nach oben zu wetzen. Aber Peter hatte die Fähigkeit, über irgendetwas nachzudenken, schon in hohem

Maße eingebüßt; so brauchte er eine Weile, um zu realisieren, dass er wie festgewurzelt vor dem Büro des Sicherheitsdienstes stand. Aber es war niemand anwesend.
„Ha, ich werde mich denen doch nicht ans Messer liefern" dachte er grimmig. Und dann lachte er, lachte laut vor sich hin. Der Triumph der Selbsterhaltung, aus einer fürchterlichen Gefahr errettet zu sein – das erfüllte jetzt sein ganzes Wesen. Es war eine Minute rein animalischer Freude darüber, dass er sich niemandem, vor allem nicht der Polizei offenbart hatte, und er schlenderte ein wenig ins Freie. Die Liegestühle, die man in der Nähe des Pools aufgestellt hatte, waren leer. Die blau-weiß gestreifte Hollywoodschaukel wiegte sich im rauen Wind, der ein dreigestrichenes C, ein kaum hörbares Flageolett hauchte.
„Also bin ich doch nicht ganz von Sinnen; also funktioniert mein Denkvermögen noch", dachte er frohlockend.
Unerwartet stach ihn ein Pizzicato mit tausend spitzen Stichen. Er fürchtete, dass er verfolgt würde; fürchtete, dass in einer halben Stunde, vielleicht schon in einer Viertelstunde die Weisung erging, ihn auszukundschaften, daher musste er um jeden Preis alle Spuren beseitigen. Er musste damit fertig werden, solange er irgendwie bei Kräften war, und noch einen Rest von Denkvermögen besaß. Schreiend jagte ihn der Bogen über das Deck, betrillerten ihn allerschnellste Sechzehntel-Salven, den ganzen gellenden Tonumfang auskostend. Er kehrte um in Richtung Treppe als zwar nicht der Kapitän, aber der zweite oder dritte Offizier vor ihm stand, mit flatterndem Mantel, er hatte einen Spaziergang unternommen, so wie viele andere, die um diese Zeit noch unterwegs waren, so wie er selbst, Arnulf Liedl von Suite 1019. Und schon überlegte er, warum er Tatjana eigentlich an Bord herumschleppen wollte, nein, das wäre zu gefährlich und brächte gar nichts ein. Dort in der Tiefe glitzerte schäumend das Meer.
Ihm war, als könne er die schrillen und schauderhaften Bogenläufe hören, als er das Fenster zum Balkon öffnete und die kalte Nacht ins Zimmer ließ, als er den nackten Frauenkörper aus

der Wanne wuchtete, der ihm bis vor kurzem noch so viel Lust bereitet hatte, ihn quer durchs Zimmer schleifte, hin zur Brüstung. Er überlegte sich, dass er die Tote weit von der Außenwand weg schleudern musste, damit sie nirgendwo aufprallte oder gar auf dem Promenadendeck liegen blieb. Im Nachhinein war es ein Glück, dass sie nicht eine der noch weiter oben gelegenen Suiten genommen hatten. Obwohl er entsprechend Schwung holte, knallte sie fünfzehn Meter weiter unten mit dem Kopf gegen einen Außenscheinwerfer. Das massive Gerät wurde, wie er sich später überzeugen konnte, nicht in Mitleidenschaft gezogen und nur ein leises Tocken war zu hören, so dumpf und unbedeutend, dass es keinerlei Aufsehen erregte. Der Körper platschte in die schwarzen, aufgeschäumten Wasser des Atlantiks. Das Schiff mit seinen Lichtern und Geräuschen, vom Klirren der Sektgläser bis hin zum Rotieren der Schrauben, entfernte sich, es blieb das ewige Auf und Ab der Wellen, die über den Leichnam hinwegschwappten und die bleiche Schönheit in die Tiefe rissen. Das Geigenspiel verhallte wie ein hohler, tönerner Traum.

Wunder und Chimären

Die Ereignisse fielen nicht exakt zusammen; dennoch werden in der Gegenwart immer wieder Verbindungen gezogen und Vermutungen angestellt, dass sie miteinander korrespondiert hätten: hier ein Personenwagen in Schräglage, dort die Bordkapelle der Queen Mary2. Karg die Bänke, schlicht der vom Kachelboden abgehobene Altar, schmückt die Front eine emaillierte Marien-Ikone – eingerichtet für Passagiere mit orthodoxer Glaubensrichtung. An den Spekulationen um die Ereignisse kann und will sich der Autor nicht beteiligen. Nur so viel soll bei der Rekonstruktion mitgeteilt werden, dass die besondere Situation der Gerichtsmedizin in Poprad für den Fortgang mindestens eine ebenso entscheidende Rolle spielt.

Der fragile Moment, als die Karre stabil steht: Bázlik, der so wenig durch die Scheiben wahrnimmt wie die übrigen Insassen, drückt auf das Gaspedal. Die Räder greifen, das Fahrzeug macht einen Satz nach vorne, in die Menschenmenge hinein, um gleich darauf zu schwimmen als sei ein Reifen links vorne geplatzt. Kováčová schreit hysterisch: Pomóc, chcú nás zabiť - „Hilfe, die lynchen uns!" Der Rauch verzieht sich, die Zigeuner stehen entsetzt, versteinert. Taruk, Geige und Akkordeon haben abgebrochen. Stumme Gesten folgen als erstes, eine Frau schlägt die Hände über den Kopf, eine andere sackt zusammen. „O Teufel! Wir haben ein Kind überfahren!" flucht Ben, der den Verschlag aufstößt. Ein Mädchen mit pechschwarzem struppigem Haar, sichtbar mit Kopf und Oberkörper, liegt hinter dem Vorderreifen. Er bedeutet Bázlik, im Wagen zu bleiben, während der alte Kommissar um den Kühler läuft; die Kleine, ungefähr so alt wie Jamina, trägt ein beschmutztes Sommerkleid, wirkt zierlich, wirkt wie eine zerbrochene Feder. Niemand wirft Steine, keiner stürzt sich auf ihn, die Aggressivität der Zigeuner hat sich aufgelöst wie eine Fata Morgana. Greifbar sind Bestürzung und Trauer, greifbar ist erwartungsvolle Stille, auch wenn Bázlik später behaupten wird, alles sei ein Trick gewesen, um Geld aus ihnen herauszupressen. Verschreckt der Beauftragte des Büros für Minderheiten, der sich, die Türen verriegelnd, hinter der Scheibe verschanzt. Ben berührt das Mädchen, an dem kein Puls feststellbar ist; er zieht den leblosen Körper unter dem Fahrgestell vor, federleicht ist er, nimmt ihn auf die Arme. Ihre Züge sind bis auf die Knochen ausgehöhlt, die Haut hat einen Stich ins Aschfarbene.

„Einen Arzt!" ruft Čertik.

Die Frauen wie eine Klagemauer, sie schreien: „Mörder! Dafür werdet ihr bezahlen!"

„Wo sind die Eltern? Wohin mit ihr?" fragt Ben in Deutsch und Englisch, und der Kommissar übersetzt. Die Leute weisen auf eine Behausung zwischen den Felsen, dort sieht man einen Schuppen, ausgebessert mit Plastik- und Holzteilen. Jemand wartet dort im abgenutzten Mantel, einen schäbigen Filzhut aufgesetzt, und spukt Tabak auf die Erde. Ein Zug von Neugierigen heftet sich an Bens Fersen. Čertik weist die anderen an, im PKW zu bleiben, den Arzt von Krompachy zu bestellen, die Polizei von Poprad; dann läuft er hinterher, umschwärmt von einer äffisch anmutenden Horde von Frauen und Kindern, die ungeniert betteln, zugleich sich kratzen und nach Läusen suchen. Sobald er einem Kind eine Münze gibt, werden sie zudringlich, zupfen an den Kleidern, fahren mit den Händen in seine Taschen. Der Mann, den sie Kako nennen, hat lange Haare, die ihm wie eine schwarze Löwenmähne über die Schultern fallen und mit Galle durchsetzte wilde Augen. Unter dem offenen Mantel sieht man Pluderhosen, ein mit Silberfäden durchzogenes Hemd, die bestickte Weste, in deren Knopfloch eine Tonpfeife klemmt. In seinem Blick liegt die lauernde Genauigkeit der Betrunkenen.

„Gib alles, was du entbehren kannst", fordert der Kakus radebrechend; er fordert es herrisch, mit einer tiefen, heiseren Stimme, und hält die Hand hin. Ben schlägt ein, ohne zu denken. Bei der Berührung durchrinnt ihn ein elektrischer Schlag, nicht schmerzhaft, aber spürbar. Als der Hexer den Mantel abstreift, sieht Ben, dass die Ärmel von Kautabak rötlich verschmutzt sind. Mit einem Stab zieht er den Bannkreis auf die Erde, murmelt das eine oder andere Roma-Wort; er bedeutet ihm, Abstand zu nehmen; die Sphäre, die für andere Menschen gewöhnlich Luft bleibe, werde sich für Eingeweihte mit Geistern füllen, so dicht werde sie wie Gelatine. Ben schüttelt ungläubig den Kopf, rührt sich nicht; er dreht den Ring an seinem Finger. Der Kakus lacht verächtlich und bläst die zahnlosen Backen auf; dann legen sie das Mädchen auf ein Brett, das für Leichen bestimmt ist. Er entkleidet es, während ein Helfer davoneilt. Gepackt an den Klauen bringt er einen Hahn, zusammen mit dem Schlachtmesser. Nun murmelt der Hexer ein Gebet und zieht die Klinge quer durch den Hals des Tieres, dass sich fingerdick ein Strahl Blut über das Kind ergießt.

Wie von Geisterhand geöffnet: die Pforte der schwimmenden Kapelle. Der Besucher mit tief zerfurchtem Gesicht betritt den ökumenischen Sakralraum, in dem silberne Weihrauchgefäße und Petroleumleuchter von der Decke hängen, schlürft mit gefalteten Händen über den Läufer, fällt schwer neben einen der winzigen Holzstühle, seufzt, schlägt verkehrt das Kreuzzeichen, fällt in fiebriges, halblautes Gebet, das sofort wieder abbricht. Er denkt, sein Bruder Jay habe eine Nachricht an Tatjana geschickt, Jay sei in geheimer Verbindung mit ihr von Anfang an gewesen, und habe die Ermordung Suhrkamps geplant; gleich darauf vernebeln sich die Sinne, er sieht Szenen der Teilung des Leibes des über alles geliebten Kameraden Suhrkamp, fühlt die Axt in der Hand und ist überzeugt, ihn selbst getötet zu haben. „Ich wünsche dir Glück, denn du bist tot" jammert er. „Du warst ein guter, anständiger Mensch, mein bester

Freund." Nun sieht er sich wieder in Kapustas Garage stehen, das durch das Beil abgetrennten Unterbein in der Hand, ohne zu wissen, wohin mit der haarigen Reliquie. Gerne würde er alles rückgängig machen, so dass er den Herren inbrünstig anfleht, den Erben auferstehen zu lassen, eine Auferstehung zu injizieren, wie sie doch auch dem Lazarus oder Jesus zuteil geworden und es nur ein Kunststückchen für einen so mächtigen Gott sei. So innig ist sein Gebet, dass er den Popen vergisst, der wie fossiliert im Chorgestühl sitzt. Nur die winzige Streckung von Finger und Daumen, mit der eine Perlenkette gleitet, signalisiert, dass der Priester am Leben ist. Ohne erkennbaren Anlass treten Besucher vor ihn, verteilen sich, küssen die auf der Ikone abgebildete, mit fettem Nimbus versehene Figur, ziehen Kerzen aus dem Vorrat, entzünden sie auf einem der goldverzierten Blechgestelle. Zum Leben erwacht singt der Geistliche eine anrührende Form der Liturgie. Es klingt so dünn und weinerlich, als wolle er sich am liebsten hinter die Ikonostase zurückziehen. Zum Zeichen der Wandlung von Brot und Wein klingelt er mit einem Glöckchen. In dicken Schwaden zieht der Weihrauch über die Gläubigen, die beten oder singen, während einer der Anwesenden die Kontrolle verliert.

Der Zigeuner, sieh da, versucht sein aussichtsloses Zauberwerk, streut Alraunen, wirft Fledermausflügel und Schlangenknochen. „Das sind Schweif- und Mähnenhaare vom flinksten Zigeunerpferd", wiederholt der Kommissar später, als ob sich die Formeln in sein Gedächtnis eingebrannt hätten und Kováčová übersetzt es. „Ein eisernes Schräubchen von einem Auto, das dahin rast in wilder Eile und doch nicht ankommen wird. Ein Hasenpfötchen. Angstvoll und flüchtig ist der Hase, aber seine Schnelligkeit wird ihm nicht helfen. Der Zahn eines bissigen Hundes, frisch ausgebrochen und scharf, er wird plötzlich zupacken, zerreißen."

Tatsächlich, da liegt ein Flirren in der Luft.

Ohne sich dessen bewusst zu sein, rutscht Peter grimassierend auf den Knien nach vorne, vorbei an den Bänken, hin zum Altarbereich, Votivtafeln im Gedächtnis, auf denen geschrieben steht „Maria hat geholfen!" Sein heulender Gesang erregt die Bewunderung der Kirchengäste, sie nehmen es für fundamentalistische Leidenschaft, wenn er sich der Länge nach vor die 90 Zentimeter breite und 1,10 Meter hohe Ikone legt, die Stirn an den Boden drückt. „Ich bin nichts anderes als ein Pilger, der den weiten Weg von München gemacht hat, um zu dir zu kommen, gebenedeite Mutter. Wenn es Rettung gibt, dann durch dich, heilige Maria, die du seit zwei Jahrtausenden die Kranken heilst, die du die Notleidenden rettest, sogar zur Selbstgeißelung bin ich bereit, aber hilf mir, deinem treuen Paladin, errette mich.

Dieser Lärm weckt ja Tote auf!

Ein Instrument fällt in Poprad vom Operationstisch, es knallt. Suhrkamp schlägt die Augen auf, die rehbraunen, überlegt, wo er sich befindet, wie er in diesen Raum gelangte, warum er nackt ist. Dann empfindet er eine einzige Leere. Der Schmerz, den er zeitlebens empfunden hat, ist wie ein Zündholz heruntergebrannt und erloschen. Er entsinnt sich aus seiner Kindheit eines ähnlichen Zustandes. Wenn er damals eines Kummers wegen, der ihm riesenhaft und unheilbar erschien, lange Zeit weinte, war das Reservoir, aus dem der Schmerz floss, leer geworden. Jedes Gefühl ist dazu bestimmt, abzusterben, und so ist es mit dem Gefühl für das Leben selbst, seiner vitalen Grundlage, und er fragt sich, ob er mit einer solchen Leere weiterleben könne. Die Trauer, die ihn ausgefüllt hat, ist empfindungslos, der Schmerz kalt.

Eine optische Täuschung, dass sich der Körper bewegt.

„Versteh doch, Blachernitissa, das ich mit dieser meiner freundschaftlichen Einstellung zu dem Verunglückten – dem Necken, Lachen, kindlichen Gescherze, dem fortwährenden Teilen Minze haltiger Erfrischungen – weder Mordwaffe, noch Blut, verbrecherische Heimtücke oder Raub vereinbaren kann. Ausgerechnet ich, der ich das unschuldigste und harmloseste Lämmchen bin, das auf hoher See herum blökt, soll Tatjana, dieses verkommene Luder, auf dem Gewissen haben, deine irdische Artgenossin. Das hat sicherlich mein Bruder Jay eingefädelt, dieses hinterhältige Schwein, der so beschränkt und egoistisch ist, dass er meint, jeden Luxus dieser Erde zu besitzen, solange er mich weidlich ausnützt und übervorteilt. Du musst es nicht verraten, aller heiligste Gottesgebärerin, weil du dem Beichtgeheimnis unterliegst, aber vielleicht kannst du mir, einem Gladiator des Leidens, einen klitzekleinen Hinweis geben, wie er es fertiggebracht hat. Warum ich mich nicht stelle, fragst du? Wie kannst du so scheinheilig fragen, ausgerechnet du, wenn du doch die Natur unserer Gerichte kennst, die Mühlen der Jurisprudenz, die vor allem widrige Umstände prüft, die ungünstigsten Indizien auswertet, und nie und nimmer die einzig wichtige Tatsache prüft, die psychologische Unmöglichkeit nämlich, dass ich, Peter Tischler, zu einem Mord fähig bin. Und wenn ich betrogen haben sollte, dann nur, weil ich wie alle Welt rasch und mühelos reich werden will. Ist das Sünde? Gütigste Gesalbte! Allein der bloße Umstand, dass ich mich von einem gewissen Lebensgefühl angezogen fühlte, bei dem man aus dem vollen schöpft, bei dem die Leute konsumieren, was ihnen vorgesetzt wird, rein aus Mangel an Phantasie ..."

Der Patriarch hüllt den Kopf des lauthals lamentierenden, auf den Kachelboden hingestreckten Mannes in seinen insignienbestickten Schal, legt ihm die Hände auf, eine Zeremonie, die den Zerknirrten beschwichtigen, die ihm mitteilen soll, dass

noch Hoffnung in Jesus Christus sei, da fixiert ihn der Unglückliche mit irren Augen.
„O je, das jüngste Gericht. Das ist brutal - die reine Apokalypse."
„Was bedrückt dich, mein Sohn?" fragt der Patriarch auf Russisch.
„Ich bin ein Wurm, weniger noch, ein Staubkorn, das vor Euch liegt und Euer Gnaden um Milde bittet. Euer Ehren, ich bitte Sie, verschonen Sie mich, verschwinden Sie, lassen Sie mich in Frieden. - Alles, um was ich die Mutter Gottes bitte, ist ein Wunder!"
Und es geschieht, dass der haarige Schopf des Geistlichen – flankiert von den Aposteln Thomas und Andreas, von den Kirchenvätern Basileos und Johannes Chrisostomos und den Abbildungen für Alpha und Omega - im flackernden Licht demjenigen Suhrkamps gleicht, als er mit Sauerkraut behangen im Fässchen weilte. „O ich Wurm" klagt Peter, „ich bin schuld an deinem Tod; ein Irrtum; ein schreckliches Versehen, das nur durch deine Erweckung aus der Welt geschafft werden kann". Ist es, dass sich der Verstorbene erbarmt oder ihn die Suade langweilt, er bedeutet dem Verzweifelten, dem Hadernden, dem unentwegt Klagenden, er wolle nicht leben; keinesfalls wünsche er eine Erweckung; nein, das sei das letzte, was man ihm zumuten dürfe, nur das nicht. Von daher solle der Trottel endlich aufhören zu beten und die wundertätige Ikone in Ruhe lassen; nun aber, zum Abschied, öffnet und schließt der Gerufene langsam die Lippen, dunkel murmelt er: vergiss mich / du musst jetzt alleine reisen.
„Ich spüre die Geister der Verstorbenen. Sie werden deine Energien fressen, Borowiak."

Die rätselhafte Wiederauferstehung des Arnulf Liedl, so wird es der Prosektor erklären, der sich einerseits dem Nationalgefühl, andererseits der Wissenschaft verpflichtet fühlt, sei auf das Einströmen von Myriaden allerfeinster, nur unter dem

Mikroskop sichtbarer Sauerkrautmoleküle zurückzuführen. Die pure Präsenz des Mittels wirke daher wie ein Katalysator bei der Resurrektion. Bereits 100 Gramm enthielten mehr als die erforderliche Tagesration an lebenserhaltenden Stoffen. Hier habe man es mit schätzungsweise 50 Kilogramm fruchtbarster Nährlauge zu tun, so die Ex-Post Analyse. Durch Osmose sei es zu einer fortwährenden Anreicherung gekommen, so dass sich, durch die besondere Lagerung der Organe im Fass, ein Konzentrat mit dem approximativ 250fachen der vertretbaren Dosis gebildet habe. Darunter seien Spurenelemente, die man in dieser Kombination und Stärke nur im Sauerkraut finde! Der stark leuchtende, ja überirdische Ausdruck der Augen rühre beispielsweise von dem übermäßig vorhandenen Phosphor. Und dann der Vitamin C-Gehalt! Derartig hoch sei er, dass der Tod nur wie ein leichter Schlaf daherkomme. Ein besonderes Ereignis genüge, damit besonders überlebensfähige Systeme - Reflexe etwa, oder vom zentralen Nervensystem gesteuerte Automatismen - nochmalig reagieren und könnte also durchaus den Körper wecken, indem es stark in die Muskelfasern eingeprägte Reizmuster aktiviere, und es zu geläufigen, wenn auch nicht sinnvollen Abläufen komme. „Dazu die rein mechanische Seite. Sie wissen, dass Sauerkraut Gasdruck verursacht..."
Kurzum, so erklärte Crăciun Chetan, der verantwortliche Major der Polizeistation, dem das Gespräch mit dem deutschen Kriminalisten peinlich schien, man habe die Leiche nach längerer Suche in ihrem Fach im Stahlschrank entdeckt. „Ja" erzählt der Mediziner, „der linke Brustkorb war entfleischt, die Rippen bloßgelegt, ich habe mit eigenen Augen gesehen, wie er trotz dieser Blessuren vom Operationsgestell kletterte und auf den Stumpen davon gekrochen ist - langsam wie in Zeitlupe, nicht ohne eine Schleimspur zu hinterlassen. Ohne die Fährte hätten wir den Ausreißer nie gefunden."

Was das Mädchen anbelangt ...

Der Prosektor in Poprad behauptete, das Waisenkind müsse zwölf Stunden zuvor gestorben sein, vermutlich an einer Typhus-Infektion. Quetschungen und Brüche seien dem Mädchen eindeutig nachträglich zugefügt worden und keinesfalls ursächlich für den Tod. Ebenso wenig sehe er einen Zusammenhang zwischen dem Brand der Chatka und dem Sauerkrautmord. Der sei, angesichts der konservierenden Wirkung des Krautes, vor mindestens 4 Wochen geschehen, ohne die Einwirkung eines Betäubungsmittels. Ben erfuhr allerdings von anderer Seite, dass der forensische Spezialist im Geruch stand, Alkoholiker zu sein. Wie gesagt, die Unmöglichkeit, dass die Ereignisse gleichzeitig stattfanden, kam zu dem Umstand, dass an keinem der verdächtigen Fahrzeuge Lackspuren gefunden wurden oder sich der grundsätzliche Verdacht gegen die Zigeuner sonst wie erhärtete, so dass das Interesse an ihnen schnell nachließ.

Dritter Teil

New York, New York

Als Peter am Morgen in unruhigen Halbschlaf fiel, stiegen Bilder auf, in denen, wie immer in solchen Momenten, Traum und Erinnerung eine nicht mehr zu trennende Legierung bilden. Tatjana lehnte gegen einen gemauerten Kamin, in aufreizender Pose. Sie trug ein gepunktetes, nur bis zu den Oberschenkeln reichendes Baby-doll. Ihre Lippen waren so stark geschminkt, dass er auch im Traum nicht erfasste, ob sie lächelte, ernst oder aggressiv war. Der halbgeöffnete Mund zeigte die Lücken zwischen den Zähnen. Die Details im Hintergrund entstammten der Chatka in Keźmarok. Wie ein Foto glänzte das Bild, gestochen scharf, zog unter dem Eindruck großer Hitze Blasen, die sich mit roter Flüssigkeit füllten, und schmolz dahin. Peter erwachte in übler Laune und studierte akribisch das golden leuchtende Paradigma der Raufasertapete; in Vierecke gegliedert umfing es Zentimeter hohe Quadrate, die sich durch ihre Linienführung dreidimensional zu erheben schienen; erst nach zehn Minuten wagte er, sich in das Zimmer zu drehen. Ein heller Sonnenfleck ruhte auf dem Bettgefieder; Blut war nirgendwo auszumachen. Doch gerade als er sich abwenden wollte, erblickte er auf dem Berber einen dunklen Punkt, den fliegende Teppichwolle fast verdeckte. Da wäre es also. Niemand, der nichts davon wusste, würde den Sprenkel für Blut halten. Es schaute aus, als hätte jemand dort vor kurzem ein Glas Rotwein verschüttet.
Trotz der Entfernung zur Küste kündigten das Brummen eines Motorbootes und zunehmender Schiffsverkehr den Hafen von New York an. Man sah Gepäckstücke in den Fluren und es gab wesentlich mehr Geräusche vor den Appartements als sonst. Die Masse der Menschen freilich stand an der Reling, um sich die Passage vorbei an der Freiheitsstatue und das Einlaufen ins Hafenbecken nicht entgehen zu lassen. Keinesfalls wollte Peter

Fragen nach Tatjana beantworten; er lief über eine wenig frequentierte Treppe ins Britannia Restaurant, wo er abgeschirmt durch ein Gemälde Platz nahm – ein Original von Tintoretto, das die Plünderung Konstantinopels darstellte. Der stark mit Estragon gewürzte Kebab war dem Starkoch Daniel Boulud, dessen gezirkelte Aktionen man live auf einer Leinwand verfolgen konnte, leider verbrannt. Appetitlos starrte er auf das schicke Tafelgeschirr, das der Name des Küchenmeisters zierte. Die Serviette, die er benutzt hatte, lag darüber. Das weiche Papier sog den Saucenrest auf. Hellgrüne Flecken bildeten sich, die schnell größer wurden, und er beobachtete ihr Wachstum stumpfsinnig, gleichgültig für alles, was um ihn herum geschah. Eine alte Dame hatte sich gegenüber gesetzt. Sie beugte sich über ihren Kuchenteller, so dass er an ihrem Scheitel die bleiche Kopfhaut studieren konnte.

„Und - hat er Sie gefunden?"

„Wie bitte? Was meinen Sie?"

Peter ärgerte sich, ausgerechnet hier angesprochen zu werden.

„Herr Brinkli. Er hat Sie überall gesucht."

„Sicher wegen des Buches."

„Aber nein." Die Dame, vollständig in weiß gekleidet, beugte sich zu ihm und flüsterte verschwörerisch: „Er hat einen Fisch an Land gezogen."

„Angelt er denn?"

Sie nickte bedeutungsvoll.

„Eine Finanzierung!"

„Ach ja?"

„Er meinte, Sie seien Regisseur?"

„Wir haben über berufliche Dinge gesprochen, das stimmt."

„Der amerikanische Ölbaron ist bereit, eine Million Dollar in ihr Projekt zu investieren."

„Das ist ja phantastisch", sagte Peter ohne jede Begeisterung. Nun, wo es ein Gebot der Stunde war, die Rolle des Arnulf Liedl abzulegen, sollte sich ein lukratives Geschäft anbahnen.

Was für eine Ironie des Schicksals. Er stocherte lustlos in den bereits aufgegebenen Fleisch- und Fladenbrocken.

„Was ist los? Haben Sie kein Interesse?" fragte die Dame neugierig.

„Wissen Sie, solche Unternehmungen sind mit Fisimatenten verbunden ..."

„Ist das nicht die Chance, groß herauszukommen? Mich geht es ja nichts an, aber mein verstorbener Mann, der ein Möbelhaus in Freiburg managte ..."

„War er erfolgreich?"

„Mitnichten! Der Trottel hat alles verplempert - mit Immobilien in den Neuen Bundesländern. Und das Beste: es war *mein* Vermögen!"

Sie nickte bedeutungsvoll. „Eine ziemlich abenteuerliche Geschichte, nicht wahr?"

„Soll das heißen, dass ich ein Langeweiler bin?" fragte er, unvermittelt aufbrausend, dämpfte aber gleich den Ton, wilde Blicke zur Seite werfend. Dem Kreuzer näherte sich gerade eine Barkasse der Küstenwache. Besucher des Restaurants drängten sich neben sie und kommentierten das Anlegemanöver. Die Anwesenheit anderer ignorierend raunte er halblaut: „Vielleicht hat die Alte recht. Einmal angenommen, rein hypothetisch ..." Er erhob sich. „Auf das bisschen Risiko kommt es auch nicht mehr an." Ohne sich um seine Gesprächspartnerin zu kümmern preschte er in Richtung Ausgang.

An den Aufzügen hatte sich eine Schlange gebildet. Man erging sich in Allgemeinplätzen, um die Peinlichkeit plötzlicher Nähe zu überspielen. Ein gemütlicher Herr im Berchtesgadener Jäckchen mutmaßte, man suche einen blinden Passagier. „Nein", entgegnete ein weißhaariger Grandseigneur, „ich habe es von einem Bediensteten, dass ein Hochstapler an Bord ist. Ein hochkarätiger!" Niemand sprach, als der Lift losfuhr. Stockwerk für Stockwerk stiegen Leute zu, verstummten und hielten den Atem an.

Endlich stoppten sie auf Deck 9. Die Suite von Brinkli lag in der Mitte des Flures, zwanzig Zimmer entfernt. Der Flur mochte zweihundert Meter lang sein – er fühlte am anderen Ende eine gewisse Aufregung, die er damit erklärte, dass man Long Island sichtete. Allmählich formierte sich eine Gruppe dunkel gekleideter Männer mit Mützen, die auf ihn zurollte, die Aufmerksamkeit aller auf sich ziehend.

Ein Alptraum, den er später immer wieder träumen wird. Es dämmert ihm, dass die Uniformierten der Küstenwache eingetroffen sind, um *ihn* zu suchen. Mein Gott! Jetzt ist klar, dass alles auf ihn deutet, ihn persönlich, dass sie ihn persönlich suchen.

Während sich sein Schritt verlangsamt, steigern die Polizisten das Tempo. Vier Leute sind es, die auf ihn zustürzen, er sieht wie zwei von ihnen zum Pistolenhalfter greifen. Was nützt in solchen Situationen eine Waffe? Selbst das Messer, wenn es denn zur Verfügung stünde, was könnte es helfen? Vorne rechts kommt das Zimmer von Brinkli. Nummer 9033. Er ist wie gelähmt vor Angst, unfähig eine Entscheidung zu treffen. „Die amerikanischen Bullen sind für ihre Härte bekannt", denkt er. „Wenn sie mich nur nicht foltern, nicht mit dem Kopf unter Wasser drücken!" Der vordere, vielleicht der *Captain*, hat eine irische Wurzelstock-Fresse wie Bruce Willis, passend zum *waterboarding*, dahinter drängt sich ein Farbiger mit gezücktem Schlagstock. Ein schlagfertiger Sergeant, der die Bronx von der Pike auf kennt und sich mit brutalsten Mitteln nach oben gekämpft hat - möglicherweise könnte es so sein; so schlimm könnte es sein! wiederholt er, besinnungslos vor Angst, mit butterweichen Knien; sie knicken ein, wollen den Dienst versagen; da öffnet sich links, nach etlichen Innenkabinen und Konferenzräumen, ein Quergang auf die andere Seite. Seine Gedanken verwirren sich, Gott sei Dank, da ist ein Schlupfloch, halbtot biegt er ein; nun fühlt er sich für Sekunden gerettet, hier erweckt er keinen Argwohn; außerdem stehen hier Leute, und er verliert sich zwischen ihnen wie ein Sandkörnchen; doch die nervliche Anstrengung hat ihn entkräftet. In Tropfen rinnt ihm Schweiß in den Nacken. Vielleicht haben sie ihn nicht identifiziert, den zufälligen Flaneur, den Unauffälligen. Der Trupp rauscht vorbei, während er wie ein angestochener Luftballon einsackt. Gleich darauf erhebt sich ein fürchterlicher Tumult. Mit lautem Knall sprengen sie eine Kabine auf. Schreie werden hörbar, jemandem werden die Rechte in englischer Sprache vorgetragen. *You have the right to remain silent. Anything you say can and will be used against you in a court of law. You have the right to have an attorney present during questioning. If you cannot afford an attorney, one will be appointed for you. Do you understand these rights?* Wie im Fernsehen hört sich das an, ist aber bitterer Ernst. Er läuft zur Ecke, schiebt sich hinter den Kranz von Zuschauern, der von dem Sergeant zurückgedrängt wird. Dann schleppen die beiden rangniederen Bullen den renitent sich wehrenden Brinkli vorbei, rückwärts zur Gehrichtung, mit den Füßen nach dem Captain tretend. Rums, da trifft ihn der Schlagstock an der Schläfe. Rums, klatscht er auf den Brustkorb. Als die Beine abschlaffen und der Sergeant die Stelzen hochnimmt, sieht man, dass der Schweizer prunkvoll verzierte Halbschuhe trägt mit grauen flügelähnlichen Lederaufsätzen an Spitze und Schnürschaft. Mode aus den Zwanzigern, an deren Sohlen noch das Etikett klebt.

„Du Gauner wolltest mich übers Ohr hauen. Filmfinanzierungen – ha! Dass ich nicht lache. Eine Luftnummer! Wieder mal eine Luftnummer, bei der so ein Bauernfänger in der Weste des Bürgers auftritt", giftet Peter, der sich nicht losreißen kann von dem Traum, den er träumt, und läuft den *US Coast Guards* hinterher, die Brinkli den Korridor hinab schleifen, mit fahrigen, ausladenden Handbewegungen skandalisierend. „So ist es doch immer mit bourgeoisen Aufschneidern, die wie Blutsauger an den Adern des Volkes hängen. Parasiten seid ihr, nichts weiter. Was leistet ihr denn? Woher schöpft ihr euere Lebensberechtigung? Ihr lebt im Luxus, während unsereiner rackert

und schuftet den lieben langen Tag!" Nun, da sie den Aufzug erreichen, gerät er richtig in Rage und wettert verbittert vor einem Pulk von Zuhörern: „Du wolltest dich mit der Kohle aus dem Staub machen, dich absetzen mit der Million, die für mich bestimmt war! Nicht mit mir" ruft er außer sich. „Ich bin viel zu clever, um so einem ordinären Verbrecher wie dir auf den Leim zu gehen."- „Betrüger!" schreit er „Kameltreiber!" Fast schlüpft er in den Fahrstuhl, als sich die stählerne Barriere zwischen sie schiebt. Sein Traum endet, er wacht auf.
Nach dem Intermezzo löste sich langsam die Spannung. Die Menge zerstreute sich. Der Advocatus diaboli fühlte heftiges Unwohlsein dort, wo er öfters Druck verspürte; Peter litt seit den Tagen des gescheiterten Jura-Examens unter einem gereizten Magen. In vollendeter Hypochondrie überlegte er, ob die bedauernswerten Opfer der letzten drei Wochen, Suhrkamp, der alte Liedl, die geldgeile Tatjana, durch Streptokokken gestorben sein könnten, tödliche Bakterien, die sich in seinem Bauch eingenistet haben könnten, um die Umgebung zu infizieren. Woher kam diese seltsame Eingebung? Die Sache verschlimmerte sich, als er den zweiten, auf seinen wirklichen Namen lautenden Reisepass nicht mehr im Gepäck finden konnte. Wie war das möglich? Hatte er ihn in einer Art Abwesenheit zusammen mit Tatjana in der Tiefe versenkt, um sich selbst zu bestrafen, um Peter Tischler als Existenz ein für allemal zu vernichten? Bevor er den Gedanken noch überprüfen konnte, ballten sich die ersten Spasmen. Sobald er die Kabine betrat, erbrach er die im Vorfeld genossenen Speisen - rhapsodisch und in umgekehrter Folge: den Kebab in Kombination mit der Minze Soße, die schon auf dem Teller eine verdächtig grüne, an Magensäfte gemahnende Nuance offenbart hatte; das Butterplätzchen, das er zwei Stunden zuvor beim Packen der Sporttasche vorgefunden hatte, und zwar in exakt der bräunlichen Tönung, die man aus der Werbung für diese Marke kennt; die Cocktailhäppchen, die am Vortag in die Suite geliefert worden waren, auch sie so gut wie unversehrt - die teigige Ba-

guette-Masse in der Abort-Schüssel zeigte Lachsstücke ebenso wie Kalbfleisch in den originalen Farben; unmittelbar darauf ergossen sich in den Schlund Salatreste, mit denen essigsaurer Geschmack aufstieß. Dann zu seinem Erstaunen, als sei es eine Revue, erstand der vollmundige, süßliche Geschmack des Portweins, der die Reversion des schon verdaut und vergessen geglaubten Diners von vorgestern einleitete. Mit tosendem Würgen sprühte er das *Foie gras maison* über Klobrille und Fliesen, es klang wie die Ouvertüre zu weitaus schlimmerer Entäußerung - die Gänseleber erhielt bereits Teile des Fischragouts und der Schokoladencreme; doch dann folgten, nach Sekunden, in denen er ergebnislos röhrte wie ein Hirsch, gallertartige Säfte; man mochte in dieser letzten Verflüssigung mit viel gutem Willen die *Crepe à l'orange* diagnostizieren, die wie ein festlicher Akt in subtiler Rotfärbung auftrat; schon war es vorbei mit den Déjà vus. Als von den Balkonen jubelnde Rufe laut wurden und er luftschnappend die amerikanische Freiheitsstatue passierte, brach reine, unverfälschte Galle aus dem konvulsivisch revoltierenden Magen und sabberte über Sakko und Hemd. Endlich trat eine Pause ein und mit ihr die finale Beruhigung der Nerven. Er duschte und überlegte, was weiter zu tun sei. Den Schlafmantel übergestreift warf er die besudelte Kleidung in den Abfall des Reinigungskommandos, das in der Nähe weilte. Aus dem Kalkül heraus, ein letztes Mal den Erben mimen zu müssen, schmiss er sich in den Smoking. „Man kann sich an die Kluft gewöhnen", dachte er. Der Reisepass von Arnulf Liedl, mit gültigem Visum versehen, musste längst unterwegs sein zu den Behörden, es galt, noch dieses eine Mal zu überzeugen. Die Wandlung zum Nobody, sie geschähe morgen oder übermorgen, wenn Peter Tischler bei der Deutschen Botschaft vorspräche, um seinen Pass als gestohlen zu melden. „Formsache", dachte er: Überfall in der 210ten Straße, Schlägerei mit einer Jamaika Gang zwischen Mülltonen und Feuerleitern - Lügengeschichten improvisierte er aus dem Stegreif, schöpfte sie aus dem Fundus von Dutzenden Spielfilmen, die er im Kino gesehen hatte.

Die drehbaren Elektromotoren am Schiffsrumpf erzeugten Gegendruck, der das Tempo des Atlantikliners fühlbar verlangsamte. In allen Sprachen ertönten Lautsprecherdurchsagen. Auf den Fluren hörte man das Scharren der Füße von mehr als zweitausend Reisenden, die sich vor den Ausgängen stauten, während er verwundert über den Herdentrieb der Kreuzfahrer das Freie suchte.

„Die beiden letzten Boote sind von einer händeringenden Meute umtobt - Heizer, Millionäre, Staatsmänner, Stewardessen, Offiziere, Kaufleute, Kinder, Greise und Frauen. Die Zwischendeckpassagiere starben zu Hunderten umschlungen, als sie die einbrechende See im Schlafe überfiel. Niemand hatte ihre Hilferufe gehört, niemand ihre Gebete vernommen. Keiner hat in ihre wachsbleichen Gesichter gesehen, als das Vorderschiff in die Fluten tauchte und der Boden unter ihren Füßen entschwand. Zwischendeckpassagiere, Auswanderer, in eine andere Welt." Er schleuderte das Büchlein, das ihm pathetisch und wie ein Siegel des Untergangs von Brinkli erschien, über die Reling, passte ab, wie es aufblätterte und in der Gischt des Hudson River versank. Ein kühler Geruch von Tang und Maschinenöl wehte vom Wasser her. Von hier oben blickte man über die Upper Bay auf die Südspitze von Manhattan, den Battery Park und das Financial Center, Das Fehlen der Zwillingstürme fiel jedem auf, der die Stadt von früher kannte.

„Es geschah durch Zufall", dachte er, „ein Mord aus Versehen. Jay ist gierig, kann sich nicht beherrschen. Wenn er in dieser Nacht etwas Essbares gehabt hätte, ein paar Crunchies oder einen Hamburger, um seinen Frust zu dämpfen, dann wäre nichts passiert. Jay ist kein schlechter Kerl" sagte er sich. „Unreif, ja, aber nicht krankhaft böse." Er kannte ihn seit 23 Jahren, liebte ihn aus keinem anderen Grund, als dass er mit ihm aufgewachsen war und könnte ein Schisma niemals zulassen. Es wäre seine Aufgabe gewesen, auf ihn aufzupassen.

"Das also ist das neue Rom", tönte jemand auf dem Balkon neben ihm. Entfernt an der Westfront Manhattans zogen die teils zerstörten, teils verrotteten Piers des Hafens vorbei, einst der wichtigste der Erde. Heute existierten dort Parks, Filmstudios, Schwulentreffs. Der Ozeanriese schipperte auf eine unsichtbare Landestelle zu, irgendwo hinter dem Intrepid-Museum. Peter verließ die Suite, als die Augen nochmals den Blutfleck streiften. Eingedenk der Madonna, *Svätá Maria*, deren Bild er geküsst hatte, nun auch *Ježuš* beschwörend, *Ján Krstiteľ*, *Svätá Katarina* und die anderen Heiligen, schlug er allerlei Kreuzzeichen in zweifelhafter Ausführung, und völlig überhastet warf er die Kabinentür zu, ließ Korridore und Treppen hinter sich, um in der Menge abzutauchen. Durch eine Scheibe erhaschte er einen Blick auf verkommene Lagerhallen, die sich fensterlos aneinander reihen, mit oben an den Gebäuden eingelassenen Türen, die auf Plattformen und eiserne Freitreppen hinausführen. Er erspähte rostige Kräne mit denen früher Fracht gelöscht wurde, erfasste ein dickes Bündel sich verzweigender Geleise. Das Schiff passierte einen nach dem Vietnamkrieg abgewrackten Flugzeugträger. Nun näherten sie sich Pier 90, wo Arbeiter warteten, um armdicke Drahtschlingen über die Poller zu stülpen. Beim Andocken trug der Wind Verkehrslärm herüber. Der nächste Ausschnitt offenbarte Touristen hinter blau gestrichenen Absperrgittern, ausgestattet mit Kameras und Videogeräten, mit denen sie die Ankunft der QM2 ablichteten. Reisebusse drängten sich vor dem Terminal, Yellow Cabs und Minivans funkelten im Licht. Der letzte Teil des Tryptichons zeigte einen vollbärtigen Mann in dunkelblauer Livree und Schirmmütze, der eine Reisetasche in den Kofferraum eines Superstrech hievte. Die Limousine zierte eine Kühlerfigur aus Sterling Silber. Daneben lehnte eine Frau im Sommerpelz und streifte sich Handschuhe über. Hier begann die 49te Straße, die Manhattan unterhalb des Central Parks kreuzte. Eine Oase des Wohlstandes und idealer Ort, um

Schätze zu heben. Sinatra sang „New York, New York" und die Sonne stach herab wie im Hochsommer.

Über eine schwenkbare Brücke lief man direkt in das zimtfarbene Gebäude der Einwanderungsbehörde, die bereits die Reisepapiere besaß. Ihn beschäftigte einzig, ob man kurz nach dem Auffinden der Leiche einen Haftbefehl gegen Suhrkamp ausstellen würde. Oder präziser formuliert, gegen eine Person, die sich für ihn ausgab. Nein, das klang absurd. Warum sollte man nach einem Toten fahnden, ausgerechnet in den USA? Der Beamte blickte nicht einmal in den Computer, fragte ihn, ob er Haustiere oder Lebensmittel mit sich führe, und winkte ihn durch, vorbei an Heimatschutzbeauftragten mit Barett. Nicht einmal das Messer mit der feststehenden Klinge identifizierten sie, trotz des Signals des Detektors. Vielleicht, weil man sie für eine metallene Stützleiste im Boden der Tasche hielt. War das die Festung, zu der man Amerika nach dem 11. September ausgebaut hatte? Und nun sollte eine Mauer helfen, die Illegalen abzuhalten? *Have a nice day,* sagte Peter mit geläufigem amerikanischen Akzent. Schon wieder befiel ihn für einen Augenblick eine heftige, kaum erträgliche Freude – alle Spuren waren verwischt. „Alles ist jetzt erledigt und es gibt keinen Beweis mehr, dass ich mit jemandem gereist bin. Alles ist vollendet. Es gibt keinen Beweis, dass ich jemals auf der Queen Mary war." Und er lachte auf, noch während er durch die Grenzkontrolle ging.

Knochenballett

„Wollen Sie behaupten, dass Sie ernsthaft ermitteln?"
Das Licht der Glühbirne, beschirmt durch einen umgedrehten Suppenteller, lag wie ein Schacht über dem Tisch. Borowiak gegenüber, auf der anderen Seite, baute sich Josef Čertik auf. Unter seinem altmodischen Herrenhut zeichnete sich die Hakennase ab. Major Cràciun Chetan, der wie ein Zauberkünstler ein schwarzes Tuch ausgebreitet hatte, reckte den langen Hals und verschränkte die Arme. Vor ihnen wölbten sich Rippen, Jochbein, Hoden, Oberschenkel, Wirbel- und Brustknochen.
„Es gehört zur Polizeiroutine" übersetzte Kováčová, die außerhalb des Lichtkegels stand. „Das sind die beschlagnahmten Reste."
„Geben Sie Arnulf Liedl frei für die Überführung nach Berlin. Unsere Gerichtsmediziner könnten ..."
„Fehlanzeige" unterbrach Čertik, nicht gewillt, ein zweites Mal den Gentleman zu spielen.
„Man stellt diese Teile in den Frost, bis sie sich zu einem Klumpen verhärten. Aus der Form ergeben sich Hinweise", erklärte der Major.
„Niemand möchte Sie abhalten, Voodoo zu betreiben. In Berlin könnten wir wissenschaftlich..."
„Vielleicht wollte der Kakus einen Bann aussprechen", meinte der Polizist.
„Abergläubischer Quatsch!" Ben packte eine der Krallen.
„Vorsicht!" Chetan, dessen ausgemergelte Figur in einem billigen, grauen Anzug steckte, warnte ihn. „Sie sollten das Hexenzeug nicht berühren."
„Die jämmerlichen Reste? Glauben Sie, dass ich dadurch impotent werde?"
„Das könnt' beispielsweise passieren", bekräftigte Chetan.

„Da lachen ja die Hühner!" Ben deutete mit dem linken Zeigefinger zur Stirn. Verächtlich schmiss er die Kralle auf den Haufen.

„Entspannen Sie sich, Herr Borowiak. Man könnte meinen, ihre berufliche Zukunft hinge davon ab", erwiderte der Kommissar hämisch.

„Es geht um das Prinzip der Untersuchung."

„Mich verwirrt diese dem deutschen Hirn so vertraute kategorische Haltung. Ein rätselhaftes Volk, weiß Gott. Es denkt fortwährend. Es gibt Leute, die aus Prinzip nur Rohkost essen, die morgens aus Prinzip Power Walking betreiben, oder aus Prinzip auf einer harten Liege ohne Decke schlafen."

Ben legte den Finger mit den Silberringen an den Mund. Was war in den Kommissar gefahren?

„Sie werden doch nicht bezweifeln, dass unsere, im Westen entwickelte Methodik den meisten Erfolg verspricht", entgegnete er.

„Sollte uns das anziehen? Schicke Kleider, ein sauberes Straßenbild, die unzähligen Arten, die Langeweile totzuschlagen? Sollen wir euere Fehler, das Zerfallen der Familie, das Begradigen der Lebensläufe, das Sterben des sozialen Lebens, wiederholen?"

„Entspricht die von ihrem Mediziner behauptete Wiederauferstehung der Lebenserfahrung?"

„Glauben'se das nich'", mischte sich mit scheppernder Stimme Chetan ein. Kováčová übersetzte: „Er erzählt, als Kind sei er mal auf das Grab von 'nem eben erst beerdigten Huhn getreten. In Straňany, wo er zur Schule ging. Durch sein Gewicht sei die Luft zum Schnabel raus. Ein unterdrücktes Quaken ertönte, meint er, und er sei entsetzt weggesprungen."

Ratlos blickte Ben ins Dunkel. Die Luft staute sich in dem fensterlosen Raum. Ringsum lagerten auf Gestellen die abstrusesten Mordwerkzeuge, von Staubwülsten bedeckt. Da manifestierten sich Revolver, Jagdflinten, Repetiergewehre, eine ukrainische Egge, abgebrochene Wodka Flaschen, Mistgabeln und ein Gerät zum Epilieren, wie es Frauen benutzen. Freilich verwahrte die Poprader Polizei auch andere Beweismittel, Falschgeld etwa oder Bong-Pfeifen aus Glas, zu denen verpackte Rauschmittel gehörten. Ihr süßlicher Geruch verband sich mit den Dünsten eines benutzten Leichensackes. In diesem Durcheinander würden sie auch die Knochen deponieren, die sie mit dem Tod des Mädchens Gott-weiß-in-welche Beziehung setzten. Die stickige Sphäre der Asservatenkammer erschwerte es, den Slowaken Paroli zu bieten.

„Generell gesprochen geht es im LKA Berlin mit natürlichen Dingen zu. Alles ist nachprüfbar und standardisiert. Humbug, Spuk und Zufall sind ausgeschlossen."

„Sie wollen unsere Eigenart zum Verschwinden bringen, unsere Nation, die Unbekümmertheit, die Neigung zum Spintisieren und Tagträumen?" Čertik war offenbar gegen den Verbleib in der EU eingestellt und ereiferte sich: „Was ist mit dem Animalischen, das uns durchdringt, mit den Tieren, die Seite an Seite mit uns leben? Was ist mit den Kuhherden, die in der Dämmerung mit erhobenen Schwänzen von den Weiden ziehen und auf die Dorfstraße scheißen? Sollen die künftig in industriellen Batterien produziert werden? Das raubt unserem Land das Erregende, das existenzielle Geheimnis!"

„Schauen'se" schepperte Chetan, der überhaupt nicht verstand, worum es bei der Diskussion ging. „Der Hahn is' 'n Freund. Der spricht 'n Zigeuner auf sein' Stolz an. Weil der das Ehrgefühl schätzt, dass 'n Tier beim Kämpfen zeigt. Der Hahn beschützt dich. Diese Kralle" – er hob sie mit der Zange empor – „ist der Vorläufer des amerikanischen Schlagringes."

„Schön und gut. Ich verstehe nur nicht, was ..."

Die Hühnerknochen glitzerten auf dem schwarzen Tuch wie Sterne am Abendhimmel. Im blendenden Licht, da schien es, als ob sie schwanken würden. Ihm mangelte es an Sauerstoff, aber er zwang sich dazu, weiterzusprechen: „Also, was das mit dem Mordfall zu schaffen hat?"

„Mit westlicher Logik kommen sie nicht weit."

„Was für ein Irrsinn!"
„Wer optimistisch ist oder ehrgeizig, muss verzweifeln. Ich bin Melancholiker, mir kann nicht viel passieren."
Alles drehte sich während Čertik sprach. Die weiß schimmernden Knochen ähnelten Vögeln, die durcheinander flatterten, glichen urzeitlichen Sauriern auf Nahrungssuche, wurden chinesische Schriftzeichen, verwandelten sich in applaudierende Hände, Schneeflocken und Backenzähne. die paarweise tanzten.
Ben stützte sich auf den Tisch. Seine Silberringe, seine Hände wurden Teil des magischen Spiels.
„Mir geht es darum, die Wahrheit zu finden und dabei benutze ich die wissenschaftliche Methode."
„Wahrheit ist nur eine Übereinkunft - festgelegt durch die vorherrschende Gruppe. So wie die Rechtsprechung zweifelhaft ist, so sind Schuldfragen ein Deuten ins Nichts.
„Ich werde den Auftrag ausführen - hundertprozentig exakt, loyal meinem Arbeitgeber gegenüber, so wie es von Anfang an geplant war."
„Wenn Sie ihr Leben bis auf fünf Stellen hinter dem Komma ausrichten, dürfen Sie keine Fehler machen. Allerdings widerspricht es der menschlichen Natur. Das erklärt, warum Sie in Deutschland am Ende sind, und wir noch am Anfang. Wir sind vitaler. Und reifer, weil wir das Scheitern als Faktum begreifen."
„Werden Sie mir nun den Toten ausliefern?" schrie Ben, der die Geduld verlor.
Ni, nikdy brüllte der Kommissar. So deutlich, dass man es nicht übersetzen musste.
Sie durchquerten das Büro. dessen vorherrschendes Geräusch gemessenes Schreibmaschinengeklapper war – obwohl auch ein Computer herumstand - und liefen zum Hinterzimmer der Polizeiwache, in der Wodka gereicht wurde. Wie selbstverständlich hatten Bázlik und der Beauftragte bei den Ordnungshütern Platz genommen. Sie spielten Karten, als ob nie Diffe-

renzen zwischen ihnen bestanden hätten. „Eine verschworenes Bündnis aus Schnauzbärten", dachte Ben, der versucht hatte, sich an die ländliche Gemeinschaft zu gewöhnen. Vor allem eines konnte er nicht leiden: wenn die Suffköpfe den verschütteten Kaffee vom Unterteller in die Tasse gossen.
„Haben Sie das gesehen? Das Knochenballet?"
Er hatte ursprünglich den Wunsch gehegt, sich mit den einfachen Leuten zu verbünden, mit den Aufsehern, Bauern, Hirten, Taglöhnern und Zigeunern. Jetzt dachte er, dass ihre Gesten fremden Gesetzen gehorchten, dass sie sich stur und feindselig verhielten, dass er niemals zu ihnen gehören könnte, egal. was er sich einreden mochte, und dass sie in Wirklichkeit völlig anders waren, als er sich das vorstellte. Die Fahrt nach Bratislava, in gedrängter Enge, verlief eintönig. Er beteiligte sich nicht, wenn jemand sprach, der übliche Small Talk erstarb.
„Was hätte ich mit Čertik reden sollen", fragte er unvermittelt auf dem Bett seines Hotels in Bratislava liegend und dachte, dass er keine andere Auffassung von ihm hatte als die eines Konkurrenten, was weder gesund noch kollegial sein konnte. Er hatte erfahren, dass der Mord an Arnulf Liedl am 25ten April geschehen war, vor drei Wochen, zwischen Mitternacht und vier Uhr früh. Todesursache waren Messerstiche in den Rücken – zwei trafen das Herz, einer die Lunge. Mittlerweile verdächtigten die Slowaken Wladimir Kapusta, der Krompachy mit Sauerkraut versorgte. Sie hätten, so Bázlik, den Kerl am krautigen Wickel gepackt, gleich nach dem Brand in Kežmarok, mussten ihn aber laufen lassen. Nun überprüften sie die Alibis und befragten Nachbarn. Ein Versicherungsangestellter wollte Geräusche aus Kapustas Garage gehört haben; seine Frau, die nebenbei bemerkt den schlechtesten Ruf habe, behaupte dagegen, ihr Mann habe tief und fest geschlafen. Überhaupt, meinte der Polizist, sei die Nachbarschaft hochgradig zerstritten und der örtliche Tratsch nicht gerade eine Quelle erster Hand. Čertik habe die unauffällige Beschattung des

Händlers angeordnet, eine Maßnahme, die Ben für ebenso hilflos wie zu kurz gegriffen hielt.

„Wer profitiert vom Tod der beiden Liedls?" fragte er sich. Das konnte die Geliebte sein, wenn es keine anderen Verwandten gab. Vielleicht erbte sie jetzt, nachdem das verwöhnte Söhnchen über den Jordan war?

In Selbstgespräche vertieft pendelte er zwischen den dunkelbraun furnierten Möbeln wie ein Käfigtier. Das 3-Sterne Hotel in der Riečna Street bedurfte der Renovierung. Man spürte noch den spröden Charme sozialistischer Bauten, obwohl das Dekor in leichteren Farben gehalten war. Vom Fenster blickte er hinüber zur spärlich illuminierten Donau, überzeugt, am falschen Ort zur falschen Zeit zu sein. Man hatte ihn zur Passivität verdammt.

Er wählte die Telefonnummer von Kirsten Becker.

„Weißt du, dass es Samstagnacht is'?"

„Deswegen rufe ich bei dir zu Hause an."

„Erstens kommt det Sportstudio und zweitens bin ich krank jeschrieben."

„Du Ratte. Sobald die Luft dick wird, verziehst du dich."

„Wat muss de dir ooch exponieren. Nix wie en Kopf rinziehn un' in Deckung."

„Wieso?"

„Die brauchen Sündenböcke, weil die Überwachung der Moschee geplatzt ist. Die Presse macht Druck, von wegen dass de Berliner überfordert sind und Wiesbaden die Sache übernimmt."

„Gibt es Neues im Fall Liedl?"

„Habe jehört, dass de Kreditkarte vom Sohn noch benutzt wird."

„Waaaas?"

„Der Mörder is' wahrscheinlich in New York."

Ben griff einen Kuli und ließ ihn mit der Schmalseite auf der Tischplatte aufspringen. Das Klackern begleitete das Gespräch.

„Was ist eigentlich mit mir?"
„Offiziell bis'de beurlaubt."
„Wer zahlt die Spesen?"
„Interessiert keinen, ob du in der Slowakei Füchse jachst."
„Wie meinst du das, Becker?"
„Man munkelt, der Pharao führt Fusionsjespräche. Wenn der 'nen Posten als BKA-Chef bekommt ..."
„Das Schwein! "
„Der opfert de halbe Gefolgschaft. Außerdem will der Senat den Etat kürzen!"
„Sag Anne, sie soll mich anrufen."

In Deckung gehen: das Beste, was Becker tun konnte. Ein Verrückter musste unauffällig bleiben. So überlebten die pathologisch Kranken in Amt und Würden, während einen Geradlinigkeit direkt aus dem Job katapultierte. Ben war ein ordentlicher Mensch, organisiert und rational. Niemals hatte er als Kind Löschblätter bekritzelt oder den Schulranzen in die Ecke gefeuert. Seiner Ordnungsliebe entsprang der Sinn für Gerechtigkeit, der ihn rebellieren ließ. Jetzt dachte er kurioser Weise an seine Frau und an eine Diskussion, die vor mehr als einem Jahr stattgefunden hatte.
„Ich gehe auf keinen Fall nach Wilhelmshaven. Niemals gehe ich in dieses lausige Nest" schwor er, plötzlich laut vor sich hinredend vor dem Spiegel stehend. „Es ist mir das Unsinnigste und Erbärmlichste, in solch ein Drecksnest zu gehen, wo ich verhungere, menschlich und psychisch verelende. Das Verbrechen dieser Verrücktheit begehe ich nicht. Ich fliege nirgendwo hin. Ich fliege nach Berlin, sobald der Fall gelöst ist."

An der Hotelbar saß eine Frau, Muskeln wie ein Ringer. Silberschmuck in der Nase. Am Gesäß, zwischen T-Shirt und Hose, erspähte er den Ansatz eines Tattoos. Sie prostete ihm zu und lud zum Bier. Er lockerte ein paar Muskelgruppen im Schulterbereich und setzte sein Pokerface auf. Ben war froh, ein schwarzes Sakko zu tragen - im Muscleshirt hätte er eine weniger gute Figur gemacht. Und gefroren. Sie stellte sich vor: O Shaunessy. Herbe, irische Züge, sympathisches Lachen. Jeans mit aufgesetzten Taschen und einer Reihe von Gürteln und Schnallen, zwischen denen man etwas befestigen konnte. Hämmer oder Sägen zum Beispiel. Wanderschuhe – klar, Zimmerfrau auf Wanderschaft. Wieso konnte sie sich das Hotel leisten? Das Becken so schmal, dass sie unmöglich Kinder gebären konnte. Prima, dachte er, eine Sorge weniger. Sie lispelte, und das fand er irgendwie süß. Das war, als sie das dritte oder vierte Bier bestellte.

„Die meisten Menschen fallen einem unentwegt auf den Wecker und nennen es Kommunikation, Geselligkeit oder sogar Freundschaft", äußerte er gegenüber seiner Gesprächspartnerin. „Wenn sich dann das Tempo verlangsamt, zeigen sich die Schwachstellen." *What do you mean by this?* Er hob entschuldigend die Flasche.

„Okay, gehen wir nach oben" sagte sie, exakt drei Whisky später. Der Barkeeper zwinkerte ihm zu. Ben drückte ihm eine 20-Euro-Note in die Hand. Immer dieses Trinkgeldlächeln. „Behalten Sie die Sache für sich", artikulierte er nach reiflicher Überlegung und zückte ein weiteres Exemplar der europäischen Währung. Dann stemmte er sich hoch. Das hätte er besser nicht unternommen. Der Barkeeper brachte ihn zum Aufzug. Die Irin stützte ihn von der anderen Seite. Sie war nicht die Bohne betrunken. Er fiel wie ein Schiffbrüchiger – erst über den Stuhl, dann aufs Lager. Dort harrte er der Dinge inmitten eines tosenden Orkans. Sie übte sich im Ausziehen von Männerhosen und machte es nicht mal schlecht.

„Das ist mir noch nie passiert", stammelte er. O'Shaunessy probierte es oraltechnisch, mamaltherapeutisch und handwerklich. Nach einer Weile stellte sie die Arbeiten ein. „Außerdem befinde ich mich in einer Krise" raunte er. Alles drehte sich. War er impotent? Weiße Knochen erschienen. Sie tanzten und sie nagten an ihm. Ein Omen. Der Kakus hatte ihm den Krieg erklärt. Beim Abschied blieb er auf Distanz, berührte sie nicht, bis auf einen flüchtigen, hungrigen Blick, bis auf ein flüchtiges Winken in Richtung auf den davoneilenden Schatten.

Fat Cats

Ihm war, als spürte er das subtile Schaukeln des Schiffes, als er nach oben blickte zu dem tonnenschweren Kristalllüster der Vorhalle. „Amerika ist eine Insel" dachte er und tastete sich mit leisem Schwanken zur Rezeption des Waldorf-Astoria. Er versuchte, dem unbestechlichen Blick des Empfangschefs standzuhalten.
Arnulf Liedl?
You can call me Arnie!
From Germany?
Munich.
Oh, Sauerkraut.
Yeah.
Don't see you in the reservation list!?
Booked under my fathers name: Dr. Erich Liedl.
About the wife?
Ha?
Mrs. Tatjana Klinkosch?
Peter zögerte ein wenig, da er an ihren plötzlichen Tod dachte.
She already travelled home.
Ein Boy mit vorgebeugter Haltung, Stahlwolle auf dem Schädel und mit exorbitanten Plattfüßen ausgestattet, schoss hinter dem Tresen vor, schnappte sich die Sporttasche und eilte wie ein Berserker voran zu einer mit Palmetten dekorierten Tür. Sie kletterten mit dem Fahrstuhl in die 24te Etage, sprinteten über wulstige Teppiche. Die Wände zierten komplexe Stuckbänder. Als sie bei Nummer 2435 anlangten, öffnete er mit gewinnendem Lächeln. Peter kramte in den Taschen. Dann übergab er dem Burschen einen Greenback als sei es ein Vermögen.
Do you know where the German embassy is?
Rather than listen to me ramble: look it up yourself!

Is there a travel office down in the shopping area?
Fuck-et-a-bout-it.
Die Unbotmäßigkeit des Dienstboten. Zutiefst kränkte ihn die durch den Lakaien ausgedrückte Verachtung; immerhin war er zahlender Gast eines Fünf-Sterne-Hotels, kein Hanswurst. So sehr ärgerte er sich über die Freibeuter-Mentalität des Mannes, dass ihm weder der Ohrensessel gefiel noch erfreute ihn das züchtige Ehebett mit den soldatenhaft anmutenden Lampenschirmen, die an die Mahnwache für einen Toten erinnerten. Mit unbehaglichem Gefühl trat er ans Fenster, das durch rotbraune Bordüren eingerahmt wurde, schlug Vorhang und Gardinen beiseite, und blickte auf den Metalldom des Chrysler-Buildings mit seinen Bögen und dreieckigen Fenstern. Kein gutes Gefühl, in der Haut eines Toten zu stecken, dachte er, dicht an der Scheibe stehend. Jeder Kontakt war gefährlich. Er konnte sich vorstellen wie es war, außerhalb der Gesellschaft zu leben: derartig ausgegrenzt musste sich Suhrkamp gefühlt haben wie ein Leprakranker.
In der überhöhten, mit Marmor, Bronze und Mahagoni ausgelegten Lobby, gab es exklusive Geschäfte - Boutiquen, Blumenläden, Apotheke, Theater Desk, Fitness-Center, Concierge-Service. Die überdimensionierte Uhr zeigte 17 Uhr 30. Im Reisebüro teilte man ihm mit, dass er bereits für 400 Euro nach München fliegen könne; zuerst müsse er sich allerdings die verloren gegangenen Papiere beschaffen.
„Wie ist das denn passiert?" fragte die Angestellte.
„Als ich mich über die Reling beugte", flunkerte Peter. „Ist mir ins Wasser gefallen."
Waren Sie schon bei der Polizei?"
Ja, ja, die Formalitäten habe er längst hinter sich, bestätigte er mehrmals, und die hübsche Farbige erklärte bedauernd, die Deutsche Botschaft am UN-Plaza habe nur werktags geöffnet; von daher müsse er die neue Woche abwarten. „Am liebsten würde ich heute fliegen", bekannte er der jungen Frau. Die Rückwandlung vom reichen Erben in die Person Peter Tischler

verzögerte sich also. Seit er die in der Badewanne ertränkte Tatjana gefunden hatte, bereitete ihm seine zweite Existenz keinerlei Freude mehr. Er hatte sich bereits abgewandt, als ihm die Schalterkraft nachrief:
„Wie heißen Sie denn? Soll ich jetzt für Sie buchen?"
Er fiel in eine der schweren Polstergarnituren und beobachtete die Szenerie, die den Amerikanern den Glanz europäischer Königshäuser vermitteln sollte - ihm vermittelte sie ungeheure Geschäftigkeit. In dichten Trauben umstanden ihn Leute in Amts- und Militärtracht. Er massierte die Augenlider. Trotz des Lärms vernahm er von der Seite her ein rhythmisch ploppendes Geräusch,
„Hallo!"
Er erkannte ihn sofort. Mister Flip Flop. Ohne die Sonnenbrille wirkte er hagerer als auf dem Schiff. Der Kauz hatte wie zuvor das Jackett über den Arm geworfen.
„So ein Zufall. Übernachten Sie hier?"
„Nein. Ich hasse das Waldorf."
„Warum?"
„Weil es so amerikanisch ist. Hier steigen die Ölscheichs ab, die ihr Volk verraten."
„Das meinte ich: Warum kommen Sie hierher?"
„Neugier. Ich wollte sehen, wo die Präsidentensuite ist. Gerade findet eine Versammlung der Republikaner statt. Der Präsident ist anwesend."
"Übernachtet der nicht im Trump Tower?"
Sie wechselten ins hoteleigene Peacock Alley, um eine Kleinigkeit zu sich zu nehmen. Peter erzählte dem Doktor, wie er sich am Morgen erbrochen habe, immer wieder schilderte er die Details mit allen Färbungen, meisterlich die akustischen Varianten als seien es Goldberg-Variationen, und ungern wollte er sich beruhigen lassen. Er sei bereits auf dem Weg der Besserung, meinte der andere. Und als er Eier-Sandwich und Tamarindenlimonade bestellte, schloss sich Peter ohne weiteres Überlegen an.

„Haben Sie sich am Arm verletzt?" Der dunkelhäutige Kopf schwenkte lächelnd zur Seite und man sah perlenweiß glitzernde Zähne.
„Schauen Sie, Herr Liedl ..."
„Nennen Sie mich Arnie!"
„Da drüben steht das Piano, das Cole Porter gehörte. Er spielte darauf, wann immer er das Waldorf besuchte."
„Mögen Sie Jazz?"
„Überhaupt nicht. Es klingt affig."
„Sie sprechen akzentfrei deutsch. Woher kommt das?"
„Studium der Metallurgie in Berlin. Danach die Promotion.
„Dann sind Sie ja gar kein Arzt, wie ich ursprünglich dachte..."
„Später habe ich bei der Firma Urenco gearbeitet, einem niederländisch-britisch-deutschen Konsortium."
„Wann haben Sie ihr Land verlassen?"
„Als die Feinde in Kaschmir einfielen. Ich war ein treibendes Wrack. Ohne meine Brüder wäre ich verloren."
Peter dachte an Jay, der ihm das ganze Schlamassel eingebrockt hatte
„Wie konnten Sie noch Brüder haben? Vorhin erwähnten Sie doch, Ihre ganze Familie sei von marodierenden Soldaten ausradiert worden?"
„Ja, das ist sie." Er sprach leise ohne zu stocken. „Ich meine eine Bruderschaft."

Abends hält sie sich während der Ausgangssperre im Haus auf, mit einer Öllampe und einem Buch im Zimmer, zusammen mit den beiden Kindern. Euer Vater wird in zwei Monaten wieder bei euch sein. Die dunklen Straßen, das elektrische Licht, das aus den Läden nach draußen fällt. Wenn Menschen sich heutzutage von einem verabschieden, können wir nicht sicher sein, sie wiederzusehen. Meine Frau liebte die Stille der Straßen, wenn kein Verkehr mehr herrscht. Die Luft weht um ihr Kleid, während Lyla sich ausmalt, ohne Ausnahmezustand und Ausgehverbot spazieren zu gehen. Nichts weiß sie von den

Gewehrschüssen, dem erschreckten Rennen, dem Entsetzen im Nachbarort, wo die hirnlos Wütenden und die professionellen Totmacher einrücken. Sie erwacht, badet am Brunnen hinter dem Haus. Sie zieht sich an, sich und die Kinder, sie essen ein paar Früchte und machen sich auf den altvertrauten Weg nach Jalalpur. Hundert Meter vor ihr liegt eine Brücke. Links der Fluss. Da entdeckt sie Leichen, die auf dem schmutzigen Wasser treiben, fünf, sechs oder mehr füsilierte Dorfbewohner. Am liebsten würde sie zurücklaufen, aber sie spürt, dass hinter ihr etwas ist. Sie nimmt die Kinder an die Hand, beginnt zu rennen. Den Hügel hoch zur Schule. Dort warten die Soldaten.

„Ich liebe das Leben" gestand Peter verlegen, „Manchmal könnte ich vor Freude in einen Hamburger beißen. Oder unentwegt Fritten essen. Wissen Sie, woran das liegt? Ich denke oft an den Tod, und wer tut das schon ..."
„Ich zum Beispiel" entgegnete der Mann, sehr bestimmt und irgendwie grimmig.

Niemals mehr wird er jemandem trauen, am allerwenigsten einem Westler. Er hat an den Westen geglaubt, an seine Technik, an die Slogans von Freiheit und Wohlstand, um zu erfahren, wie sie mit den Banditen gemeinsame Sache machten. Um zu sehen, wie Ausbeutung, Korruption und Unsittlichkeit sein Land zersetzen. Nein, er spielt in diesem kapitalistischen System nur noch scheinbar mit, er sehnt sich die ganze Zeit nach seiner Heimat und seiner Familie, während er Wut empfindet. Wut und Hass auf dekadente Menschen wie sein Gegenüber.

Der Kellner brachte die Rechnung.
„Ich möchte Sie gerne zu dem Imbiss einladen, weil sie mich wegen meiner Durchfälle beraten haben" palaverte Peter. Lächelnd zückte er die Kreditkarte.
Is it possible, to get a larger amount of money? What is your limit?

Fivehundred!
Peter signierte und verfolgte den Abgang des Kellners.
„Wie lange bleiben Sie in New York?"
„Bis morgen oder übermorgen", meinte er geistesabwesend.
„Was halten Sie davon, wenn ich Sie heute Abend noch in *The Gotham Bar & Grill* einlade? Als Dankeschön für ihre nette Geste?"
„Wissen Sie, meine Darmflora ... "
„Ein Gourmet-Palast in einer Fabrikhalle, ausgestattet mit griechischen Porphyrsäulen. Das Restaurant ist gerade ‚hip', wie Sie als Regisseur sagen würden ..."
„Haben wir auf der QM2 über meinen Beruf geredet?"
„Oh nein, ich erfuhr das nur zufällig."
Der Mann war jetzt drüben bei den Kassen und sprach mit einem der Oberkellner. Während Peter die beiden belauerte hörte sein Gesprächspartner nicht auf, ihn zum gemeinsamen Diner überreden zu wollen. Selbst wenn er kein Arzt war musste er doch seine Gründe respektieren!
„Der *seafood salad* gehört zu den besten der Stadt: eine Auswahl aus Kamm- und Miesmuscheln, Tintenfisch, Lobster und Avocado in einer feinen Kräutervinaigrette. Ich esse dort öfters mit Geschäftspartnern."
„Prophylaktisch - wegen der Streptokokken", wiegelte Peter ab. Sein Gegenüber sprach langsam, drückte Bildung aus und war von einer Deutlichkeit, die man mit Kälte verwechseln konnte. „Schade, dass es heute nicht klappt. Scheuen Sie sich nicht, mich zu besuchen. Sie können in meinem Penthouse wohnen solange sie wollen. In meiner Heimat gilt die Gastfreundschaft als heilig."
Mit gespannter Aufmerksamkeit verfolgte Peter, wie der Kellner auf ihn zusteuerte. Endlich legte er einen ledernen Umschlag mit 461 Dollar auf den Tisch.
„Wo wohnen Sie in New York?" fragte Peter anstandshalber.
„Die Business-Karten sind ausgegangen." Er zögerte. „Fragen Sie an den Zeitungskiosken nach Zhakir Massuri. Direkt an der

St. Bartholomews-Church. Oder ein paar Blocks weiter, am Bryant Park. Meine Landsleute wissen, wo ich mich befinde."
Das ploppende Schuhwerk entfernte sich über die protzigen Teppiche Richtung Park Avenue. Die Art-Deco Uhr zeigte 19 Uhr 52. Plötzlich schwindelte ihn. Der bequeme Clubsessel schien ihn in die Tiefe zu ziehen wie eine fleischfressende Pflanze; er machte sich auf den Weg in sein Hotelzimmer.
In seiner Kindheit hatte sich Peter manchmal vor der Nacht gefürchtet; mit weitgeöffneten Augen war er dagelegen, bis er einschlief, davon überzeugt, dass er und sein Bett in der Dunkelheit ihren Anker verlieren würden. Die Bögen des Chrysler-Domes erinnerten ihn an den silberfarbenen Peugeot, mit dem sie nach Bratislava gefahren waren, an das in Leder eingebundene Lenkrad, die 1a-Politur des Kühlers und daran, wie übersichtlich das Armaturenbrett gestaltet war, so dass seine Gedanken in Fahrt gerieten. Vielleicht lag es am konservativen Ambiente, den Tischleuchten links und rechts neben ihm: bald stellten sich andere Bilder ein. Eine Uhr tickt, eine gigantische Uhr, und als er sich den Raum vergegenwärtigt, findet er sich auf der Anklagebank. Die Liste der verlesenen Anschuldigungen dünkt ihm endlos; steif und vornüber gebeugt sitzt der Richter, sitzen die Beisitzer, wie ehedem die Prüfer beim vermasselten Staatsexamen. Er hat entschieden, für sich selbst die Verteidigung zu übernehmen, um aller Welt zu demonstrieren, dass er über die brillantesten Fähigkeiten eines Anwaltes verfügt „Euer Ehren", ruft er, „die Beweise meiner Unschuld sind erdrückend." Er läuft einige Meter zur Seite und öffnet eine Nebentür, um wartende Zeugen oder ein überaus schlagendes Beweismittel vorzuführen, da gleiten mit einer schlammigen Flutwelle Dutzende von Leichen herein, als hätten sie sich in Trawlernetzen verfangen, als seien sie von Haien zerfleischt.
Entfernt hört er das Summen des Telefons. Eine Lichtpfütze bedeckt das Zimmer. *Mr. Liedl, there is police searching for you.*

Ohnehin angekleidet muss er lediglich die Tasche packen. Das tut er mit einer einzigen Bewegung und stürzt auf den Flur als sei es die letzte Konsequenz des Traumes. Dann aber eilt er zurück; er will sehen, ob er vielleicht etwas vergessen habe. Nichts darf ihn identifizieren. Als erstes zieht er das Handtuch vom Hänger; fix löst er den Bezug vom Kopfkissen, an dem Haare kleben – verdammter Haarausfall. Dann klaubt er ein Papiertuch aus dem Abfall. Vor dem Aufzug fegt eine Woge fieberhafter Überlegungen über ihn hinweg. Wohin? Sie werden mit den Fahrstühlen kommen! Er verfolgt gebannt die elektronische Anzeige über dem Fries. Dann rennt er los, blickt über das Geländer, klappert die endlosen Stufen hinab, schaut, rennt, nimmt halbe Treppen auf einmal, ist auf dem neunten Stockwerk, gewahrt atemlos das achte, als er Geräusche hört. In der Tiefe sieht er eine Mütze, sichtet eine blaue Uniform. Als er erneut nach unten schaut, pfeift ihm eine Kugel um die Ohren. Fangschuss!

In der siebten Etage wird gereinigt: er passiert fahrbare Untersätze mit Reinigungsflüssigkeiten, offenstehende Zimmer, eine ganze Putzkolonne stationiert. Der Wäscheschacht ist zugänglich. Schon hört er den Sprechfunk, mit dem sich das Kommando verständigt. Er springt in die Röhre, die senkrecht ins Dunkle führt, bremst den Schwung mit Ellenbogen und Beinen, die er seitlich ausstellt; der Körper füllt den Querschnitt. Gleichermaßen fürchtet er fest zu hängen und haltlos abwärts zu sausen. Ist er noch in jenem Traum? Die verbrauchte heiße Luft raubt ihm die Kraft, er lässt los, rutscht schneller, schlittert Sekunden später in die Wäscherei im Untergeschoss. Für Sekunden kann er aufatmen, dann werden Stimmen laut. Er schleicht vorbei an einer Reihe von Bügelautomaten und emsig stampfenden Waschmaschinen, verbirgt sich hinter Kleidergestellen, als Bedienstete vorbeilaufen. Er greift einen Schraubenzieher, der auf dem Arbeitsplatz liegt, bereit, es mit einem Angreifer aufzunehmen. Wieder ist es verdächtig ruhig. Wie soll er aus dem Gebäude entkommen? Da hat er eine Idee: er

schlüpft in eine schwarz-weiß gestreifte Jacke mit dem Schriftzug des Walldorf-Astoria. Vorsichtshalber schiebt er das Werkzeug unter den Gürtel, den Kittel stülpt er darüber. Das Untergeschoss führt über eine Rampe ins Basement. Möglichst unbefangen fädelt er sich in den Verkehr, der aus der Küche führt, und will durch den Lieferanteneingang türmen. Ein Typ wie ein Schrank blockiert die Pforte, gekleidet in derselben Livree wie er, drückt ihm eine Servierplatte in die Hand, randvoll mit Sektgläsern und Cocktails beladen. Zusammen mit 50 anderen wartet er zwei, drei Minuten, als mit lautem *hurry up* eine Doppeltür aufgezogen wird. Die Servicekräfte jagen durch den Nordflügel, eine Imitation des Spiegelsaals von Versailles. Dutzendfach vervielfältigt brechen sie durch einen Kordon von Leibwächtern und hoteleigener Security mit Funkgeräten und Stöpseln im Ohr. Sie ergießen sich wie ein Strom in den vierstöckigen *ballroom*. Konfetti regnet, es wird applaudiert. Scheinwerfer blenden auf und durchstechen den dunstigen Schleier über dem Bankett, Leinwände explodieren in computeranimierten Farben. blau, weiß, rot, die Farben der USA, rot die Farbe der Republikaner. Milliardäre, Politiker, Diplomaten und andere *fat cats* sind hier versammelt. Generäle und Filmsternchen umringen ihn, reißen Gläser vom Tablett.
What happened to you, man?
Ein Herr im eleganten Zweireiher tritt auf ihn zu. Seine Frisur erinnert an ein Biberfell. *Scuse me ...*
Er richtet den Zeigefinger auf ihn. Belustigung in der Runde.
What's your name?
Peter Tischler.
Der Mann raucht eine Zigarre und lacht gönnerisch.
Peter, have a look on your shorts!
Er blickt nach unten. Die Hosenbeine sind, vom Knie abwärts, aufgescheuert und hängen in Fetzen. Das ist *comedy* für die Gäste, die für die Eintrittskarte 2000 Dollar berappt haben. Sie wiehern vor Freude.

That's negative campaigning ruft jemand - vielleicht der Fundraisingmanager. Eine Dame schnippt boshaft eine Cocktailkirsche nach ihm.
Er stiehlt sich vorbei am versammelten Sicherheitsgewerbe. Zum Lieferanteneingang, zu den Mülltonnen nach draußen. Er ist nichts weiter als ein Tramp.

Feierabend!

Der ständige Umgang mit Außenseitern, welche Pflegefälle und Alte nun mal waren, veränderte den Heimleiter. Einerseits fühlte sich Gebhard als unterbezahltes Opfer einer kalten und gierigen Gesellschaft, andererseits war er mit zumeist osteuropäischem Personal konfrontiert, dessen Maxime diese verhasste Welt war mit all ihren Bequemlichkeiten und Konsumartikeln. In gewisser Weise waren auch sie menschenverachtend, damit hatte er sich abgefunden. Was ihm über den jungen Tischler zu Ohren gekommen war, konnte er mit seiner beruflichen Erfahrung jedoch nicht erklären. Er begann, die Einwanderer zweiter Generation in anderem Licht zu sehen; dieses Licht war weniger mild gefärbt als der Duktus der Bergpredigt, dem er sich verpflichtet fühlte. Das Personal verhielt sich ihm gegenüber im Allgemeinen freundlich und höflich, aber es entstand eine Spannung zwischen ihnen, die das Arbeitsklima veränderte. Bis ins Jahr 2007 hatte er den Direktor im Altenheim St. Josef vertreten und die Hauptlast eines Leiters getragen, dann erfolgte endlich seine Beförderung. Er war stolz darauf, noch nie krank gemacht zu haben, und auf alle Titel und Anerkennungen, die er sich im Laufe seines Lebens erworben hatte. Das Diplom als Sozialpädagoge, die Urkunde über zwanzig Jahre Betriebszugehörigkeit zum München-Stift und die Ehrennadel des Deutschen Bundesverbandes für Altenpflege – sie alle hingen in seinem Büro, dessen Räumlichkeiten er hinter der zur Schau getragenen Bescheidenheit für skandalös hielt. In Erwartung eines Sodbrennens saß Gebhard am Schreibtisch und rollte das Transparent zusammen mit der Aufschrift „Willkommen in St. Josef". Dann drückte er einen Knopf und rief nach außerhalb an. Eine Formalie. Während er sprach, versuchte er, seiner Stimme einen trauernden Unterton zu geben, schließlich hatte er die Tote gekannt; aber es gelang ihm nicht. Der Trauerton war unecht, und etwas anderes schwang in seiner Stimme mit, das andere leicht für Sarkasmus oder Blasiertheit halten konnten. Als er aus dem Fenster blickte, sah er, wie Jay in die Weilheimer Straße einbog, die an der Ostseite des Gebäudes entlang führte. Dieser Kerl mochte knapp 23 Jahre alt sein, war voluminös, besser gesagt fett, und trug einen so unglaublichen Schweinskopf auf den Schultern, das er zweimal hinsehen musste, um es zu glauben, Obwohl er nun schon vier Monate bei ihm arbeitete, konnte sich Gebhard nicht an ihn gewöhnen. Einen Hals hatte der Kerl überhaupt nicht. Das Kinn war dafür dreifach vorhanden, die knallroten Ohren standen ab. Es fehlte nur die Zitrone in der Schnauze und die Petersilie hinter den Ohren.

Schnell öffnete er den Schreibtisch. Die Schubladen waren bis zum Rand gefüllt mit einem Wust an Papieren. Einige Rechnungen waren privat; zumeist betrafen die behördlichen Schreiben aber das Altenheim. Das Büro war nur aufgeräumt, wenn alle Schränke geschlossen waren. Ein Chaos aus Akten, Altpapier und Müll kam zum Vorschein, als er das antiquierte Rollo hochschob. Dort stand das Fernglas. Er sah, dass der Azubi etwas verlor, eine handgroße Packung, die auf die Straße fiel. Während er dies beobachtete, rief der Koch an und stellte Fragen zum morgigen Speiseplan. Es ging um Erbsenbrei und Würstchen, und Gebhard antwortete ungeduldig, vielleicht sogar mit zornigem Unterton. Inzwischen war Tischler außer Sichtweite. Der Heimleiter zögerte nicht lange, nahm das Treppenhaus, das zur hinteren Hofeinfahrt führte. Unauffällig wischte er an den Kameras vorbei, als ob er wie üblich das bernsteingelbe Gebäude mit den Zwiebeltürmen verlasse. Tischler war vielleicht 200 Meter voraus und bog am Ende der Allee nach rechts. Dann war er verschwunden, aber in der Krüner Straße sah er ihn in der Nähe eines Schreibwarenladens. Vor dem Wirtshaus Garmischer Hof begrüßte er jemanden in einer Army-Hose. Der Typ berührte seine Hand nur flüchtig. Sie mussten etwa gleich alt sein. Beide schauten sich auffällig um. Zwischen den Hochhäusern gab es einen Zugang zum Westpark, beim Institut für Naturheilkunde. Die beiden hielten sich rechts auf dem Sandweg, der zum Nestroygarten führte. Gebhard musste aufpassen, dass sie ihn nicht entdeckten, denn außer ihm gab es um diese Zeit nur vereinzelt Spaziergänger.

Links von ihm trieben sich Kläffer herum. Wahrscheinlich gab es unter den tiefer gelegenen Freiflächen eine Hundewiese. Die Sicht darauf versperrte ein Waldstück, das am Grat eines Hügels in östliche Richtung führte. Rechts, vor den Hochhäusern und gesäumt von Büschen, rückte ein Abenteuerspielplatz näher, auf den sie lenkten. Gebhard scherte aus. Er lief ein paar Meter auf der anderen Seite des Hügels, von dem man einen weiten Blick hatte auf den See. Die Böschung war dicht bewachsen. Er musste aufpassen und über Äste steigen. Dann zielte er nach rechts, balancierte über Rabatten und Natursteine und pirschte sich in die Waldzunge, die dicht an den Spielplatz reichte. Über ihm hämmerte ein Specht. Gebhard ließ sich ins Farn hinab und lehnte an eine verkrüppelte Fichte. Von hier aus konnte er mit dem Okular jedes Detail erkennen, die hölzernen Rampen, über die man Bocksprünge machen konnte, die Palisadenburg mit der Rutschbahn und dem Parcours aus Seilen. Der zweite Kerl, der wie ein Freak gekleidet war, trug eine khakifarbene, taschenbesetzte Hose, eine Windjacke mit petrolgrünem Kunstpelz und einen altmodischen Herrenhut. Neben die baumähnliche Wippe hatte er den prall gefüllten Rucksack gestellt, aus dem er eine Flasche mit heller Flüssigkeit kramte. Nach mehrmaligem Verstellen der Schärfe sah Gebhard das blaue Dekor und vermutete, dass es sich um einen Wodka Gorbatschov handelte. Jetzt öffnete Tischler die Schachtel, die er in der Hand hielt, zog aus der Gesäßtasche eine zweite und eine dritte Packung. Ganz offensichtlich Pharmazeutika. Sie bastelten sich einen Cocktail, warfen drei, vier Pillen ein, die sie mit Alkohol schluckten. Ein einziger Blick aus der Nähe würde genügen, sie als Eigentum des München Stiftes zu identifizieren. Unwillkürlich robbte der Heimleiter noch zwei Meter heran.

Er hörte, wie sie über „Feuer" sprachen. Gebhard verstand nicht, ob ein konkretes Feuer gemeint war oder ob die abgehackte Sprache dieser Menschen etwas anderes meinte, Leidenschaft vielleicht oder ein berauschendes Erlebnis. Jay sagte etwas, das klang wie: „Alles steht in Flammen." Im schräg einfallenden Licht tanzten Stechmücken und Staubteile. Vögel raschelten im Laub. „Mit einem Rums". Er erkannte deutlich die Stimme des Dicken. „Keine Ahnung, was er reingeworfen hat. Weiß nicht wie ... reingelegt."

Er schwieg und ließ eine dunkelhäutige Frau mit einem Schoßhündchen passieren. Vögel zwitscherten in der idyllischen Stimmung des aufziehenden Abends. Weiter hinten spielten flachsblonde Kinder an schräg betonierten Klettersteigen, aber das interessierte nicht. Jay schaute auf das Farn, die Blockhütte und die in der Brise zitternden Zweige, er glaubte ihre hölzerne Morphologie zu durchschauen, überzeugt, dass sie in Wirklichkeit opak waren, dunkel und unstrukturiert, und nur er ihnen Form verlieh kraft seines Willens …

„Wie zum Teufel kann er sich das leisten? Er hat dich beschissen", meinte der Freak.

„Magda ahnt was. Weißtschon. Gestern hat sie angerufen und erzählt, dass man Suhrkamp gefunden hat. Mit diesem Misstrauen in der Stimme. Weißtschon."

Die beiden schüttelten sich vor hemmungslosem Gelächter mit allen Übergängen vom Wiehern zum Kichern und zurück, mit jämmerlichem Quieken in den Pausen und immer wieder neuen Ausbrüchen. Da ihre Unterhaltung kaum Anlass für diese Heiterkeit bot, musste es die Wirkung der Pillen sein.

„Im Sauerkraut - das ist der Hit", quäkte der andere.

„Sie werden denken, der Nachbar hat`s getan", feixte Jay.

Ungeachtet der seltsamen Situation lag Gebhard mit Sakko und Krawatte zwischen den Farnen und lauschte auf jedes einzelne Wort. Der Freak mit den langen Koteletten nahm federnd den

Rucksack auf, sagte was Cooles; dann stiefelte er über den Sand und vorbei an der verkrüppelten Fichte. Die Sonne senkte sich rubinrot über die Wipfel. Der Schatten eines am Westpark stehenden Hochhauses wanderte auf den Platz und Gebhard wurde sich bewusst, dass er den Rest des Tages damit verbrachte, auf der schmutzigen Erde zu liegen, würdelos, am Rande eines mit Müll angefüllten Spazierweges, und dachte, dass er den ersten Teil des Tages ebenso sinnlos verschwendet hatte mit Papierkram, Rumsitzen und Warterein. Er hatte ihn damit vergeudet, andere zu vertrösten, ungeheuerliche Worte gebrauchend wie Demut, Verständnis, Glaube, Barmherzigkeit, Hoffnung, die seinen Wortschatz prägten, so dass er sich beim Reden nicht mehr zuhören konnte. Warum diese Hoffnungsschlempe trinken, eine dicke, süßliche und ermattende Brühe, die niemanden nährt und keinen interessiert? Gebhard hob sich aus dem Unterholz. Als er näher kam, sah er, dass Jay der Schweiß hinter den Ohren in das T-Shirt hinab lief.

Jay saß da mit schweren Gliedern, trockenem Mund und einer dämlich grinsenden Miene. Als er aufsah, war sein Kumpel verschwunden, aber das wunderte ihn wenig: er existierte gar nicht. Während seines Rausches war der Dicke zu der Überzeugung gelangt, dass es die anderen nicht gab, und dass er die Illusion ihrer Existenz auslöschen konnte, indem er einfach nicht an sie dachte. Die Sonne stand niedrig, war aber so stark, dass sie ihm in den Augen brannte. Die Höhlen schmerzten. Er schloss die Lider und versank erneut in sinnloses Kichern. Dann, als er blinzelte, blickte er in Gebhards angespanntes Gesicht, und das konnte überhaupt nicht sein. Jay reagierte mit besoffenen Gelächter. Das war nun ganz und gar unmöglich, dass dieser verklemmte Spießer vor ihm stand. Er hatte in seiner Wahrnehmung dunkelbraune Flügel mit weißgrauer Unterseite und grau bestäubten Rändern. Jeder Flügel war in der Mitte mit einem wie Stahl glänzenden Augenfleck gefärbt. Gebhard vibrierte wie ein Nachtfalter, die Wangen mit ungesunder Röte überzogen, die Augenbrauen schwarze, bewegliche Fühler. Jay kicherte haltlos und wollte gar nicht zur Ruhe kommen. Das reizte mehr als jedes geheuchelte Wort.

Die Stockschläge trafen ihn am ganzen Körper, am Schulterblatt, am Hintern, zwischen den Beinen. Mit solcher Wucht trafen sie, dass ihn der Schmerz trotz des Rausches erreichte. Anfangs verzögert. Aber innerhalb von ein paar Sekunden ernüchterte er. Jay quiekte wie ein Schwein. Die Zunge kam hervor, lang und rot, er japste, stöhnte, rief um Hilfe. Aber da war niemand außer den Kindern. Der Angreifer gab keinen Laut von sich, sondern tanzte um ihn herum in stiller Ekstase. Jay wandte sich nach links und nach rechts, ruckte und zuckte mit dem ganzen Leib. Der Kopf wandte sich zur Flucht, aber die Beine versagten ihren Dienst. So lag er vornüber auf dem Eisengitter der Bank wie auf einem Richtblock, umrahmt von Petunien und Ringelblumen. Die Weichteile wabbelten noch, da rutschten die Schachteln aus der Tasche. Verschreibungspflichtige Medikamente mit der Aufschrift *Tramadolor* und *Diazepam*.

„Wenn du klaust, dann nicht vor meiner Nase!"

Was Gebhard zwischen den Zähnen vorstieß, klang mühsam und gleichermaßen hilflos, und sein Satz implizierte ein geheimes Einverständnis, wenn der Azubi in dem Alten-Ghetto etwas mitgehen ließ. Jay regte sich nicht mehr, als der Nachtfalter abschwirrte. Die Kinder näherten sich langsam und sahen, dass er seinen Kopf bewegte. Es sei nichts, zischte er, sie sollten abziehen. Gebhard hatte also beobachtet, wie Jay vorhin die gestohlenen Medikamente fallen ließ - direkt vor St. Joseph. Im Grunde musste er dem Heimleiter recht geben: es war das Dümmste, was er sich je geleistet hatte. Hätte er doch nur die Aktentasche benutzt, die zu Hause unter dem Aquarium lag. Die Aktentasche des alten Liedl. Rötlich-braun, aus feinstem Leder.

Die zerbrechliche Hülle

Die Windböen wirbelten Sand, Müll und ausgeblichene Zeitungsfetzen auf. Von der Gasse waren abgerissene Stimmen streitender Männer zu hören, Bierdosen rollten über die Straße. Er rasierte sich gegen seinen Willen, kaum zu koordinierten Abläufen fähig. Wie Blei beschwerten die Folgen des Alkohols die hintersten Regionen des Hirns. Sein Mund: eine ausgetrocknete Zisterne. Samstagnachmittag. Er hatte immer das Grab Dubceks besuchen wollen; der in die Forstverwaltung deportierte Reformer war 24 Jahre nach dem Prager Frühling in Bratislava zugrunde gegangen. Doch Ben verwarf den Gedanken. Nein, er machte keine Pläne für den Tag, außer sich zu betrinken. Auf dem Beistelltisch wartete eine angebrochene Flasche Whisky. Als er den Fernseher einschaltete, ergriff ihn Ekel ob der konstruierten Kunstwelt, die im Osten Fuß fasste. Werbefilme, durch Disney-Spots unterbrochen. Ein Magazin verkaufte Urlaubsreisen, als wären sie ein Kanaan. Ben raffte sich auf. Vor dem Fenster entspannte sich eine Topographie aus Bäumen, Bänken und Villendächern. Der Geruch einer frischgemähten Wiese verbreitete sich; kurz darauf roch er den Fluss, seinen warmen Gestank nach Fisch und Maschinenöl. Konnte es sein, dass ihn die Intrige zum Straucheln brachte?
Der grauhaarige Kommissar, den er anfangs belächelte, hatte ihm einiges voraus: eine Familie, Zukunft und Gelassenheit. Er konnte es sich leisten, ergebnislos zu operieren, und diese Position, nicht auf Erfolg angewiesen zu sein, ist die sympathischere, souveränere, die einzig privilegierte, die man im Leben haben kann, dachte er, als er aus dem Fenster sah, und daran, dass er den Slowaken um seine Würde beneidete.
Ben verstand jetzt, dass sich Isa verändert hatte. Ein Jahr mochte es her sein, da war ihm aufgefallen, dass sie markierte. Die Begrüßung, die Zärtlichkeit des Gesprächs, ihre Leiden-

schaft beim Sex, alles war, seinen gängigsten Erinnerungsfiguren entsprechend, Theater. Das Leben nach dem Kalender trug dazu bei und sein flammender Ehrgeiz. Er hätte Isa, wie sie log und schauspielerte, die Larve vom Gesicht reißen sollen. Wen wollte sie belügen, wenn nicht sich selbst? Aus ihrer Sicht hatte er sich entfremdet; zunehmend schien er sich für die Sprache der Wissenschaft aufzusparen. Ehrgeizig und fordernd verfolgte er den Anspruch, seine Arbeiten auf ganz bestimmte Weise veröffentlicht zu sehen. Erst wenn er einen Fall gewissenhaft dokumentiert hatte, verlagerte sich seine verbissene Konzentration. Seine Karriere im Innenministerium verdankte er nicht Familienverbindungen sondern dem Umstand, dass er mit den statistischen Erfassungsmethoden besser vertraut war als die Vorgesetzten. Privat verhielt er sich nicht sonderlich liebenswert, blieb ihr gegenüber wortkarg, verschlossen – ein von der Kriminalistik absorbierter Mensch. Zusehends habe er seinen Charme eingebüßt, sich Isa zufolge zum Einzelgänger entwickelt, so seine Erinnerungsfigur.

Ein Angler mit einem vor Brotvorräten, Cashern und anderen Utensilien geschwellten Rucksack schritt den Fluss entlang, um einen Platz für sich zu finden. Hier und dort standen am Rande der Promenade Fischende in langen Gummistiefeln, doch sie stellten keine Abwechslung dar gegenüber dem farblosen Wasser, dass sich monoton dahin wälzte; starr, abwesend und grau erinnerten sie an große Reiher. Wir sind nicht für das Alleinsein bestimmt, dachte er, es treibt uns in den Wahnsinn. Die endlose Überlegerei, das geistige Durchkauen von hundertfach Durchkautem, das Abwägen von Alternativen, die substanzlos sind, das Theoretisieren über Zustände, die keine Realität besitzen, das krebsartig wuchernde Nachdenken über Befindlichkeiten, die sich aus der Isolation ergeben; diese Gedankensucht, dachte er, am Fenster stehend, dieser Gedankenwahn führt zur Frühvergreisung, Verkrustung, Verdämmerung. Die Deutschen treiben in einem Koma ohne Vision, ohne Protest, ohne Zukunft.

Jetzt sah es aus als würde eine mächtige Wolke einen Schatten auf den Wasserspiegel werfen und stürmisch rauschte der Wind in den Blättern. Er dachte, dass das Leben absurd sei und aller Stolz darin bestehe, sich dagegen aufzulehnen. Der Protest war sein integraler Bestandteil und dass man Talente herausbilden wollte, um die krassesten Brüche zu mildern; doch diesen Spielraum ließ man ihm so wenig wie anderen. Kein Platz für das Unfertige, Kantige, das Kreative, das nach neuen Formen sucht. Er nahm an, dass pure Angst die Menschen trieb, sich gegenseitig zu imitieren, in einer Art Mimikry die etablierte Ordnung zu übernehmen. Da gab es nur wenige Ventile, mit denen die anderen den konformistischen Druck loswurden; sie reagierten autoritär wie Wolkenstein oder gewalttätig wie Becker. Erfanden sich Hobbys: züchteten Bonsai-Bäume oder sammelten Schellack-Platten.

„Wie es rostet und rauscht in morbider Fülle rings um mich herum", intonierte er und lief zurück. Er glaubte, dass es dieses Rauschen war, das die zerbrechliche Hülle der Stunden störte. „Wir sehen, wenn wir Menschen sehen, nur Verstümmelte, körperliche oder seelische Krüppel, die unser eigenes Elend spiegeln. Je besser wir einen Menschen kennen, desto elender kommt er uns vor." Paralysiert flackte er auf dem Bett, stierte auf den grabmalhaften Abluftkamin und wiederholte irgendwelche Sätze, die ihm durchs Hirn schossen. Gegen vier Uhr klingelte das Telefon. Es war Anne.

„Rate mal, wer sich hinter der Stiftung verbirgt?"
„Von was sprichst du?"
„Ein Multimillionär aus den Emiraten. Mohammed al Sarti.
„Wer soll das sein?"
„Der Eigentümer der Liedl AG. Er verfügt über 68 Prozent des Kapitals."
„Hm. Ach so."
„Er unterstützt die Wahabiten, die als aggressiv gelten."

Ben fühlte eine sonderbare Eifersucht. Dass Anne alles herausfinden durfte! Noch dazu war er es, der die Anfrage an das Konsulat der Emirate gerichtet hatte.

„Ein Wiener Taxifahrer hat sich gemeldet, Haberzettel, Benno ..."

„Der heißt ja fast wie ich!"

„Jetzt hör mal zu: er hat den alten Liedl von Schwechat nach Bratislava gebracht, und zwar in die Šancová - angeblich ist dort der Strich, und er hat gedacht, der feine Herr will einen draufmachen."

„Ganz Bratislava ist ein Bordell. Ein Bordell, schwöre ich dir." Ben wollte sich den Anschein geben, als könne er etwas beitragen. Er merkte selbst dass es nur Attitüde war.

„Ich sprach mit der entlassenen Putzfrau. Sie hat den Wohnungsschlüssel im Büro der Centricon abgegeben, am Savignyplatz. „Außer Tatjana Klinkosch hatten also noch mehr Leute Zugriff auf Goethepark 7..."

„Zugriff auf eine Wohnung: wie albern das klingt."

„Mach dich nur lustig. Immerhin ermittle ich für dich."

„Heißt das, niemand kümmert sich um den Fall?"

„Die Unterlagen wandern nach wie vor auf deinen Schreibtisch."

„.Wo alles nachvollziehbar und wissenschaftlich behandelt wird: nämlich gar nicht!"

„Dem Vernehmen nach gibt es geheimdienstliche Erkenntnisse über die Centricon."

„Woher willst du das wissen?"

„Ich habe eine Freundin, die als Sekretärin arbeitet."

„Beim BND?"

„Tut nichts zur Sache. Jedenfalls stehen die unter Verdacht, Zentrifugen für militärische Zwecke zu verkaufen."

„Warum habe ich das nicht erfahren?"

„Weil es streng geheim ist. Das weiß niemand im LKA."

Er fragte sich einmal mehr, warum er in Bratislava ermitteln sollte, wenn die Täter in New York oder Dubai waren? Wieder spürte er diese seltsame Eifersucht. Anne stand ihm individuell nahe, doch er war nicht ihr Typus. Es gibt auch den umgekehrten Fall. Man kann jemanden mögen, weil er den richtigen Typus verkörpert, aber man kann seine Individualität nicht leiden. Allerdings konnte er sich auf sie verlassen, ob sie sich nahe standen oder nicht. Sie war seine einzige Verbündete.

Ein Kahn mit ägyptischer Flagge schob sich unter der Brücke hindurch. Es war lang und schwarz wie eine alte Fabrik und transportierte Schafe. Zwei Matrosen lehnten an der Reling, rauchten, schauten Richtung *Stare mesto*. Ein nachfolgendes Gleitboot kreuzte das Kielwasser. Sein Bauch schlug weich wie ein Fisch gegen die Wellen.

Er starrte auf das Telefon. „Scheiße", dachte er. „Scheiße, die haben mich kaltgestellt. Soll ich in Bratislava bleiben?"

Es klingelte. Als er das Gespräch annahm, war es Jamina. Vor Überraschung glitt ihm das Handy aus den Fingern und rutschte auf den Teppich.

„Papa" bat sie. Es hörte sich leise an. Sehr leise.

„Hallo" antwortete er. „Alles in Ordnung?"

„Ich bin abgehauen" piepte sie. „Mit dem Zug."

„Wo bist du, Liebes."

„Ich wollte dich besuchen in Berlin. Aber ich habe den falschen Zug erwischt."

„Weißt du, an welchem Bahnhof du bist?" Seine Stimme zitterte ein wenig

„Wilhelmshaven" flüsterte sie. „Mach dir keine Sorgen, Papa. Ein Mann kümmert sich um mich."

„Was für ein Mann?"

„Da kommt er gerade", flüsterte sie. „Er hat schon mit Mama telefoniert. Sie werden mich zurückschicken."

Dann wurde die Leitung unterbrochen und er saß da mit dem Gerät in der Hand. Als sei etwas abgehackt worden, was er gerade noch im Arm gehalten hatte. Sechs Jahre war seine Tochter alt. Wenn sie Schwierigkeiten hatte oder etwas haben wollte, kam sie zu ihm und nicht zu ihrer Mutter. Und jetzt das. Er merkte, dass er schwitzte. In diesem Moment dachte er, dass es ein fürchterlicher Fehler gewesen sei, ein Kind zu zeugen, für das man nicht die Verantwortung übernimmt, das man nicht sieht und das in einer zerbrochenen Beziehung aufwächst, in dieser ganzen Zerbrochenheit, die unweigerlich zur Verstümmelung führt. Eltern wussten ganz genau, dass sie das Unglück, das sie selbst sind, in ihren Kindern fortsetzen. Mit Grausamkeit gingen sie vor, indem sie Kinder machten und in die Existenzmaschine warfen. Frühzeitig hätte er absehen können, dass Isa und er nicht zueinander passten, dass sie immer ein Hamsterleben anstreben würde, eine Hamsterkäfigexistenz, die ihn erstickt hätte, dachte er vor dem Fenster stehend, vor dem sich die Donau dehnte. „Dieser Drecksfluss", fluchte er, „in dem die Frachter ihr Öl verklappen."

Er lief ins Bad und ließ das Wasser ein. Rauschend stürzte es in die Wanne. Seine Gedanken kehrten zu dem Gespräch zurück, zu Jamina. Er spürte, dass eine physische Verbindung zu ihr existierte, wo immer sie sich befinden mochte, über Ozeane und Stürme hinweg, eine dünne, telefonische Leitung, die Felsen, Flüssen, tiefen Tälern ausweichen musste, ein dürftiger Kontakt, der leicht riss, wenn ihm die Mutter das Kind abspenstig machte, es ihm entzog, während er ihr gegenüber zu lebenslanger Unterhaltsknechtschaft verdammt war. Wie ein Abgeurteilter in der Zelle saß er und rekapitulierte Erinnerungsfiguren. Der slowakische Kommissar hatte recht. Alles was man tat war in letzter Konsequenz zum Scheitern verurteilt.

Das war kein Weg für ihn, mit dem Scheitern zu liebäugeln, sich am Ende in das Scheitern zu verlieben und aus dem Unglück eine Lebensauffassung zu machen wie so viele, sich zu verbohren in das Scheitern, dass es letzten Endes als das einzig mögliche, das naturgegebene, als Schicksal auftritt. Andererseits, was sollte er unternehmen, wie Erinnerungszwang und Gedächtnisgewohnheit besiegen? In der Theorie meisterte er alle Krisen, alle Gefährdungen, alle Verzweiflungszustände, theoretisch war er in glänzender Verfassung, ignorierte die Zermürbung mit der ihm eigenen Sturheit. Tatsächlich aber fühlte er sich trostbedürftig, sehnte sich nach einer Frau, die seiner Existenz, wenn auch nur kurzfristig, Realität und Berechtigung verlieh.

Er erhob sich vom Bett, auf dem er nackt und still saß, lief ins Badezimmer und sah, dass gerade erst der Boden der Wanne bedeckt war. Er betrachtete minutenlang den fingerdünnen Strahl. Die Flüssigkeit zeigte bisweilen bräunliche Farbe. Dann betätigte er den Kipphebel für den Duschbetrieb, duschte im Sitzen auf dem Badewannenrand, das Gesicht dem Regen aus der Dusche zugekehrt. Seine erschlafften Knie und Handgelenke, sein schmerzender Schädel hüllten sich in Wasserdampf. „Was hast du in deinem Leben geleistet?", fragte er sich, der Mund ausgetrocknet, die Kehle zusammengepresst. Er schluckte mühsam. Er hatte mit beruflichen Erfolgen gerechnet, sie psychologisch abwägend in seine Bilanz einkalkuliert. Jetzt fühlte er sich ausgebrannt, entleert selbst von Metaphern.

Die Flüssigkeit, die sich anstaute, war lauwarm und enthielt den Geruch von brackigem Wasser: die Steigleitungen des Hotels mussten korrodiert sein. Er holte Luft und presste den Kopf unter die Oberfläche. Dann zwang er sich, die Augen zu öffnen. Auf dem Wannenrand gingen winzige Frauengestalten auf und ab wie bei einer Modenschau, die Hände in die Hüfte gestemmt. Sie waren jedoch nackt. Manchmal blieben sie stehen und beugten sich weit über den Rand, als wollten sie zu ihm ins Becken springen. Ihre Brüste, kleiner als Kirschkerne, hingen frei herab. Es war ihm, als könnte er mit ihnen reden.

Das große Rauschen

Die Blocks, die der Zeitungshändler als *Garment District* beschrieb, schienen ziemlich heruntergekommen. In den letzten Jahren waren die Kleidungsfabriken und Ausstellungsräume entlang der 7th Avenue nach Chinatown abgewandert oder hatten dichtgemacht. Möglicherweise nutzte man die Werkstätten noch als Lager. Sie liefen, vom Bryant Park kommend, die 35te Straße westlich nach Chelsea und hielten vor einem pikfein renovierten achtgeschossigen Jugendstil-Gebäude mit Relieffenstern.
„Assalam-o-allaikum" sagte der 1-Meter-90 Mann, gekleidet in eine Kurta, in die Sprechanlage. Trotz des Bartes identifizierte man rötlich gefärbte Pigmentstörungen. Ahmad redete unhöflich lange. Die kehligen Laute klangen gequetscht, aber auch scharf und explodierend.
What language is it?
Urdu.
Der Bärtige bezog vor dem Lift Stellung. Die Stahlwand schob sich lautlos zwischen sie. Der Motor entwickelte das Drehmoment. Stahlseile glitten über die Umlenkrolle, Gewichte sausten in die Tiefe. Der Kasten transportierte ihn über das Dach hinaus in die wie ein Flaschenkorken aufgesetzte Maisonettewohnung, Die Halle, von der sich eine Treppe in die Galerie schwang, schmückte ein Mosaik aus farbigem Marmor und zeigte, als Detail einer Jagdszene, eine Antilope im Sprung.
„Kommen Sie. Treten Sie ein."
Im Empfangszimmer hingen Spiegel in verschiedenen Winkeln, Formen und Größen. Der Doktor löste sich aus der holzgetäfelten Bar, die eine halbe Etage höher lag. Als er mit zwei Drinks die Halbtreppe herablief, spiegelte sich sein blendendes Lächeln.

„Entschuldigen Sie, dass ich um 23 Uhr noch bei ihnen aufkreuze."
„Besser spät als nie. Nehmen Sie."
In Anzughose und gebügeltem Khaki-Hemd wirkte er förmlich wie eh und je.
„Mmh. Bitter und süß."
„Curaçao mit Spezialtinktur. Sie werden das entspannende Fluidum gleich spüren."
Auf dem niedrigen, mit Intarsien versehenen Teakholztisch lag eine Wasserpfeife mit fünf Schläuchen, die aussah wie ein künstliches Herz. Zwei Seiten begrenzte ein Diwan mit Stoff und Lederkissen. Dahinter hing eine goldene Medaille an einem Band.
„Was ist das?"
„Unser Staatsorden ‚Nishan-i-Imtiaz' "
„Lustige Sprache. Klingt fast afrikanisch."
Der Doktor streifte ihn mit kühlem Blick. Er hatte sich vor den Samowar gekniet, um Tee aufzugießen. Von Zeit zu Zeit warf er körnerweise Kohle in das Rohr. Sie erinnerte an Kristalle. Der Rauch, der sich bildete, roch parfümiert. Peter hatte das Gefühl, den Duft eines Blumenstraußes einzuatmen. Diese Gerüche glichen den arabischen und türkischen Essenzen, die er bis zu diesem Tag gerochen hatte – Zimt, Kardamon und Ingwer konnte er unterscheiden.
„Stellen Sie sich vor: man hat mich ausgeraubt. Mitten im Waldorf-Astoria."
„Sie Ärmster. Ihre Kleidung ist ramponiert" entgegnete der Wissenschaftler trocken. „Wie nach einer" - und dieses Wort betonte er - *außergewöhnlichen* Schlacht."
Peter bewegte abwechselnd die linke und die rechte Hand kreisend in der Luft, als ob er damit Wesentliches zur Erklärung beisteuern könnte.
„Die haben mich in einen außergewöhnlichen *Schacht* gestoßen."
„Das ist bedauerlich."

Massuri sprach langsam und sorgfältig und wenn er ihn mit diesen dunkelschwarzen Augen anschaute, ebenso gelassen wie distanziert, dann fühlte er sich unangenehm berührt.
„Äh - die Jacke. Die Jacke hat man mir im Hotel geliehen."
„Fühlen Sie sich als mein Gast. Ich lasse ihnen Badewasser ein und suche Hosen."
„Danke, danke. Ich habe bequeme Kleidung mit: T-Shirts und Anti-Form-Jeans. Oh, oh - ich liebe Antiform!"
Massuri öffnete den gepolsterten Eingang. Sie durchquerten den Konferenzraum. Er war nach der schräg abfallenden Seite komplett verglast, so dass man auf das weiß ausgeleuchtete Swimming Pool sehen konnte. Während sich sein Gastgeber nebenan zu schaffen machte, blickte Peter auf die Silhouette des General Post Office und schlürfte den bitteren Rest des Drinks. Er kehrte zurück. Peter deutete auf ein Bild mit einem Minarett im Hintergrund.
„Schaut aus wie eine Moschee."
„Unser Vertriebsbüro in Rawalpindi, Murree-Road."
Der Mann entfernte sich, um Tee zu holen. Peter schwindelte, als er die Reisetasche auf den Hocker stellte. Er hatte auf dem Foto den Namen *Centricon* gelesen. Unmittelbar darauf spürte er einen Würgereiz und eilte zum marmorierten Bidet, das er für die Kloschüssel hielt. Dem Likör, der seine klassische Färbung nicht eingebüsst hatte, folgte in etlichen Konvulsionen das Eiersandwich, ein amorpher, gelblich gefärbter Teig, der Spuren der Verdauung aufwies. „Verdammte Streptokokken!" dachte er.
Das Rauschen des Badewassers wurde lauter.
Zuerst fühlte er einen Zustand der Leere, jedoch an den Rändern des Bewusstseins glitt er in eine Art Trance. Er tupfte sich das Erbrochene vom Mund und warf das Papier in den Abfall. Merkwürdig. In dem metallenen Zuber fand er Flugtickets, ausgestellt auf Dr. Zhakir Massuri: Tegel-Schwechat vom 1.5., Schwechat-Tegel vom 3.5., Tegel-Southhampton vom 7.5.

Der Mann brachte Tee durch die zweite Tür und spiegelte sich im Edelstahl des Rollcontainers. Als Peter sich aufrichten wollte, sah er die Fußbekleidung, die über die Fliesen ploppte.
„Orissa Blue Granit – genau wie auf dem Schiff."
„Sie werden bald Teil dieses blauen Universums sein."
Peter schwankte, als der Mann ins Bad trudelte. Ihm wurde bewusst, dass er sich in seiner Anwesenheit von Anfang an unwohl gefühlt hatte.
„Sie sind ein Mörder" lallte er.
„So? Wie haben Sie das herausgefunden?"
Eine Schwäche schwappte über ihn hinweg. Er drehte sich in den Knien und tauchte ab in den Granit.

Als er erwachte, hörte er das große Rauschen. Er identifizierte die Armatur, aus der ein breiter Schwall Wasser stürzte: verchromter Luftsprudler mit Wassereinlauf. Seine Finger fühlten sich so holzig an wie der Spargel, den seine Mutter immer kaufte. Keinen Millimeter konnte er sich rühren.
„Die Cops sind nicht sonderlich auf Zack. Man muss sie mit der Nase auf zwielichtige Elemente stoßen."
Die Frequenz unterschied sich deutlich von dem Niagara-Rauschen und dann, nach mehreren Anläufen, vernahm er seine eigene Stimme.
„Haben Sie bei mir im Hotel angerufen?"
„Ein Landsmann."
„Bastard! Warum tun Sie das?"
Gelassen auf dem Hocker sitzend schlürfte Massuri aus der filigran verzierten Tasse, die er offenbar für sich selbst bereitet hatte. Die Zwischenräume der vierzackigen Sterne, die sich an den Spitzen berührten, bildeten weiße Rauten. Die Sporttasche lagerte schräg hinter ihm, auf der Toilettenschüssel.
„Ihre großartige westliche Kultur: sie ist so abstoßend mit ihrer Kälte, Dekadenz, ihrer Libertinage, mit ihrer Entfremdung und Zerfallenheit. Was wir dagegen stellen ist eine konservative Revolution. Wir bekennen uns zu Werten, die in ihrem Land

nicht mehr zählen. Schauen Sie die Manager der Centricon an: käuflich, unfähig, haltlos."
„Abgesehen davon, dass es nihilistisch ist, wahllos Menschen zu opfern, bin ich völlig ihrer Meinung, dass der Westen dekadent ist. Sie können jetzt das Wasser abstellen." Peter hauchte einige stimmlose Worte, dann artikulierte er: „Ich verrate ihnen ein Geheimnis: ich stamme aus dem Osten!"
„Seit wann ist Arnulf Liedl aus dem Osten?"
„Wissen Sie nicht, dass der wahre Arnulf unglücklich verstorben ist?"
„Es heißt, er sei ins Federbettchen geschlüpft und im Sauerkraut aufgewacht. Sicherlich wissen Sie über den Hergang mehr - *Peter Tischler*!"
„Was wollen Sie von mir?"
„Können Sie sich das nicht vorstellen?"
„Nein."
„Sie beweisen weniger Phantasie als ihr Bruder!"
„Lassen Sie Jay aus dem Spiel!"
„Er hat mit mir telefoniert – während Sie gerade dabei waren, das Muschikätzchen Tatjana zu entsorgen. Wofür ich ihnen übrigens dankbar bin. Es hat gekratzt und gebissen! Ich habe die Frau beschattet, seit sie die Wohnung Liedls durchsuchte. Seitdem ist mir klar: ich mag Osteuropäer einfach nicht."
„Haben Sie Tatjana deswegen umgebracht?"
„Sie wusste Bescheid. Warum glauben Sie hat sich die geschäftstüchtige Hure mit so einem Pimpf eingelassen?"
Die Badewanne war zu mehr als zwei Dritteln gefüllt. Mehr Wasser stürzte hinein, tosend und lärmend wie ein Katarakt. Peter begriff, dass er innerhalb von Minuten ertrinken würde. Er kämpfte gegen die Lähmung und schaffte einen seismographischen Ausschlag hinter dem Rücken.
„Ich verstehe nicht ... also Verhältnismäßigkeit der Mittel ... beziehungsweise ... Einspruch! - was wollen Sie eigentlich?"

„Stellen Sie sich vor, der alte Liedl hatte Gewissensbisse. Erst verdient er sich eine goldene Nase, dann will er uns hops gehen lassen. An die IAEO verpfeifen."

„I-A?"

„Die Atomenergie-Behörde in Wien."

Irgendwie fühlte er sich schrecklich müde. Am liebsten wollte er einschlafen, aber er befürchtete, dass es für immer sein würde. Die Dienstjacke, deren Knöpfe er gelöst hatte, strudelte algengleich um seinen Körper und gab ihm eine Idee, wie er als Wasserleiche aussehen könnte.

„Was wollen Sie von Jay?" fragte er mit Anstrengung.

„Liedl hatte Unterlagen bei sich – wichtige Unterlagen. Konstruktionspläne für Zentrifugen, die bei mir im Safe deponiert waren. Belege, dass wir nach Islamabad, Teheran und Pjöngjang liefern."

„Ach so – die Aktentasche!"

Er erinnerte sich an die braune Ledertasche; sie lehnte auf dem Rücksitz des metallicfarbenen VW-Busses. Dass Liedl sie vergessen konnte ... das musste am Gewitter liegen. Oder er spürte den Atem des Verfolgers.

„Sie haben ihn umgebracht? In der Hütte in Keźmarok?"

„Er foppte mich. Erzählte, dass er die Papiere nach Blackgang verschickt habe. Allah sei Dank – nun weiß ich, wo sie sich befinden."

„Jay ist eine ehrliche Haut. Er hat den Fund bei ihnen gemeldet - die Sache ist erledigt!"

„Ihr Bruder scheint cleverer als Sie. Er bezifferte den Wert der Dokumente gegenüber dem Marketingleiter auf hunderttausend Euro." Der Ingenieur sprach ruhig und eindringlich, während mehr und mehr Wasser einlief. Der Pegel kletterte nach oben.

„Das finde ich überzogen. Sobald ich in München bin, werde ich ein ernstes Wort mit ihm reden."

„Durchaus nicht. So eine Zentrifuge besteht aus 2000 Teilen. Ein G-1 oder G-2 kostet fünf Millionen Dollar."

„Wahnsinn." Peter gurgelte, schnappte nach Luft. Dann hauchte er: „In ihrem Land verhungern Zigtausend."
„Bisweilen sind Opfer nötig. Unsere nukleare Macht dient der Verteidigung der moslemischen Hemisphäre."
„Pjöngjang moslemisch? Sie meinen die Clique ... der sie selbst ..."
„Wir werden die Schlacht zum Feind bringen, um die Hände der Juden und Kreuzritter zu verbrennen, die in unseren Ländern Feuer legen."
„Großmächtigster ... Sultan! Seien Sie ein Gönner. Helfen Sie ... um der Menschlichkeit willen ... Mitleid mit ... unbeteiligt ... aus dem Osten ...

Man wird ihm zurückerstatten müssen, was ihm gehört; so dass er wiederum sein Versprechen gegenüber Mohammed al Sarti einlösen kann, seinem Förderer und Bruder. Sein Vorgehen ist für ihn eine Sache der Ehre. Schon einmal hat er das Gesicht verloren, als er den Verlust der Papiere nach Dubai melden musste. Er greift über die Wanne, stellt das Wasser ab, das dem Ungläubigen mittlerweile zum Mund reicht. Er schenkt dem prustenden, dem jammernden, dem schimpfenden Kretin keinerlei Beachtung. Die chemische Lösung, die er mit dem Drink verabreicht hat, wird ihn noch eine Stunde lähmen – länger braucht er ihn nicht. In aller Ruhe erhebt er sich, läuft hinüber in die Küche, um das Handy zu holen,

Supernova

Je planmäßiger Menschen vorgehen, desto schrecklicher trifft sie der Zufall. Das könnte man zwar nicht von den Behörden behaupten, die den Sauerkrautfall verschlampten; wohl aber von Ben. Er stieg aus dem bracken Wasser, von dem der Schaum längst abgeschmolzen war, trocknete sich, schlüpfte in die nicht mehr frische Wäsche - langsam und bedächtig. Er dachte daran, dass der Samstagabend für ihn immer ein Grund gewesen war auszugehen, die örtlichen Bars und Diskotheken zu erkunden, und heute würde er sich eben dazu zwingen. Ein trauriger Bajazzo kauerte er auf dem Sessel, gekleidet in schwarzer Robe, und es dauerte eine Weile, bis er den nötigen Schwung fand. In wenigen Minuten hatte er die Altstadt erreicht und – durchschritten. Da waren die Fassaden der Bürgerhäuser, speziell das Grüne Haus, das einfach nur grün war, das Cafe Meier und ein Rathausturm, in dem eine Kanonenkugel pichte. Was sollte daran reizvoll sein? Er quälte sich damit ab, eine Languste, gefüllt mit Sauerkraut, zu verzehren. Dann passierte es: der Senfklecks rutschte beim Reinbeißen ab und landete auf dem Jackett. Nun könnte man behaupten, dass von einem Klecks Senf, vermischt mit Sauerkraut, keine unmittelbare Gefahr ausgeht. Doch untergeordnete Ereignisse, wenn sie amalgamieren, können unvermittelt größere Dinge zu Fall bringen. Seine Gedanken schoben sich übereinander, knirschten und entfernten sich voneinander. Wie tektonische Platten, die damit beschäftigt sind, auf dem glitschigen Magma darunter umher zu rutschen. Unmöglich, sie irgendwo festzunageln. Und wie der Senf und das Kraut entglitt ihm das Weltbild, die Hoffnung auf eine beherrschbare Ordnung wie sie in Deutschland gepflegt wird und mit ihr diese ganze Beflissenheit, Kompetenzdünkel, Rubrizierungswahn. Er gestand sich ein, dass das Chaos gesiegt hatte und kippte den Snack missmutig in den

Abfall. Hier half nur der überall gegenwärtige Becherovka, und Ben ließ gleich dreimal nachschenken, um sich zu stabilisieren. „Mag sein ich stamme aus einer Deppendynastie. Immerhin, mich unterscheidet von den Sesselfurzern die Erfahrung, dass hinter allen Pixeln und Symbolleisten etwas lauert, was unauslotbar, unsagbar und unzeigbar ist. Eine Leere, in der man sich verlieren kann."
Ein Slowake wies den Weg. Er schlenderte zum nordöstlichen Ende der Altstadt, wo die Šancová beginnt: eine Empfehlung des Taxifahrers aus Wien. Nichts zu sehen an der Ecke Legionárska, vielleicht war es zu früh, die Nacht nicht schwarz genug. Die Straße, wie ausgestorben, machte einen unwirtlichen Eindruck. Vereinzelt ratterte ein Lada über das Kopfsteinpflaster. Die Fassaden, soweit im Licht der Bogenlampen sichtbar, waren von Ruß geschwärzt, die Häuser unbewohnt. Die Oberleitungen wie ein Spinnennetz über dem verlorenen Winkel. Drei Figuren warteten auf die Straßenbahn. Graublaue Plastikflaschen glänzten wie Bäuche toter Fische. Dunkelheit. Bei der nächsten Lampe sah er ein paar Männer in ständiger Bewegung, in Flecken von Halbdunkel und blassem Glanz, mit Gesten, die im Licht begannen und in der Dunkelheit endeten. Schwer zu eruieren, ob es Zärtlichkeiten sind oder sexuelle Dienstleistungen, die sie erhofften. Ben dachte noch, er ermittle in einem Mordfall, doch ihn trieb die Sehnsucht nach dem Urbild des Weiblichen. Er näherte sich einer Wartenden, die man im Westen als *Collegegirl* beschreiben würde. Sie trug eine abgeschnittene Jeans und ein grünes Bikini-Oberteil. Turnschuhe mit verschiedenfarbigen Schnürsenkeln. Die Pupillen drollig, als ob ihr jemand Belladonna in die Augen geträufelt hätte. Er versuchte mit ihr ins Geschäft zu kommen, redete deutsch und englisch, versuchte es per Handzeichen, ohne sich verständigen zu können. Mag sein sie war taubstumm oder im Drogenrausch, das spielte keine Rolle für ihn; aber sie würde ihm das Gefühl vermitteln, ein Außenseiter zu sein, abge-

schnitten von der menschlichen Gesellschaft. Er wandte sich ab.

Ein vor ihm laufendes Muskelpaket in Turnhosen und Adidas-Schuhen deutete auf eine Frau, die mit ihm sprechen könnte. Das kurze Haar verlieh ihr ein spitzbübisches Aussehen. Ein Persönchen im abgetragenen Kamelhaarmantel. Spontan. Sympathisch. Aber nicht sein Typ.

„Nein, nicht ins Hotel." Ben dachte mit Schaudern an den zwinkernden Barkeeper, dem er zwei Papierchen abgedrückt hatte. Ihr Deutsch klang ungeläufig und eckig.

„*Dobre*, gehen wir zu mir. Heute ist möglich."

Sie präsentierte runde Bäckchen und reichte ihm fröhlich die kleine, feste Hand.

Im Auto fragte er, wie viel sie verlange. Sie zündete sich eine Zigarette an. Er erkannte die blaue Packung der Marke *Nil*.

„Ich verdiene gelegentlich dazu. Wenn wir knapp bei Kasse sind."

„Ich meinte: was kostet es?"

„Ich mache freundschaftliche Basis."

„Wie viel konkret?"

„1200 Kronen."

Dreißig Euro. Verglichen mit deutschen Nutten war das billig. Sonderangebot. Hol- und Bring-Service inklusive. Er blickte auf fransenbesetzte Stiefel, die in die Pedale traten. Bald näherten sie sich einer geduckten Siedlung von verschachtelter Geographie. Sie parkte und führte Ben in einen nach Kohl muffelnden Korridor. Gemeinsam stiegen sie eine Holztreppe nach oben. Das Dachzimmer, ausgelegt mit Linoleum und Paneelen, erhielt sein Licht von einer ballongroßen Korblampe.

Sie erzählte belanglose Dinge, fragte ihn, wo er wohne und nannte ihn *Schatz*. Dann entfernte sie eine mit Quasten und Bommeln verzierte Tagesdecke. Ben musterte die Einrichtung, während er das Hemd aufknöpfte: Poster von Lara Croft; Kompaktanlage mit zwei faustgroßen Lautsprechern, links und rechts neben die Schlafcouch gerückt; ein Tamburin auf dem

Nachtkasten; in der Nische ein winziger Tisch mit Holzfurnier, verklebt mit Vignetten von Wodka Flaschen; der Stuhl nachträglich braun und gelb lackiert – das konnte nur ein Jugendzimmer sein. „Wer wohnt hier?" fragte er.
„Ein Verwandter."
„Wann kommt er zurück?"
„Heute nicht. Er befindet sich im Lager."
„Straflager?"
Sie lachte viel, was er für diese Art von Geschäft ganz und gar unpassend fand. Nun entrückte sie in die Toilette, man hörte, wie sie spülte und sprayte. In Unterhose kletterte er auf die ausgeklappte Couch, über die sie ein Laken gebreitet hatte, und blickte gespannt zum Dachfenster. Da war eine Isolation, aus der er nicht ausbrechen konnte. Obwohl er Anne als Person schätzte und sie ihm ans Herz gewachsen war, hatte er es nie fertiggebracht, sich ihr erfolgreich zu nähern. Ihn störte, dass sie ihr Augenmerk auf Nebensächlichkeiten richtete, kurzum: ihre Alltäglichkeit. Passte sie zu jemandem, der sich für feinfühlig, phantasievoll und abenteuerlustig hielt? Jedoch, aus der Distanz besehen, strahlte sie Selbstvertrauen und Verlässlichkeit aus. Lange überlegte er, ob Anne den richtigen Typus für ihn verkörperte oder ob er ihr nur individuell nahe stand. Er gestand sich ein, dass sie für ihn erst wichtig wurde, seit ihn das Glück verlassen hatte. Natürlich, so dachte er, könnte er vor das Arbeitsgericht ziehen, alle verfügbaren Rechtsmittel einlegen, sich durch die Instanzen prozessieren, wie so mancher Michael Kohlhaas nur noch tätig in eigener Sache. Aber es musste doch eine weniger deutsche, eine produktive Lösung geben. Er fragte sich, ob er in die USA emigrieren sollte wie andere Begabte, die hervorragende Zeugnisse vorweisen konnten und Nepotismus verabscheuten. Dort hatte man ein komplett anderes, auf Einzelfälle bezogenes Rechtssystem. Er könnte sich auf Internationales Recht spezialisieren. Oder es dort bei renommierten Anwaltskanzleien versuchen als Fach-

mann für deutsches Recht. Aber Kriminalistik als Arbeitsgebiet, das konnte er knicken.

Er sah die Schattenwürfe am Fenster, als er von der Arbeit kam. Wie durch einen Schleier sah er es, der über das Bild gelegt war. Er zog sich eine Weile in sich selbst zurück, schweigend, reaktionslos. Die Motorik versagte, und das hinderte ihn daran, dem Hass sofort nachzugeben. Alpträume plagten ihn, doch er war unfähig, die Sache zu klären, mit seiner Frau zu reden. Zwischen ihnen hatte Schweigen geherrscht, jahrelang. Stillschweigend separierten sie sich ohne je körperlichen Kontakt zu haben. Der Scheißkerl war schuld. Sicher bot er ihr Geld, viel Geld. Seit dem Vorfall vor drei Wochen hatte er ihr nachspioniert und Ernüchterndes erfahren: dass ihr Fotogeschäft nichts abwarf; dass sie auf dem Strich ging. Irgendwann hatte sie damit angefangen und war dabei gleichgültig geworden, gleichgültig gegen ihn, gegen den Sohn, gegen den Ruf der Familie. Das Haus war ihm heilig; war ihnen beiden erhaltens- und schützenswert gewesen. Das konnte er sich noch immer nicht vorstellen, dass sie es mit dem Pinscher bei ihnen zu Hause trieb, Arnulf Liedl hatte die verbalen und motorischen Fähigkeiten eines Kindes. Hinzu kamen die Verstocktheit eines Erwachsenen, seine Bequemlichkeit und Arroganz. Er verkörperte alles, was er am Westen verabscheute. Wenn so einer glaubte, er könnte mit seinem Geld alles kaufen, wenn er dachte, er könnte mir nichts dir nichts eine Familie zerstören, in der er als Gast logierte, dann hatte er sich geschnitten. Dann war sein Leben keinen Pfifferling wert. Dass die Tischler-Brüder die Sache deckten und die Leiche beseitigt hatten, gab ihm recht. Mehr noch, es war das Eingeständnis, dass sie mit der Kuppelei einen kapitalen Fehler gemacht hatten.

Vernehmbar knirschte ein Schlüssel im Schloss, draußen auf dem Flur. Auf einmal hatte Ben Angst, die Frau könnte zu früh zurückkehren, ihm seinen Gedankenstrom abschneiden, ihm das nun Gedachte auf einmal zunichtemachen, mit einer einzigen unbedachten Äußerung jede Erkenntnis vernichten, die er für wertvoll hielt, für zukunftsträchtig. Das WC sprang auf: im Catwalk marschierte sie auf das Sofa zu. Räkelte sich auf dem Bettvorleger, berauscht von der eigenen Sinnlichkeit - eine Supernova im Flokati. Kichernd ließ sie den bedruckten Kimono zur Seite gleiten. Versonnen blickte er auf das Poster, das einen feuerroten Ferrari F-40 mit riesigem Spoiler zeigte. „Ja", knödelte er nachdenklich, „die Osteuropäerinnen sind bekannt für ihr Temperament." Die Mata Hari schälte zwei opulente Brüste aus dem Schlafrock und strahlte ihn mit blauen Augen an. Er wusste nicht weiter und entschied sich, auf die Toilette zu gehen.

Tango mit Maria

Das Badewasser wurde kalt. Die Verhandlungen zogen sich in die Länge.

„Wollen Sie ihren Bruder sprechen? Was soll das heißen: bringt nichts?"

„Kapier schon, verdammt", schrie Peter aus Leibeskräften, dass sich die akustischen Schwingungen zu ohrenbetäubender Stärke addierten.

„Hören Sie?" rief Massuri triumphierend. „Er ist in meiner Gewalt."

„Mir doch egal" erwiderte Jay.

„Purpur wäre eine schöne Farbe für ein Leichentuch. Bei ihrem Bruder wird es nur ein Müllsack sein."

„Bring die Scheißtasche zum Vertriebsbüro!" kreischte Peter in panischer Angst, schluckte und hustete.

„Ihrem Bruder steht das Wasser bis zum Hals. Aber nicht mehr lange. Ich rate ihnen ..."

„Sie bluffen" schnorchelte Jay ins Telefon. Es klang wie ein Furz.

„Keineswegs. Man wartet auf die Dokumente."

„Befehlen Sie ihren Leuten, die sollen die Knete im Schließfach deponieren. Schlüssel postlagernd an mich. Ich will Hunderttausend in kleinen Scheinen."

„Sollte ihnen das eigene Blut so wenig bedeuten?" In die Stimme des Doktors mischte sich Verachtung.

„Ihr geht mir auf den Sack. Dein Gewäsch kotzt mich an. Leck mich am Arsch!"

Die Augen des Pakistani funkelten jähzornig. Er packte die Tasse mit den feinen Linien, den Sternen und Rauten, und feuerte sie gegen die Wand, wo das Porzellan in hundert Teile zersprang.

„Wir werden euch überrollen. Der Islam ist die größte Religion und sie wächst unaufhörlich. Er ist die einzige Alternative zu eurem platten Materialismus."

„Du hörst dich an wie einer dieser beknackten Prediger, die in der Fußgängerzone sabbern."

„Na schön. Wie du willst! Du sollst hören, wie dieser Hund elendig ersäuft!"

Er beugte sich über die Wanne. Wutentbrannt riss er am Hebel der Mischbatterie.

„Verrat denen nicht wo du wohnst!" schrie Peter noch, als ihn die Welle erwischte.

„Ich zeig dir, was das bedeutet: Dschihad! Dschihad! Dschihad! Wir werden siegen, egal, ob der Kampf fünf, zwanzig oder hundert Jahre dauert!"

„Interessiert nicht die Bohne." Jay schaltete ab.

Die Augen, weitaufgerissen, rutschten knapp unter die Oberfläche. Peter erblickte den Mann durch den schwankenden Spiegel. „Er hat abgeschaltet - dein Bruder. Hörst du?" Er beugte sich herab bis zur Wanne. „Es ist ihm scheißegal, ob du krepierst oder nicht!"

Da waren nur noch Luftblasen. Massuri ließ einen Wutschrei los. Dann wählte er die Nummer des Münchner Büros, lief erregt auf und ab und ging bis in den Konferenzraum.

„Was hast du rausgekriegt? Am Westpark? Fahr sofort hin! Nimm die Jungs aus der Koranschule. Schlachtet das Schwein!"

Er schaut aus dem Fenster – ratlos ob der Haltlosigkeit und Unmoral dieser wie ein Geschwür wuchernden westlichen Zivilisation. Drinnen könnte er sehen, wie eine Hand aus dem Wasser ragt mit zitternden Fingerkuppen, wie sich ein Arm aus dem Wasser kämpft, nach hinten wandert, steif und ungelenk wie die Gliedmaße eines Schlaganfall-Patienten. Zitternd greift Peter nach der Sporttasche, die auf der Toilettenschüssel ruht. Nur dieses eine Ziel interessiert ihn. Zentimeter für Zentimeter arbeitet er sich voran, schnaufend, den Kopf aus dem Wasser

hebend durch fahrige und ruckweise Schübe, den Körper in die Höhe wuchtend trotz der Lähmung. Wie er sich müht, nur um Millimeter näher heranzukommen.
Ein Bonbonpapierchen fällt zu Boden, grün, mit schwarzem Kreuz.
„Was soll das werden? Kennst du dein *Quadr* nicht? Einem Hund wie dir ist nicht bestimmt, länger zu leben."
Der Doktor nimmt die Tasche, wirft sie in weitem Bogen in den Saal. Unerreichbar für die Hand, die sich umsonst dreht und streckt und nun sinnlos im Raum hängt wie ein entwurzelter Baum.
„Natürlich weiß ich, dass sich darin ein Messer befindet. Warum habe ich mir auf der Überfahrt die Mühe gemacht, dieses dreckige Stück Plastik zu durchsuchen?"
Nun, da Peter eine Kontaktlinse verloren geht, rundet sich das Bild, rundet sich das Bad fassartig fast. Massuri steht außerhalb der Tonne. Er lutscht an dem Eukalyptusbonbon.
„Islam bedeutet Frieden machen. Du wirst jetzt den ewigen Frieden finden – *Peter Tischler!*"
Er beugt sich über ihn in der Absicht, mit dem gesamten Körpergewicht, mit aller verfügbarer Muskelkraft den Kopf unter Wasser zu pressen, solange bis das letzte Molekül Sauerstoff, bis das letzte Gramm Leben aus ihm gewichen ist. Da schnellt die rechte Hand des Opfers hervor, mit einer Geschwindigkeit und Gewalt, die der Doktor nicht berechnet hat, weil er vom nachhaltigen Niederschlag des Rohypnols ausgeht; das jedoch ging großenteils den Weg mündlicher Ausscheidung in die Toilette. Die Hand ist bewaffnet mit einem Schraubenzieher. Wie konnte der Doktor dieses Werkzeug im Gürtel seines Klienten übersehen? Spitz und scharf bohrt sich das Metall in den Bauch, vom Solarplexus aufwärts durch Haut und Muskel, verletzt den Magen, indem es wichtige Arterien zerstört. Festgerammt steckt es unterhalb des linken Rippenbogens.
Massuri taumelt rückwärts, klammert sich an den Türstock. Er verschwindet aus den goldgerahmten Kristallflächen mit den

integrierten Leuchten, stürzt nach hinten in den Konferenzsaal, während Peter nur einen Gedanken hat: Flucht! Mühsam, nur mit den Händen beweglich, zieht er sich über den Rand des Beckens. Er glitscht über die Emaille wie ein Fisch über einen Damm; er zappelt, windet sich, rutscht weg, robbt über die Fliesen zur Diele, weil ihm die Beine versagen. Nicht zum Aufzug – dort unten wartet der zweite Mann, und Peter wäre leichte Beute. Die Treppe hinauf, Stufe für Stufe stemmt er sich, tropfnass, er hört das Patschen der Glieder auf den Steinen. Die breite, um 90 Grad gewundene Stiege führt zur Galerie. Kaum erklimmt er die achte, die neunte Stufe, vernimmt er Geräusche, hört schräg unter sich einen Fluch. Er sieht durch den gläsernen Einsatz der Brüstung, wie der Doktor den Schraubenzieher herauszieht und das blutdurchtränkte Tuch an den Bauch presst. „Ahmad! Ahmad!" schreit er in die Sprechanlage, dazu etwas Arabisches, Bedrohliches. Jetzt sieht er ihn zwischen den Pfosten und hebt das Messer mit der feststehenden, 20 cm langen Klinge, das er in der Sporttasche gefunden hat: es glänzt und funkelt im Licht. Vor Wut und Schmerz schreiend schleppt er sich zur Treppe. Peter hört ihn, als er sich, Meter für Meter, über das Parkett schleift, „Warum passiert das ausgerechnet mir?" fragt er sich, hadert, verflucht sein Schicksal, widerruft – da er erwiesenermaßen kein Mörder ist – alle inbrünstig verfassten Gebete, um gleich darauf umso entschiedener in ein Lamento tremens zu fallen. Der Aufzug gerät in Fahrt. Nun ist es eine Sache von Sekunden, einen Fluchtweg zu finden, einen letzten rettenden Ausweg aufzutun. Ein Schlafzimmer passiert er, eine Küche. Den keuchenden Atem des Killers hinter sich kriecht er am Ende des Korridors in das mit Teppichen ausgelegte Zimmer. Der Raum ist, bis auf Diwan und Wandschmuck, fast leer. Er wirft die Tür zu, dreht den Schlüssel, als sich die Klinke senkt. Wohin? Vorsicht, der Raum besitzt einen zweiten Zugang von der Küche. Er sitzt in der Falle. Wohin?

Die Küchentür schwingt leise. Die Klinge ist sichtbar, ein Auge, eine Schulter. Zyklopenhaft die Umrisse. Massuri schleppt sich herein, sichert sich nach allen Seiten ab. Niemand zu sehen. Unter dem Tisch? Nein. Er lässt das Tuch fahren, wischt die blutverschmierte Linke. „Ich kann dich riechen, Tischler. Du stinkst wie ein Satan." Da sieht er die offene Tür ins Freie. Sie führt auf das Vordach oberhalb der Verglasung. Grün flackern die Neonlichter der Werbetafeln auf den Dächern. Wind ist spürbar hier oben. Er zieht sich die Feuerleiter hoch, blickt zur titanischen Engelsfigur, die das oberste Dach ziert. Dahinter muss er lauern. Unsichtbar. Er glaubt sogar einen Schatten zu unterscheiden. Massuri steigt die Leiter ab, läuft zurück. „Jetzt haben wir dich", denkt er, will sich mit Ahmad absprechen, ihm mitteilen, wo der Revolver liegt. Es ist der Moment, in dem er an das Positive in der Welt glaubt, seine Mission, den stolzen Sieg des islamischen Kampfes. Die Vorfreude auf den nächsten Mord lässt ihn lächeln. Er will zurück in die Wohnung. Ahmad hätte er erwartet, Jagdhörner, Trompetenschall, aber nicht diesen von zwei Fäusten geführten Schlag gegen die Brust. Rückwärts taumelt er, fällt über die niedrige Balustrade, schreit, rudert mit den Armen, kracht mit dem Körper auf den Beton. Stille.
Nachdem Peter die Außentür geöffnet hat, ist er zurückgeeilt. Er dreht den Schlüssel zurück. Lautlos. Rutscht den Korridor hinab, unhörbar fast, richtet sich an dem Geländer der Galerie auf – gerade als der stämmige Pakistani in der Diele wartet, einen Kricketschläger in der Hand. Ihre Blicke begegnen sich. Peter stürzt in die Küche, von da ins Wohnzimmer, stürzt Massuri entgegen, mehr von Panik gepackt als von Überlegung geleitet. Er stößt ihn hinab, taumelt weiter. Wie ein Affe, halb auf allen vieren, halb gehend, turnt er auf dem Sims und vermeidet es, in die Tiefe zu blicken – dorthin, wo der Doktor aufgeprallt ist. Zäh rappelt er sich auf, klettert trotz vieler Rückfälle die Leiter hoch. Die Beine, kraftlos, taugen nicht, um Halt zu geben, er baumelt über dem Abgrund. Wohin?

Blaues Licht. Tangomusik ertönt aus einem offenen Fenster. Leise wimmert das Bandoneon Piazzollas, die Farben des Traums beschwörend. „Blachernitissa, Gnädigste", ruft er, mit flammendem Herzen. Ein heller Fleck zeichnet sich ab, eine Hülle fließender Formen: das Urbild. Und siehe, in der Stunde der Bedrängnis bittet er inbrünstig, dass sie ihn erhöre. Einsam klagen die Akkorde. Die Klangfarben sind dunkel, voller tiefer Melancholie, und langsam dreht sich die Welt. Gedämpft hört man den Autoverkehr aus den Straßenschluchten. Rhythmisch und eckig hebt der Tango an, ein wildes Fieber, das ihn zackig wenden, das ihn erhobenen Hauptes auf und ab marschieren lässt. Eine Holographie, eine Vision, sie dauert Sekunden nur. Es knackt und wankt der Boden, als der menschliche Gorilla aufs Dach springt. Riesengroß der Schatten im Mondlicht. Der *munafig* erstarrt in der Pose des abgewiesenen Liebhabers. Da weilt er traumverloren, plötzlich regt sich seine Rechte. Eine Handvoll Dreck und Sand fliegen, doch unbewegt steht Ahmad. Peter flieht zur Engelsfigur, dorthin, wo sich die heilige Mutter wohl verkrümelt hat. Der erste Hieb, ausgeführt mit dem Kricketholz, das dem harten pakistanischen Maulbeerbaum entstammt, knallt gegen den Flügel des Cherub. Der zweite trifft den gipsernen Arm. Der Alabaster bröselt, fällt ab, hinterlässt einen rostigen Knochen aus Stahl. Peter wischt auf der anderen Seite vorbei, will zur Leiter. Viel zu langsam ist er und kassiert eine Breitseite, die ihn zu Boden streckt. Nun, da der andere ausholt zum finsteren Finale, rollt er sich weg, fällt zweieinhalb Meter tief auf das Dach, verliert den Halt, rutscht vier, fünf Meter die schräge Verglasung hinab und platscht wie eine Kröte ins Wasser. Dort unten sieht ihn Ahmad, bäuchlings treibt er auf der Oberfläche des illuminierten Pools. Der Rauschebart nimmt sich Zeit. Allzu sicher ist er, dass die Jagd ein Ende hat. Er läuft durch das Appartement, trottet die Stiege hinab. Läuft nochmals einen Stock tiefer, indem er das Treppenhaus nimmt. Auf dem Dach findet er zuerst Massuri. Der Doktor hat sich das Genick gebrochen. Weiter hinten treibt der

Körper Tischlers. Ahmad lässt sich Zeit, seinen Gefährten und Bruder zu untersuchen, der schon im Paradies der Märtyrer weilt. Er drückt ihm die Augen zu. Jetzt will er sich dem *munafig* widmen, sich überzeugen, dass der Ungläubige tot ist. Am Pool, 20 Meter weiter, entdeckt er, dass es die Livree-Jacke ist, dass es die beschädigte Hose ist, die wie graue Masse im Wasser schwebt. Als ob der Pool den Körper verschluckt hätte und die unverdaulichen Teile ausspuckt. Da wird die Eisenpforte zum Treppenhaus krachend zugeworfen. Hinter ihm. Als er dort anlangt, merkt er, dass man sie verrammelt hat. Mit einem Besenstil. Es dauert Minuten, bis er sie aufdrückt.

Lokus – Orkus - Exodus

„Hausmannskost" denkt Ben, als er vor dem Spiegel Grimassen zieht. Das Bad ist in Eigenarbeit eingerichtet. Im Neon schillert der Estrich schief, unsymmetrisch das Becken der Dusche, die Silikonabdichtungen voller Patzer, Knoten und Risse. Er schürzt ein letztes Mal unglücklich die Lippen und tritt in den Flur. An der Schwelle stehend sieht er das Geschöpf mit dem Bubikopf.
„Nenn' mich Magda."
Sie räkelt sich. Als sie seine Entschlusslosigkeit spürt, richtet sie den Körper auf, streicht ihm mit gespreizten Fingern durchs Haar. Ben fühlt die Innenseite ihres Oberschenkels unter seinen Fingern. Magda seufzt und streift mit gesenkten Lidern den Kimono ab. Dann läutet im Erdgeschoss ein Telefon. „Altmodischer Klingelton", denkt er. Sie versucht, die Störung zu ignorieren; doch die Konzentration lässt rapid nach. Magda schlüpft wieder in den mit Kalligraphien bedruckten Mantel und knöpft ihn sorgsam zu, als sei, was da auf sie zukomme, ein behördlicher Akt von bedeutender Tragweite. Dann schreitet sie hinab ins Wohnzimmer.
Die Motive, die Kommissar Josef Čertik später bei der Ortsbegehung darlegte, klingen plausibel: Sie vermisst Sex und wählt die Prostitution, um ihre Kasse aufzubessern. Voll von jener verwegenen Neugierde, die stärker als Angst ist und von der Angst sich nährt, beginnt sie auf den Strich zu gehen, Spott im Herzen, weil sie ihren Mann für einen Waschlappen hält. Einen Langweiler, von seiner Versicherung gezähmt, degradiert zum Erfüllungsgehilfen; der dem Chef montags die Unterschriftenmappe vorlegt, nachdem er das Wochenende in der Firma verbracht hat; der vor den Revisor zitiert wird, wenn sich die ausgezahlten Prämien häufen; der vor den Sachbearbeitern seiner Bank zittert, die ihm Kredite für das Eigenheim

bewilligen sollen. Und Alexander, der seit Jahren ein Schattendasein führt, hat es satt, von ihr verachtet zu werden. Eifersüchtig auf ihre Freier, besessen davon, ihr die Demütigungen heimzuzahlen, dreht er durch.
„Warum hat die Frau nicht eingegriffen?" fragte Jan Bázlik bei der Rekonstruktion des Falles.
„Gehen wir davon aus, sie nimmt den Hörer von der Gabel, nun selbst auf unerklärliche Weise in Spannung versetzt. Niemand meldet sich – der Dauerton ist Vorbote eines größeren Schweigens, das auf das Einfamilienhaus fallen wird. Als sie das mit Erbstücken aus der k.u.k. Monarchie gefüllte Zimmer verlassen will - eine scharfe, die Wand zierende Waffe, fehlt - merkt sie, dass sie eingesperrt ist." Der schwarz-weiß gewürfelte Bezug, in den Ben den Kopf gräbt, ist aus demselben Material wie der Vorhang; der Vorhang ist nicht vor das Fenster gezogen; gleichwohl kann er nicht sehen, dass dort unten ein Beobachter steht. Er hört wohl, wie draußen Zypressen im Wind rauschen, wie bedenklich das Holz der Treppe knarzt. Ein eigentümlicher Genius loci, denkt er, so unergründlich wie die Liaison zwischen Kissen und Vorhang. Wie eine Draperie fällt der Stoff über den eingestaubten Fernseher, aufgebockt auf einen winzigen Schemel, wirft Falten und Schatten, kunstvoll und ohne Bedeutung.
Schreiend stürzt Alexander herein, einen Krummsäbel in der Faust. Mehrfach haut er ein auf das vor ihn hingestreckte Bündel, das sich in fötaler Haltung eingedreht hat. Eine Blutfontäne spritzt. Er holt aus, sticht zu wie ein Fechter. Die Waffe trifft die Leber zweimal, dringt beim nächsten Schnitt schräg ein, schneidet durch die Rippen, verletzt den Lungenflügel. Das ist kein Kampf, keine Hinrichtung, es ist das bestialische Metzeln eines Wehrlosen. Der nächste, ungezielte Hieb teilt den Polyesterschaum und haftet im Pressspan, so dass dem Angreifer das blutverschmierte Heft aus den Fingern rutscht. Blut läuft die Hände hinab, während er noch schreit, fassungslos, hilflos, aber er schreit mit nachlassender Kraft. Was will er

von einem x-beliebigen Menschen, der unbeteiligt und arglos ist wie derjenige, den er vor drei Wochen gemeuchelt hat, fast so als hätte er ein Neugeborenes, bevor es noch den ersten Laut ausstößt, mit der Nabelschnur erdrosselt. „Alexander handelte im Affekt. Das erklärt, warum er sich bei der Festnahme nicht gewehrt hat", meinte Čertik.
Da gab es ein Mysterium, eine subtile Verschiebung, von der bei der Ortsbegehung niemand wissen konnte.
Bens Augen wie die eines verwundeten Tieres, angstvoll geweitet, blinzelten nicht. Blut quoll aus seinem Rücken, das auffälligste Zeichen, das noch Leben in ihm war. Das Licht der Lampe, schummrig und mystisch, vereinte sie. Es schien, als gäbe es etwas, dass sie auf einer seelischen Ebene verband. Ein gemeinsames Erlebnis, von dem keiner von ihnen wusste. Etwas Verborgenes, Übermächtiges, das in sie hineinkroch, um sie einzunehmen. Zugleich das Verlangen, das Korsett der Erinnerung zu verlassen, der Wunsch nach Ewigkeit und Auslöschung, der begonnen hatte, als ihre schweifenden Seelen eingeboren wurden.
Es tröpfelte, floss die Zimmerwände hinab. Die Kammer füllte sich mit trübem, grauem Wasser, während er wie aufgebahrt lag, halb in das verschmierte Laken eingewickelt. Der Mann neben ihm saß schluchzend auf dem Bett, Wangen und Augenhöhlen bedeckt mit bleichen, langgliedrigen Fingern.
Es kommt ihm vor, als sehe er Alexander aus weiter Ferne an, als erkenne er durch die Barrieren von Zeit und Raum seine Züge. An den Schläfen, unter seinen Augen und in der Höhlung seiner Wangen schattet dichte erdige Bläue, die sich an den langen Nägeln der Finger purpurn vertieft. Am Leib und an den Lippen ist die Haut geplatzt. An diesen Stellen klaffen rötliche Risse, die leuchten wie durchsichtiger Glimmer. Sein Körper, auf ungeheuerliche Weise geschwollen, enthält Wölbungen, hinter denen man die Nässe der Zersetzung ahnt. Einfach und ruhig sieht er ihn an, ohne die Absicht, etwas zu verbergen, aber auch ohne das Bedürfnis etwas zu äußern – bei-

nahe kalt blickt er, wie einer, dem alles Lebendige unsagbar gleichgültig geworden ist. Der Mann weint, aber nachdem er den anderen ebenfalls gesehen hat, das Grauen, das unbeweglich in der Tiefe seiner dunklen Pupillen liegt, greift das Schweigen auch nach ihm, und wie Wasser die glimmende Glut, so löscht es alle menschlichen Laute, die zwischen ihnen eine Verbindung hergestellt hatten. Es ist, als ob beide dem Schmerz noch lauschen.

Kurz darauf nahmen Bens Augen einen gefährdeten Ausdruck an. Der Blick stürzte nach innen. Die Pupillen verdrehten sich langsam, als suchten sie nach einer Brüstung, auf der sie sich wach halten konnten. Die Wände der Kammer entrückten, fielen wie Landungsbrücken und versanken. Er trieb auf einer Insel, allein und abgetrennt vom Festland durch Schlamm, Sumpf und durch die Zeit, die sich in dem altertümlichen Ort wie organische Materie zersetzte. Hier verglomm sein Leben wie der Saum eines Stoffes, der zu nahe ans Feuer geraten war.

Er sah den Fluss, auf dem er trieb. Rechterhand wälzte er graues schlammiges Wasser. An seichten Stellen, am Ufer, das er kannte, lagen schwarze Boote verankert. Bug und Heck waren oben leicht eingerollt. Sie sahen schlank und altmodisch aus. In der unsteten Wasserlandschaft, in den symphonisch fließenden Flächen von Licht und Schatten, in den glänzenden Spiegeln der Strömung, in der vom Wind matt schimmernden Oberfläche machten die Silhouetten der Boote einen unwirklichen Eindruck. Wie aus schwarzem Karton geschnitten oder mit dem Kohlestift gezeichnet steckten sie in der flimmernden Projektion, die nicht mehr zum Leben gehörte und nicht Jenseits war. Sie sahen aus wie von der ältesten Nacht übriggeblieben und wurden zum Transport der Seelen benutzt. Sie wurden sicher zum Transport der Seelen benutzt.

Aquarium

„Diesmal hat Gutschinski nicht geschwafelt" murmelte Peter, der sich alle Artikel über den Fall besorgt hatte. Neben der Zeitung lag die Lupe, die er für das Studium der Kleinanzeigen benötigte. „Er schreibt im Nachruf, Massuri habe sich um die Verbreitung deutscher Spitzentechnologie verdient gemacht!"
„Vor allem verdient", erwiderte Jay schmatzend.
„Das Bad musst du dir vorstellen: Kalksteinfliesen an der Wand, zwei Waschbecken, goldene Armaturen; Waschtischplatten in Naturstein, pikanterweise Persisch Travertin, Badewanne mit Armstütze und Nackenrolle ..."
„Warum bist du nicht dort geblieben?"
Das leidige Thema. Peter versuchte abzulenken. „Chef der Centricon soll ein Iraner werden."
„Du bist nackt durch Manhattan gerannt, oder?" rief der Bruder missgünstig. „War doch nicht alles groovy."
„Ich hab' einen knackigen body", erwiderte er mit säuerlicher Miene.
„Schaut eher nach Vogelgrippe aus."
„Die Polin war da anderer Meinung."
„Verdammtes Polenpack."
„Titten hatte die, so was hast du nicht gesehen!"
Er versuchte den Bruder zu provozieren. „Fühlten sich an wie Hartgummi."
Jay feuerte die leere Chipstüte in die Ecke. „Was geht mich dieser Kackmist an? Ich ruf die Bullen und steck denen, dass du Massuri alle gemacht hast."
„Cool down, Mann. War nicht easy. Bis ich 'n Pass hatte, habe ich in der Seemannsmission gewohnt. Scheißlaut war es. Laut und Stockbetten. Die Botschaft hat mir Geld vorgestreckt, das ich abstottern muss."
„Sag ich doch. Verdammte Angeberei."

Peter schwieg. Auf dem Sofa liegend dachte er, dass diese Fahrt ins Ausland zu dem Besten gehörte, was er erlebt hatte. Er beschloss, jede Minute zu rekapitulieren, jeden Atemzug der Reise unauslöschlich in sein Hirn zu brennen. Nur die Sache mit Suhrkamp, die wollte er am liebsten vergessen. Als er an ihn dachte, geschah etwas, was selten passierte: Er bekannte sich gegenüber Jay.

Er gab zu, um Suhrkamp tue es ihm leid. Ein begabter Träumer sei er gewesen. Das Leben so zu arrangieren, dass man im Luxus lebt. ohne einen Streich zu tun, dazu gehöre eine gewaltige Begabung. Das Talent, das Lebenskünstlertum auf die Spitze zu treiben. Es bedürfe des Phänomens vollkommener Passivität, einer Apologie der Faulheit. Ja, das sei er gewesen, ein Genius der Faulheit, ein einzigartiges Genie. Sein Verhängnis habe damit begonnen, dass er Kontakt zu Menschen suchte.

„Erbärmliche Existenz. Unvermeidlich, dass so einer im Kraut landet", grunzte Jay, seine barbarische Eschatologie preisgebend. „Trotz geringer Schlachtmasse." Er lachte höhnisch.

Alexander, der langweilige Alexander – wer hätte gedacht, dass ausgerechnet er den Job erledigen würde. Der Versicherungsheini mit dem ausdruckslosen Gesicht, so korrekt und glatt wie ein Formbrief. Er war die ganze Zeit eifersüchtig. Oder beschämt. Was auch immer, er konnte nichts daran ändern, dass seine Frau anschaffen ging, nicht durch Überstunden und nicht durch Wochenendschichten. Der Druck war beträchtlich, wenn man aus Petržalka kam.

In der Poesie der Dämmerung warteten die Überbleibsel des Heringssalates. Jay öffnete das Fenster. Der warme Lufthauch übermittelte eine Anspielung auf den Sommer; dann verbreitete sich penetranter Essensgeruch.

„Als die wie bekloppt klingelten, habe ich rausgeschaut", sagte Jay. „Drei Typen. Bestimmt hatten die 'ne Knarre. Da hab ich die Tasche einfach rausgeschmissen. Aus'm Fenster." Er lachte. „Es regnete Papier. Du hättest die blöden Arabervisagen sehen sollen. Die mussten alles aufklauben."

„Warum hast du keine Kopien gemacht?"
„Hab ich Kohle um irgendwelche Scheißkopien zu machen?"
„Du hättest mich glatt geopfert. Einmal angenommen, ich erzähle den Eltern ..."
„*Die* haben das Jura-Studium bezahlt. Das *du* versaut hast! Mein gutes Recht, wenn ich Bares sehen will!"
„*Du* bist schuld, dass es nicht geklappt hat" schrie Peter. „Du hast es selbst vermasselt."
Was er am meisten nach seiner Rückkehr hasste war die Mittelmäßigkeit. Er hasste die Mittelmäßigkeit seines Bruders, die nur noch von den stumpfsinnigen Parolen der Eltern übertroffen wurde. Er hasste die Beschränktheit der winzigen Wohnung, überhaupt den proletarischen Mief des Mietblocks. Und er hasste das eigene beschissene Leben, seine obszöne Gewöhnlichkeit. Wie beschämend: in einem Kinderzimmer vegetieren zu müssen. Er war zum zweiten Mal gescheitert, und zwar auf kläglichste Weise. Er hatte bei seinem Betrug vergessen, dass es Gegner gibt, die permanent den Einsatz erhöhen. Egal, ob es sich dabei um die Polizei, eine Firma wie die Centricon oder eine moslemische Bruderschaft handelt. Und dass man in einer unerhörten Welt zum letzten Mittel greifen muss, damit man nicht leer ausgeht. Sein Magen ballte sich zusammen, während der Bruder schnaufend und grunzend die Reste verschlang. Mit seinen Fingern. Das Messer lag in Griffweite schräg vor ihm.
Ein paar Meter entfernt sah er im durchleuchteten Wasser des Aquariums rote und blaue Blutsalmler auf- und abschwimmen mit Flossen, die großen Federn glichen. Das lautlose Schweben der Fische über dem Kiesboden und zwischen den schimmernden Wasserpflanzen ließ ihm die beiden von der Scheibe reflektierten Menschenfiguren wie schwerfällige Kriechtiere vorkommen - ihr aufrechter Gang ein Kunststück, das nur ausnahmsweise funktionierte. Hinter dem Rebenholz entdeckte er den abgenagten Rumpf des einäugigen Tieres.

„Warum hast du die Fische nicht gefüttert?" fragte Peter nach einer Weile. Er war ziemlich verärgert.
„Du wolltest Geld fürs Futter lassen. Hast du aber nicht!"
„Fünf Euro habe ich auf den Teller gelegt!"
„Is' nicht angekommen!"
Er saß auf dem Sofa und starrte an die Wand. Der purpurrote Ball der Sonne warf ein schattiges Gitter ins Kinderzimmer. Sein Bruder hatte sich zur Seite gerollt und die Decke über die Schultern gezogen.

Suffix

Slowakische Polizisten, beauftragt mit der Überwachung des Sauerkrauthändlers Kapusta, drangen in das Gebäude, nachdem sie einen Verdächtigen vor dem Nachbarhaus registrierten und es drinnen zu lautstarken Auseinandersetzungen kam. Ben konnte durch Notoperationen gerettet werden. Es folgte eine Periode der Rehabilitation in der Charité, während der man ihn unter mancherlei Querelen aus dem Dienst entfernte. Sein Verhalten habe dem Ansehen der Polizei geschadet, hieß es in der offiziellen Begründung. Heute betreibt er eine kleine Detektei in Neukölln. Er trägt eine USP Heckler und Koch, Kaliber 9. Para, Waffennummer B 983756. Zumeist erledigt er pobelige Aufträge, Bagatellfälle. Sein Vertrauen in die Worthülsen der herrschenden Cliquen ist durch das Frakasso nachhaltig erschüttert. Die kolportierte Geschichte, dass couragierte junge Leute mit dem Namen Benjamin zu Ruhm und Anerkennung gelangen, ist eine dieser Legenden, die immer wieder zerstört und immer wieder neu gesponnen wird.

Der Autor

Ulrich A. Büttner, geboren 1959 in Hildesheim, lebt seit 1989 in München, wo er als Journalist und Schriftsteller arbeitet. Er studierte u.a. an der Universität von Granada und war Mitherausgeber der Zeitschrift „Das Tollhaus". Viele seiner Kurzgeschichten wurden mit Preisen ausgezeichnet. Im Wenz Verlag erschienen von ihm die Bände „Berlin im Schneidersitz" (ISBN 978-3- 937791-35-7) und „Der abgetrennte Kopf" (978-3-937791-41-8). Der zweite Teil der Borowiak Trilogie ist erschienen unter dem Titel „Santiago sehen oder sterben – Eine Pilgerfahrt" (ISBN 978-3-7407-1075-0) Weitere Informationen unter www.ulrich-buettner.de oder über Facebook.